U0051642

走到哪聽到哪

日語聽力UP!

在日本聽廣播學日語

附 QR Code 線上音檔

作者／DT企劃
插畫／山本 峰規子

笛藤出版

沒想到一趟旅行，竟然學到這麼多!!

時常被我們忽略的廣播，在旅途中一旦與我們的行動息息相關時，就會成為非常重要的指標。

日本處處有廣播，從機場入境、搭往東京的單軌列車、方便的地下鐵、觀光巴士，到迪士尼樂園、東京鐵塔等人氣觀光景點，或是逛百貨公司，在當地超市體驗日本主婦搶購特賣…。

無論何時、身處何方，從四面八方傳來的廣播音，不僅左右你接下來的行動，有時更能意外搶到超值優惠，這些「環繞音效」其實都是訓練日文聽力的絕佳教材！

全書分成機場、電車、巴士、購物、觀光、服務、回程等七大篇，並結合插畫家山本峰規子宛如身歷其境的超可愛插畫，讓初、中、高階的日語學習者在家輕鬆學，出國旅遊更順暢。

一笛藤編輯部

※ 本書所刊載之內容是根據2010年6月～2012年7月，自日本當地錄音取材資料所編，並由多位日籍教師協助審校。日後內文資訊若有變動，敬請見諒。

使用方法

除了聽力練習，內文的標記可以讓你學到更多喔！一起來看看有哪些標記吧！

MP3音軌

第15個音軌，
廣播內容第一段

LIVE！

日本實況
廣播録音

生字

参照每單元後
單字表

文法

参照每單元後
文法表

省略助詞

廣播時因秒數限制，通常會講得比較快，有時會省略一些助詞，內文出現的灰字為被省略的助詞！

下車

❶

東京モノレールをご利用いただきまして
to.o.kyo.o.mo.no.re.e.ru.o.go.ri.yo.o.i.ta.da.ki.ma.shi.te

ありがとうございました。
a.ri.ga.to.o.go.za.i.ma.shi.ta。

まもなく終点浜松町、
ma.mo.na.ku.shu.u.te.n.ha.ma.ma.tsu.cho.o、

❶ 感謝您今日搭乘
東京單軌列車。
本列車即將抵達終點站
濱松町。
出口在左邊。

❷ まもなく日暮里、日暮里です。
ma.mo.na.ku.ni.p.po.ri、ni.p.po.ri.de.su。

出口は右側です。
de.gu.chi.wa.mi.gi.ga.wa.de.su。

お降りのお客様は
o.o.ri.no.o.kya.ku.sa.ma.wa

お忘れ物をなさいませんよう、
o.wa.su.re.mo.no.o.na.sa.i.ma.se.n.yo.o、

ご支度ください。
go.shi.ta.ku.ku.da.sa.i。

本日も京成スカイライナーを
ho.n.ji.tsu.mo.ke.i.se.i.su.ka.i.ra.i.na.a.o

ご利用くださいまして、
go.ri.yo.o.ku.da.sa.i.ma.shi.te、

ありがとうございました。
a.ri.ga.to.o.go.za.i.ma.shi.ta。

日暮里の次は終点上野、上野です。
ni.p.po.ri.no.tsu.gi.wa.shu.u.te.n.u.e.no、u.e.no.de.su。

❷ 即將抵達日暮里、日暮里。
出口在右側。
欲下車的旅客
請記得您隨身攜帶的物品，
準備下車。
感謝您今日搭乘京成Skyliner。
日暮里的下一站為
終點站上野、上野。

57

❼ 浜離宮庭園にて下船のお客様、
ha.ma.ri.kyu.u.te.i.e.n.ni.te.ge.se.n.no.o.kya.ku.sa.ma、

あらかじめ緑の乗船券と
a.ra.ka.ji.me.mi.do.ri.no.jo.o.se.n.ke.n.to

白い入園券を1枚ずつ
shi.ro.i.nyu.u.e.n.ke.n.o.i.chi.ma.i.zu.tsu

お手元にご用意の上、
o.te.mo.to.ni.go.yo.o.i.no.u.e、

下船のお支度をお願いいたします。
ge.se.n.no.o.shi.ta.ku.o.o.ne.ga.i.i.ta.shi.ma.su。

❼ 欲在濱離宮庭園下船的乘客，
請再次確認您手邊的綠色船票
與白色門票，
準備下船。

日本實地錄音

在收錄的MP3中，不時會穿插在日本收錄的實況廣播。讓你一面感受現場氛圍，一面聽聽看自己究竟理解多少。並且跟著由日語教師們錄製的原文內容慢慢學習！

淺顯易懂的文法單字解析

聽完生動有趣的廣播後，進一步學習出現過的生字及文法，讓你快速理解文章語意。

中日對照

每一篇日文旁附上羅馬拼音＆中文翻譯，讓你即時聽即時通。

★中日發音MP3★

請掃描下方QR code
或輸入網址收聽

*請注意英文字母大小寫區分
◆日語發聲：奧寺茶茶、林真央、潮田耕一
◆中文發聲：賴巧凌

https://bit.ly/DTJP2024

七大場合

機場、電車、巴士、購物、觀光、服務、回程共7大場合，無時無刻走到哪就聽到哪。

全彩實境插畫

全書由插畫家山本峰規子繪製的全彩插圖，讓讀者身歷其境，舒緩旅行時的緊張感。

目次

現在就趕緊藉著這本書來趟紙上日本之旅，一面聽懂各種場所的廣播，實地旅行時也能更充實有趣、更暢行無阻喔！

日本へようこそ！

機場廣播
空港放送
出發!

機場内

空港内

ku.u.ko.o.na.i

全日空(ぜんにっくう)ＮＨ１０８４便(びん)
ze.n.ni.k.ku.u.e.nu.e.i.chi.se.n.ha.chi.ju.u.yo.n.bi.n

成田(なりた)行(ゆ)きのお客様(きゃくさま)、
na.ri.ta.yu.ki.no.o.kya.ku.sa.ma、

★ただ今(いま)からご搭乗(とうじょう)の最終(さいしゅう)★案内(あんない)を致(いた)します。
ta.da.i.ma.ka.ra.go.to.o.jo.o.no.sa.i.shu.u.a.n.na.i.o.i.ta.shi.ma.su。

お客様(きゃくさま)はＤ１０番(ばん)★ゲートより
o.kya.ku.sa.ma.wa.di.i.ju.u.ba.n.ge.e.to.yo.ri

お★急(いそ)ぎご搭乗(とうじょう)ください。
o.i.so.gi.go.to.o.jo.o.ku.da.sa.i。

D10 ANA 1084 NARITA
JAL 628 FUKUOKA

❶ 搭乘全日空航空NH1084班機
往成田機場的旅客，
現在作登機前最後廣播，
敬請搭乘本班機的旅客
儘速前往D10號登機門登機。

❷

エバー航空(こうくう)ＢＲ２１９８便(びん)
e.ba.a.ko.o.ku.u.bi.i.a.a.ru.ni.se.n.hya.ku.kyu.u.ju.u.ha.chi.bi.n

成田(なりた)行(ゆ)きのお客様(きゃくさま)は、
na.ri.ta.yu.ki.no.o.kya.ku.sa.ma.wa、

ただ今(いま)から出国(しゅっこく)★手続(てつづ)きを
ta.da.i.ma.ka.ra.shu.k.ko.ku.te.tsu.zu.ki.o

お始(はじ)めください。
o.ha.ji.me.ku.da.sa.i。

❷ 請搭乘長榮航空BR2198班機
前往成田機場的旅客，
現在開始辦理出境手續。

❸

ユナイテッド航空(こうくう)ＵＡ８３８便(びん)
yu.na.i.te.d.do.ko.o.ku.u.yu.u.e.e.ha.p.pya.ku.sa.n.ju.u.ha.chi.bi.n
成田(なりた)行(ゆ)きのお客様(きゃくさま)は、
na.ri.ta.yu.ki.no.o.kya.ku.sa.ma.wa、
只今(ただいま)からＤ６番(ばん)ゲートよりご搭乗(とうじょう)ください
ta.da.i.ma.ka.ra.di.i.ro.ku.ba.n.ge.e.to.yo.ri.go.to.o.jo.o.ku.da.sa.i。

❸
搭乘聯合航空UA838班機
往成田機場的旅客，
請前往D6號登機門登機。

❹

エバー航空(こうくう)ＢＲ２１９８便(びん)は、
e.ba.a.ko.o.ku.u.bi.i.a.a.ru.ni.se.n.hya.ku.kyu.u.ju.u.ha.chi.bi.n.wa、
使用機(しようき)の*到着(とうちゃく)が遅(おく)れましたため、
shi.yo.o.ki.no.to.o.cha.ku.ga.o.ku.re.ma.shi.ta.ta.me、
出発(しゅっぱつ)が*遅(おく)れる*見込(みこ)みでございます。
shu.p.pa.tsu.ga.o.ku.re.ru.mi.ko.mi.de.go.za.i.ma.su。
新(あたら)しい出発時刻(しゅっぱつじこく)は１０時(じ)の予定(よてい)でございます。
a.ta.ra.shi.i.shu.p.pa.tsu.ji.ko.ku.wa.ju.u.ji.no.yo.te.i.de.go.za.i.ma.su。

❹
長榮航空BR2198班機
因故延遲抵達，
起飛時間預計延後為10點。

❺

中華航空から、札幌へご出発の
chu.u.ka.ko.o.ku.u.ka.ra、sa.p.po.ro.e.go.shu.p.pa.tsu.no

お客様にご案内申し上げます。
o.kya.ku.sa.ma.ni.go.a.n.na.i.mo.o.shi.a.ge.ma.su。

中華航空ＣＩ０１３０便、
chu.u.ka.ko.o.ku.u.shi.i.a.i.hya.ku.sa.n.ju.u.bi.n、

★定刻９時４５分発、札幌行きは、
te.i.ko.ku.ku.ji.yo.n.ju.u.go.fu.n.ha.tsu、sa.p.po.ro.yu.ki.wa、

ただ今から★全てのお客様を
ta.da.i.ma.ka.ra.su.be.te.no.o.kya.ku.sa.ma.o

機内へとご案内いたします。
ki.na.i.e.to.go.a.n.na.i.i.ta.shi.ma.su。

ご★利用のお客様は、
go.ri.yo.o.no.o.kya.ku.sa.ma.wa、

Ｄ２番搭乗口よりご搭乗ください。
di.i.ni.ba.n.to.o.jo.o.gu.chi.yo.ri.go.to.o.jo.o.ku.da.sa.i。

今日も中華航空をご利用いただきまして、
kyo.o.mo.chu.u.ka.ko.o.ku.u.o.go.ri.yo.o.i.ta.da.ki.ma.shi.te、

ありがとうございます。
a.ri.ga.to.o.go.za.i.ma.su。

❺ 搭乘中華航空

前往札幌的旅客請注意，

中華航空CI0130，

預定9:45飛往札幌的班機，

現在將為所有的旅客

辦理登機手續，

敬請搭乘本班機的旅客，

前往D2號登機門登機。

中華航空在此感謝您今日的搭乘。

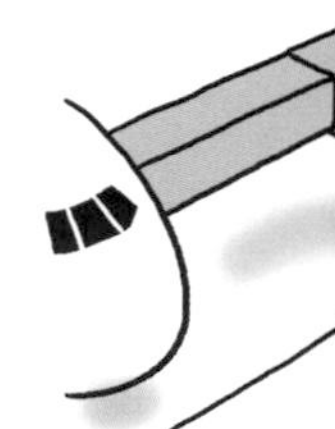

❻

大韓航空(だいかんこうくう)から、ソウルへご出発(しゅっぱつ)のお客様(きゃくさま)に

da.i.ka.n.ko.o.ku.u.ka.ra、so.o.ru.e.go.shu.p.pa.tsu.no.o.kya.ku.sa.ma.ni

ご案内(あんない)いたします。大韓航空(だいかんこうくう)ＫＥ５６９２便(びん)、

go.a.n.na.i.i.ta.shi.ma.su。da.i.ka.n.ko.o.ku.u.ke.e.i.i.go.se.n.ro.p.pya.ku.kyu.u.ju.u.ni.bi.n、

定刻(ていこく)７時(じ)４５分発(ふんはつ)、ソウル行(ゆ)きは、

te.i.ko.ku.shi.chi.ji.yo.n.ju.u.go.fu.n.ha.tsu、so.o.ru.yu.ki.wa、

現在機内清掃(げんざいきないせいそう)を行(おこな)っており、

ge.n.za.i.ki.na.i.se.i.so.o.o.o.ko.na.t.te.o.ri、

皆様(みなさま)の機内(きない)へのご搭乗時刻(とうじょうじこく)は

mi.na.sa.ma.no.ki.na.i.e.no.go.to.o.jo.o.ji.ko.ku.wa

７時(じ)４０分頃(ぷんごろ)とさせていただきます。

shi.chi.ji.yo.n.ju.p.pu.n.go.ro.to.sa.se.te.i.ta.da.ki.ma.su。

❻

搭乘大韓航空往首爾的旅客請注意，

大韓航空，預定於7:45飛往

首爾的KE5692班機。

由於目前機內正在進行清掃，

登機時間預定為7:40。

❼

おはようございます。
o.ha.yo.o.go.za.i.ma.su。

にほんこうくう
日本航空から、
ni.ho.n.ko.o.ku.u.ka.ra、

とうきょう しゅっぱつ きゃくさま あんないもう あ
東京へご出発のお客様にご案内申し上げます。
to.o.kyo.o.e.go.shu.p.pa.tsu.no.o.kya.ku.sa.ma.ni.go.a.n.na.i.mo.o.shi.a.ge.ma.su。

にほんこうくう びん ていこく じはつ
日本航空ＪＬ８０２便、定刻１０時発、
ni.ho.n.ko.o.ku.u.je.i.e.ru.ha.p.pya.ku.ni.bi.n、te.i.ko.ku.ju.u.ji.ha.tsu、

とうきょうゆ いま すべ きゃくさま
東京行きはただ今から全てのお客様を
to.o.kyo.o.yu.ki.wa.ta.da.i.ma.ka.ra.su.be.te.no.o.kya.ku.sa.ma.o

きない あんない
機内へとご案内いたしますので、
ki.na.i.e.to.go.a.n.na.i.i.ta.shi.ma.su.no.de、

りよう きゃくさま ばんとうじょうぐち
ご★利用のお客様はＤ８番搭乗口より
go.ri.yo.o.no.o.kya.ku.sa.ma.wa.di.i.ha.chi.ba.n.to.o.jo.o.gu.chi.yo.ri

とうじょう
ご搭乗ください。
go.to.o.jo.o.ku.da.sa.i。

きょう にほんこうくう りよう
今日も日本航空をご利用いただきまして、
kyo.o.mo.ni.ho.n.ko.o.ku.u.o.go.ri.yo.o.i.ta.da.ki.ma.shi.te、

ありがとうございます。
a.ri.ga.to.o.go.za.i.ma.su。

❼ 各位旅客早安。
搭乘日本航空
前往東京的旅客請注意，
日本航空JL802班機
預定10點飛往東京
請所有搭乘本班機的旅客，
由D8號登機門登機，
我們將為您辦理登機手續。
日本航空非常感謝您今日的搭乘。

02

登機前

搭乗前
to.o.jo.o.ma.e

❶ ★パスポートと★搭乗券（とうじょうけん）を
pa.su.po.o.to.to.to.o.jo.o.ke.n.o
ご用意（ようい）ください。
go.yo.o.i.ku.da.sa.i。

❶ 請準備好您的護照及機票。

❷ ご搭乗（とうじょう）の際（さい）は搭乗券（とうじょうけん）を
go.to.o.jo.o.no.sa.i.wa.to.o.jo.o.ke.n.o
ご★提示（ていじ）ください。
go.te.i.ji.ku.da.sa.i。

❷ 登機時請出示機票。

❸ Ｄ８番（ばん）の搭乗（とうじょう）ゲートへ
di.i.ha.chi.ba.n.no.to.o.jo.o.ge.e.to.e
お願（ねが）いします。
o.ne.ga.i.shi.ma.su。

❸ 請前往D8號登機門。

❹ 出発（しゅっぱつ）の１５分前（ふんまえ）までに
shu.p.pa.tsu.no.ju.u.go.fu.n.ma.e.ma.de.ni
ご搭乗（とうじょう）をお★済（す）ませください。
go.to.o.jo.o.o.o.su.ma.se.ku.da.sa.i。

❹ 請在起飛前十五分鐘完成登機手續。

❺ 出発便(しゅっぱつびん)のご案内(あんない)をいたします。
shu.p.pa.tsu.bi.n.no.go.a.n.na.i.o.i.ta.shi.ma.su。

全日空(ぜんにっくう)ＮＨ１０８４便(びん)、
ze.n.ni.k.ku.u.e.nu.e.i.chi.se.n.ha.chi.ju.u.yo.n.bi.n、

８時(じ)４５分発(ふんはつ)、東京(とうきょう)行(ゆ)きのお客様(きゃくさま)は、
ha.chi.ji.yo.n.ju.u.go.fu.n.ha.tsu、to.o.kyo.o.yu.ki.no.o.kya.ku.sa.ma.wa、

３階搭乗口(がいとうじょうぐち)にて手荷物(てにもつ)の★検査(けんさ)をすませてから、
sa.n.ga.i.to.o.jo.o.gu.chi.ni.te.te.ni.mo.tsu.no.ke.n.sa.o.su.ma.se.te.ka.ra、

Ｄ１０番(ばん)ゲートよりご搭乗(とうじょう)ください。
di.i.ju.u.ba.n.ge.e.to.yo.ri.go.to.o.jo.o.ku.da.sa.i。

❺ 為您報告目前即將起飛的班機。
搭乘全日航空NH1084班機
於8:45飛往東京的旅客，
請至3樓登機門完成隨身行李的檢查，
並由D10號登機門登機。

❻ 札幌(さっぽろ)行(ゆ)きのお客様(きゃくさま)にご案内(あんない)いたします。
sa.p.po.ro.yu.ki.no.o.kya.ku.sa.ma.ni.go.a.n.na.i.i.ta.shi.ma.su。

中華航空(ちゅうかこうくう)札幌(さっぽろ)行(ゆ)き９時(じ)４５分発(ふんはつ)、
chu.u.ka.ko.o.ku.u.sa.p.po.ro.yu.ki.ku.ji.yo.n.ju.u.go.fu.n.ha.tsu、

ＣＩ０１３０便(びん)の搭乗(とうじょう)手続(てつづ)きを
shi.i.a.i.hya.ku.sa.n.ju.u.bi.n.no.to.o.jo.o.te.tsu.zu.ki.o

★まもなく終了(しゅうりょう)させていただきます。
ma.mo.na.ku.shu.u.ryo.o.sa.se.te.i.ta.da.ki.ma.su。

また、ご搭乗(とうじょう)手続(てつづ)きを済(す)ませていないお客様(きゃくさま)は、
ma.ta、go.to.o.jo.o.te.tsu.zu.ki.o.su.ma.se.te.i.na.i.o.kya.ku.sa.ma.wa、

中華航空(ちゅうかこうくう)★カウンターまでお急(いそ)ぎお★越(こ)しください。
chu.u.ka.ko.o.ku.u.ka.u.n.ta.a.ma.de.o.i.so.gi.o.ko.shi.ku.da.sa.i。

❻ 前往札幌的旅客請注意，
中華航空9:45飛往札幌的CI0130班機
即將結束登機手續。
未完成登機手續的旅客，
請儘速前往中華航空櫃台完成手續。

⑦

全日空から、
ze.n.ni.k.ku.u.ka.ra、

東京へご出発のお客様にご案内致します。
to.o.kyo.o.e.go.shu.p.pa.tsu.no.o.kya.ku.sa.ma.ni.go.a.n.na.i.i.ta.shi.ma.su。

全日空東京行き定刻8時45分発
ze.n.ni.k.ku.u.to.o.kyo.o.yu.ki.te.i.ko.ku.ha.chi.ji.yo.n.ju.u.go.fu.n.ha.tsu

NH1084便ご利用のお客様は、
e.nu.e.i.chi.se.n.ha.chi.ju.u.yo.n.bi.n.go.ri.yo.o.no.o.kya.ku.sa.ma.wa、

D10番★搭乗口からご搭乗ください。
di.i.ju.u.ba.n.to.o.jo.o.gu.chi.ka.ra.go.to.o.jo.o.ku.da.sa.i。

本日も全日空をご利用頂きまして、
ho.n.ji.tsu.mo.ze.n.ni.k.ku.u.o.go.ri.yo.o.i.ta.da.ki.ma.shi.te、

ありがとうございます。
a.ri.ga.to.o.go.za.i.ma.su。

搭乘全日空航空

前往東京的旅客請注意。

全日空航空NH1084號前往東京的班機

於8:45準時起飛，

請搭乘本班機的旅客，

由D10號登機門登機。

全日空航空在此非常感謝各位今天的搭乘。

❽ ＣＸ５６４便(びん)は、
shi.i.e.k.ku.su.go.hya.ku.ro.ku.ju.u.yo.n.bi.n.wa、
Ｂ８番(ばん)ゲートにて搭乗(とうじょう)の準備(じゅんび)が★できました。
bi.i.ha.chi.ba.n.ge.e.to.ni.te.to.o.jo.o.no.ju.n.bi.ga.de.ki.ma.shi.ta。

❽ 搭乘CX564班機的旅客，
請準備從B8號登機門登機。

❾ ＣＸ５６４便(びん)、東京(とうきょう)行(ゆ)きのお客様(きゃくさま)で
shi.i.e.k.ku.su.go.hya.ku.ro.ku.ju.u.yo.n.bi.n、to.o.kyo.o.yu.ki.no.o.kya.ku.sa.ma.de
佐藤貴弘様(さとうたかひろさま)、李鴻志様(りこうじさま)は、
sa.to.o.ta.ka.hi.ro.sa.ma、ri.ko.o.ji.sa.ma.wa、
お急(いそ)ぎＢ８番(ばん)ゲートにお★進(すす)みください。
o.i.so.gi.bi.i.ha.chi.ba.n.ge.e.to.ni.o.su.su.mi.ku.da.sa.i。
出発時刻(しゅっぱつじこく)を過(す)ぎております。
shu.p.pa.tsu.ji.ko.ku.o.su.gi.te.o.ri.ma.su。

❾ 搭乘CX564班機前往東京的旅客，
佐藤貴弘先生與李鴻志先生，
請儘快前往B8號登機門。
已經過了起飛時間。

日本入境手續簡化，掃 QR code 超方便，免稅也 OK！

經歷漫長的疫情封關期後，我們重新迎來正常的生活型態，台灣民眾也紛紛前往最愛的日本旅遊。而現在去日本不但不需要簽證，連入境和報關手續也變簡單囉！除此之外，更可以設定免稅 QR code，購物行程中要進行免稅就不用再拿出護照，大幅降低因為粗心弄丟護照的風險！

2024 年 1 月 25 日起，日本開始採用 QR code 的方式進行入境及海關申報，只需要事先在 Visit Japan Web 填入資料，即可省去先前繁雜的手寫過程，去日本玩變得更加簡單方便囉！

Visit Japan Web 填寫 & 使用流程

官網網址 https://www.vjw.digital.go.jp/main

①以電子信箱申請帳號

＊完成驗證後記得一定要妥善保管密碼唷！

②輸入基本資料

③登記入境資料

＊可選擇沿用，縮填寫短時間

④填寫其餘入境資料

⑤填寫海關申報資料

⑦於入境 & 海關手續時出示 QR code

＊可事先截圖避免機場網路不穩

⑥其他功能：申請免稅 QR code

＊入境後可以透過海關貼紙申請免稅 QR code，即可代替護照進行退稅手續唷！

隨著時代的進步入境方式也變得更加便利，若有不擅長使用 3C 產品的家人們也別忘了幫他們提早做申請唷！

機内廣播

機内アナウンス

ki.na.i.a.na.u.n.su

❶ 本日(ほんじつ)は出発(しゅっぱつ)が★遅(おく)れましたことを

ho.n.ji.su.wa.shu.p.pa.tsu.ga.o.ku.re.ma.shi.ta.ko.to.o

お★詫(わ)び申(もう)し上(あ)げます。

o.wa.bi.mo.o.shi.a.ge.ma.su。

この便(びん)の機長(きちょう)は山田健二(やまだけんじ)、

ko.no.bi.n.no.ki.cho.o.wa.ya.ma.da.ke.n.ji.、

私(わたくし)は★客室(きゃくしつ)を★担当(たんとう)いたします

wa.ta.ku.shi.wa.kya.ku.shi.tsu.o.ta.n.to.o.i.ta.shi.ma.su

鈴木明子(すずさあきこ)でございます。

su.zu.ki.a.ki.ko.de.go.za.i.ma.su。

❶

本班機延遲起飛，

在此向各位旅客深表歉意。

本班機由機長山田健二負責駕駛，

我是鈴木明子，

擔任各位的客艙服務。

❷ ほんじつ　ひこうじかん　じかん　ぷん
本日の飛行時間は３時間４０分でございますので、
ho.n.ji.tsu.no.hi.ko.o.ji.ka.n.wa.sa.n.ji.ka.n.yo.n.ju.p.pu.n.de.go.za.i.ma.su.no.de、

みなさま　とうちゃく よていじかん
皆様のご到着予定時間は
mi.na.sa.ma.no.go.to.o.cha.ku.yo.te.i.ji.ka.n.wa

にほんじかんごご　じ　よていいた
日本時間午後２時を予定致しております。
ni.ho.n.ji.ka.n.go.go.ni.ji.o.yo.te.i.i.ta.shi.te.o.ri.ma.su。

にほん　たいわん　じかん　★じさ
日本と台湾には、１時間の★時差がございます。
ni.ho.n.to.ta.i.wa.n.ni.wa、i.chi.ji.ka.n.no.ji.sa.ga.go.za.i.ma.su。

ただいま にほんじかん　ごぜん
只今日本時間は午前
ta.da.i.ma.ni.ho.n.ji.ka.n.wa.go.ze.n

じ　ふん
９時４５分を
ku.ji.yo.n.ju.u.go.fu.n.o

まわ
回ったところでございます。
ma.wa.t.ta.to.ko.ro.de.go.za.i.ma.su。

❸ ★ちじょう　★ほうこく
また、★地上からの★報告によりますと、
ma.ta、chi.jo.o.ka.ra.no.ho.o.ko.ku.ni.yo.ri.ma.su.to、

★げんち　★てんこう　あめ　きおん　★せっし　ど
★現地の★天候は雨、気温は★摂氏１８度、
ge.n.chi.no.te.n.ko.o.wa.a.me、ki.o.n.wa.se.s.shi.ju.u.ha.chi.do、

かし　ど
華氏６４度でございます。
ka.shi.ro.ku.ju.u.yo.n.do.de.go.za.i.ma.su。

みなさま　あんぜん
また、皆様の安全のため、
ma.ta、mi.na.sa.ma.no.a.n.ze.n.no.ta.me、

★ざせき　★すわ　さい　あんぜん★　★ちゃくよう
お★座席にお★座りの際には安全★ベルトの★着用を
o.za.se.ki.ni.o.su.wa.ri.no.sa.i.ni.wa.a.n.ze.n.be.ru.to.no.cha.ku.yo.o.o

ねが　いた
お願い致します。
o.ne.ga.i.i.ta.shi.ma.su。

とうちゃく
それではご到着まで、
so.re.de.wa.go.to.o.cha.ku.ma.de、

ご★ゆっくりとお★くつろぎくださいませ。
go.yu.k.ku.ri.to.o.ku.tsu.ro.gi.ku.da.sa.i.ma.se。

❷
本班機預計飛行時間為3小時40分。
預計抵達時間為
日本時間下午2點。
日本與台灣有1個小時的時差。
目前當地時間為上午9:45。

❸
根據最新氣象資料顯示，
當地目前為雨天，氣溫為攝氏18度，
相當於華氏64度。
另外，為了安全起見提醒您，
乘坐時請繫好您的安全帶。
到達目的地之前請您好好休息。

❹ びん　きちょう　やまだけんじ
この便の機長は山田健二、
ko.no.bi.n.no.ki.cho.o.wa.ya.ma.da.ke.n.ji

わたくし　きゃくしつ　たんとう
私は客室を担当いたします、
wa.ta.ku.shi.wa.kya.ku.shi.tsu.o.ta.n.to.o.i.ta.shi.ma.su、

すずきあきこ
鈴木明子でございます。
su.zu.ki.a.ki.ko.de.go.za.i.ma.su。

❹ 本班機的機長是山田健二，
我是鈴木明子，
擔任各位的客艙服務。

❺ ほんじつ　こうくう　とうじょう
本日は、エバー航空にご搭乗いただき、
ho.n.ji.tsu.wa.、e.ba.a.ko.o.ku.u.ni.go.to.o.jo.o.i.ta.da.ki、

ありがとうございます。
a.ri.ga.to.o.go.za.i.ma.su。

❺ 長榮航空非常感謝您今日的搭乘。

❻ ★かず　こうくうがいしゃ　なか
★数ある航空会社の中から
ka.zu.a.ru.ko.o.ku.u.ga.i.sha.no.na.ka.ka.ra
ぜんにっくう　えら
全日空をお選びいただき、
ze.n.ni.k.ku.u.o.o.e.ra.bi.i.ta.da.ki、
まこと
誠にありがとうございます。
ma.ko.to.ni.a.ri.ga.to.o.go.za.i.ma.su。

❻
非常感謝您今日
選擇搭乘本航空公司的班機。

❼ ★けいたいでんわ
★携帯電話など、
ke.i.ta.i.de.n.wa.na.do、
★でんぱ　★はっ　★でんしきき　しよう
★電波を★発する★電子機器の使用、
de.n.pa.o.ha.s.su.ru.de.n.shi.ki.ki.no.shi.yo.o、
★けしょうしつない　★きつえん
また、★化粧室内での★喫煙は、
ma.ta、ke.sho.o.shi.tsu.na.i.de.no.ki.tsu.e.n.wa、
ほうりつ　★きんし
法律で★禁止されております。
ho.o.ri.tsu.de.ki.n.shi.sa.re.te.o.ri.ma.su。

❼ 在飛機上使用手機等
會發射電磁波的電子類用品、
以及在化妝室內吸煙
都是違法的行為。

❽ まもなく出発いたしますので、
ma.mo.na.ku.shu.p.pa.tsu.i.ta.shi.ma.su.no.de、

★シートベルトを腰の低い位置で★しっかりとお★締めください。
shi.i.to.be.ru.to.o.ko.shi.no.hi.ku.i.i.chi.de.shi.k.ka.ri.to.o.shi.me.ku.da.sa.i。

東京までの飛行時間は、
to.o.kyo.o.ma.de.no.hi.ko.o.ji.ka.n.wa、

本日は★約３時間４０分を予定いたしております。
ho.n.ji.tsu.wa.ya.ku.sa.n.ji.ka.n.yo.n.ju.p.pu.n.o.yo.te.i.i.ta.shi.te.o.ri.ma.su。

❽ 本班機即將起飛，
請將安全帶繫在腰部下方。
預計抵達東京所需的時間
為3小時40分鐘。

❾ ★非常口座席にお座りのお客様には、
hi.jo.o.gu.chi.za.se.ki.ni.o.su.wa.ri.no.o.kya.ku.sa.ma.ni.wa、

緊急脱出の際の★援助を
ki.n.kyu.u.da.s.shu.tsu.no.sa.i.no.e.n.jo.o

お★願いいたしております。
o.ne.ga.i.i.ta.shi.te.o.ri.ma.su。

シート★ポケットの安全の★しおりも、
shi.i.to.po.ke.t.to.no.a.n.ze.n.no.shi.o.ri.mo、

★早い機会にご★一読くださいませ。
ha.ya.i.ki.ka.i.ni.go.i.chi.do.ku.ku.da.sa.i.ma.se。

❾ 坐在靠緊急出口位置的旅客，
當發生緊急狀況時
敬請協助逃生。
在您座位前方的口袋內附有緊急逃生手冊，
請您先過目，謝謝您的合作。

⑩ ただいまこの飛行機(ひこうき)は
ta.da.i.ma.ko.no.hi.ko.o.ki.wa

★離陸(りりく)の★許可(きょか)を待(ま)っております。
ri.ri.ku.no.kyo.ka.o.ma.t.te.o.ri.ma.su。

まもなく離陸(りりく)できる★見込(みこ)みでございます。
ma.mo.na.ku.ri.ri.ku.de.ki.ru.mi.ko.mi.de.go.za.i.ma.su。

もう★しばらくお待(ま)ち下(くだ)さい。
mo.o.shi.ba.ra.ku.o.ma.chi.ku.da.sa.i。

⑩ 飛機目前正在等候起飛指示，
即將起飛。請各位稍候。

⑪ この飛行機(ひこうき)は
ko.no.hi.ko.o.ki.wa

まもなく離陸(りりく)いたします。
ma.mo.na.ku.ri.ri.ku.i.ta.shi.ma.su。

⑪ 本班機即將起飛。

⓬ まもなく前方(ぜんぽう)の★スクリーンで
ma.mo.na.ku.ze.n.po.o.no.su.ku.ri.i.n.de

ＮＨＫニュースをお★送(おく)りいたします。
e.nu.e.i.chi.ke.e.nyu.u.su.o.o.o.ku.ri.i.ta.shi.ma.su。

なお、★免税品(めんぜいひん)はお食事(しょくじ)のあと販売(はんばい)いたします。
na.o、me.n.ze.i.hi.n.wa.o.sho.ku.ji.no.a.to.ha.n.ba.i.i.ta.shi.ma.su。

⓬ 稍後前方的螢幕
將會為各位播放ＮＨＫ新聞。
另外用餐後將會為各位販售免稅商品。

⓭ １０分後(ぷんご)に、前方(ぜんぽう)スクリーンにて
ju.p.pu.n.go.ni、ze.n.po.o.su.ku.ri.i.n.ni.te

最新(さいしん)の映画(えいが)を★上映(じょうえい)いたします。
sa.i.shi.n.no.e.i.ga.o.jo.o.e.i.i.ta.shi.ma.su。

⓭ 10分鐘後前方的螢幕
將上映最新的電影。

⓮ ★フライト時間(じかん)は
fu.ra.i.to.ji.ka.n.wa

３時間(じかん)を予定(よてい)しております。
sa.n.ji.ka.n.o.yo.te.i.shi.te.o.ri.ma.su。

⓮ 飛行時間預計為3小時。

⑮ これから★機内（きない）サービスについて、

ko.re.ka.ra.ki.na.i.sa.a.bi.su.ni.tsu.i.te、

ご案内（あんない）させていただきます。

go.a.n.na.i.sa.se.te.i.ta.da.ki.ma.su。

⑮ 現在為各位介紹機內的服務。

⑯ 食事（しょくじ）は１２時（じ）からの予定（よてい）です。

sho.ku.ji.wa.ju.u.ni.ji.ka.ra.no.yo.te.i.de.su。

⑯ 用餐時間預定為12點。

⑰ まもなくお昼（ひる）のお食事（しょくじ）を

ma.mo.na.ku.o.hi.ru.no.o.sho.ku.ji.o

ご用意（ようい）いたします。

go.yo.o.i.i.ta.shi.ma.su。

⑰ 稍後即將為各位提供午餐。

機長致詞

機長の挨拶

ki.cho.o.no.a.i.sa.tsu

❶

みなさま、こんばんは。
mi.na.sa.ma、ko.n.ba.n.wa。

本日（ほんじつ）も全日空（ぜんにっくう）をご利用（りよう）頂（いただ）きまして、
ho.n.ji.tsu.mo.ze.n.ni.k.ku.u.o.go.ri.yo.o.i.ta.da.ki.ma.shi.te、

誠（まこと）にありがとうございます。
ma.ko.to.ni.a.ri.ga.to.o.go.za.i.ma.su。

全日空（ぜんにっくう）ＮＨ１０８４便（びん）、
ze.n.ni.k.ku.u.e.nu.e.i.chi.se.n.ha.chi.ju.u.yo.n.bi.n、

成田国際空港行（なりたこくさいくうこうゆ）き、
na.ri.ta.ko.ku.sa.i.ku.u.ko.o.yu.ki、

機長（きちょう）の山田（やまだ）でございます。
ki.cho.o.no.ya.ma.da.de.go.za.i.ma.su。

★操縦席（そうじゅうせき）より★ご挨拶申（あいさつもう）し上（あ）げます。
so.o.ju.u.se.ki.yo.ri.go.a.i.sa.tsu.mo.o.shi.a.ge.ma.su。

❶

各位旅客晚安。

今天非常感謝各位，

再次搭乘全日空航空的班機。

本班機為全日空航空NH1084班機

飛往成田國際機場。

我是機長山田，

在駕駛艙向各位問好。

❷ ご*搭乗機(とうじょうき)は現在(げんざい)、沖縄付近(おきなわふきん)の上空(じょうくう)、
go.to.o.jo.o.ki.wa.ge.n.za.i、o.ki.na.wa.fu.ki.n.no.jo.o.ku.u、

10400*メートルを、
i.chi.ma.n.yo.n.hya.ku.me.e.to.ru.o、

*平均対地速度時速(へいきんたいちそくどじそく)
he.i.ki.n.ta.i.chi.so.ku.do.ji.so.ku

約(やく)820*キロメートルをもちまして、
ya.ku.ha.p.pya.ku.ni.ju.ki.ro.me.e.to.ru.o.mo.chi.ma.shi.te、

すべて*順調(じゅんちょう)に飛行(ひこう)を続(つづ)けております。
su.be.te.ju.n.cho.o.ni.hi.ko.o.o.tsu.zu.ke.te.o.ri.ma.su。

❷ 目前飛機位於沖繩附近，
距離海面10400公尺的上空。
平均飛行速度
約為820公里。
目前飛行狀況良好。

❸ これから、約２時間後には沖縄付近の上空を通過いたしまして、
ko.re.ka.ra、ya.ku.ni.ji.ka.n.go.ni.wa.o.ki.na.wa.fu.ki.n.no.jo.o.ku.u.o
tsu.u.ka.i.ta.shi.ma.shi.te、

目的地東京へと向かって★参ります。
mo.ku.te.ki.chi.to.o.kyo.o.e.to.mu.ka.t.te.ma.i.ri.ma.su。

ただいまのところ、目的地成田国際空港には、
ta.da.i.ma.no.to.ko.ro、mo.ku.te.ki.chi.na.ri.ta.ko.ku.sa.i.ku.u.ko.o.ni.wa、

★ほぼ★定刻通り、
ho.bo.te.i.ko.ku.do.o.ri、

現地時間の１３時３０分頃の着陸を予定いたしております。
ge.n.chi.ji.ka.n.no.ju.u.sa.n.ji.sa.n.ju.p.pu.n.go.ro.no.cha.ku.ri.ku.o
yo.te.i.i.ta.shi.te.o.ri.ma.su。

❸ 飛機將於2小時後
經過沖繩附近海域的上空，
前往目的地東京。
依照目前飛行狀況預計抵達目的地
成田國際機場的時間，
約為當地時間13:30。

❹ 最新(さいしん)の気象(きしょう)情報(じょうほう)によりますと、
sa.i.shi.n.no.ki.sho.o.jo.o.ho.o.ni.yo.ri.ma.su.to、
到着時(とうちゃくじ)、東京(とうきょう)の天候(てんこう)は晴(は)れ、
to.o.cha.ku.ji、to.o.kyo.no.te.n.ko.o.wa.ha.re、
地上(ちじょう)の気温(きおん)は摂氏(せっし)２０度(ど)との報告(ほうこく)を
chi.jo.o.no.ki.o.n.wa.se.s.shi.ni.ju.u.do.to.no.ho.o.ko.ku.o
受(う)けております。
u.ke.te.o.ri.ma.su。

❹ 根據最新氣象資料顯示，
飛機抵達目的地東京時，
當地的天氣為晴天，
溫度為攝氏20度。

❺

★これより先航路上(さきこうろじょう)の天候(てんこう)でございますが、
ko.re.yo.ri.sa.ki.ko.o.ro.jo.o.no.te.n.ko.o.de.go.za.i.ma.su.ga、

★おおむね良好(りょうこう)との報告(ほうこく)を受(う)けておりますが、
o.o.mu.ne.ryo.o.ko.o.to.no.ho.o.ko.ku.o.u.ke.te.o.ri.ma.su.ga、

★ところどころ気流(きりゅう)の★不安定(ふあんてい)なところを
to.ko.ro.do.ko.ro.ki.ryu.u.no.fu.a.n.te.i.na.to.ko.ro.o

通過(つうか)いたします。突然(とつぜん)の揺(ゆ)れに★備(そな)えまして、
tsu.u.ka.i.ta.shi.ma.su。to.tsu.ze.n.no.yu.re.ni.so.na.e.ma.shi.te、

どうぞお座席(ざせき)にお座(すわ)りの際(さい)には、
do.o.zo.o.za.se.ki.ni.o.su.wa.ri.no.sa.i.ni.wa、

みなさまの安全(あんぜん)のため
mi.na.sa.ma.no.a.n.ze.n.no.ta.me

★常(つね)に座席(ざせき)ベルトを
tsu.ne.ni.za.se.ki.be.ru.to.o

お締(し)めおきくださいますよう、
o.shi.me.o.ki.ku.da.sa.i.ma.su.yo.o、

お願(ねが)い申(もう)し上(あ)げます。
o.ne.ga.i.mo.o.shi.a.ge.ma.su。

❺

現在向各位報告接下來航線上的天氣狀況，
目前天氣狀況良好，
但有時可能會通過不穩定的氣流，
而造成機身晃動，
為安全起見，
敬請各位旅客在座位上時，
隨時繫好安全帶。
謝謝您的合作。

❻ 成田国際空港までの飛行時間は
na.ri.ta.ko.ku.sa.i.ku.u.ko.o.ma.de.no.hi.ko.o.ji.ka.n.wa
3時間を予定しております。
sa.n.ji.ka.n.o.yo.te.i.shi.te.o.ri.ma.su。
只今のところ、到着時間は30分★ほど早く、
ta.da.i.ma.no.to.ko.ro、to.o.cha.ku.ji.ka.n.wa.sa.n.ju.p.pu.n.ho.do.ha.ya.ku、
現地時間午後1時30分の着陸を
ge.n.chi.ji.ka.n.go.go.i.chi.ji.sa.n.ju.p.pu.n.no.cha.ku.ri.ku.o
予定しております。
yo.te.i.shi.te.o.ri.ma.su。

❻ 本班機抵達成田國際機場
所需時間約為3個小時。
目前預估將會比原定時間提早30分鐘，
預定在當地時刻
下午1:30抵達。

降落時

着陸準備

cha.ku.ri.ku.ju.n.bi

❶ まもなく着陸態勢（ちゃくりくたいせい）に入（はい）ります。

ma.mo.na.ku.cha.ku.ri.ku.ta.i.se.i.ni ha.i.ri.ma.su。

❶ 本班機即將準備降落。

❷ 皆様（みなさま）にご案内（あんない）いたします。

mi.na.sa.ma.ni.go.a.n.na.i.i.ta.shi.ma.su。

ただいまから*およそ１０分後（ぷんご）に

ta.da.i.ma.ka.ra.o.yo.so.ju.p.pu.n.go.ni

シートベルト着用（ちゃくよう）の*サインが

shi.i.to.be.ru.to.cha.ku.yo.o.no.sa.i.n.ga

*点灯（てんとう）する予定（よてい）でございます。

te.n.to.o.su.ru.yo.te.i.de.go.za.i.ma.su。

❷ 各位旅客請注意，
從現在起約10分鐘後，
安全帶的指示燈
將會亮起。

❸

高度(こうど)の★降下(こうか)に伴(ともな)いましては、
ko.o.do.no.ko.o.ka.ni.to.mo.na.i.ma.shi.te.wa、

揺(ゆ)れることが★予想(よそう)されております。
yu.re.ru.ko.to.ga.yo.so.o.sa.re.te.o.ri.ma.su。

化粧室(けしょうしつ)をお使(つか)いになるお客様(きゃくさま)は、
ke.sho.o.shi.tsu.o.o.tsu.ka.i.ni.na.ru.o.kya.ku.sa.ma.wa、

★早(はや)めにお★済(す)ませ下(くだ)さい。
ha.ya.me.ni.o.su.ma.se.ku.da.sa.i。

❸ 飛機下降的同時，
機身會搖晃。
欲使用化妝室的旅客
請您儘早使用。

❹

当機(とうき)はまもなく着陸態勢(ちゃくりくたいせい)に入(はい)りますが、
to.o.ki.wa.ma.mo.na.ku.cha.ku.ri.ku.ta.i.se.i.ni.ha.i.ri.ma.su.ga、

着陸不可能(ちゃくりくふかのう)と判断(はんだん)した★場合(ばあい)は、
cha.ku.ri.ku.fu.ka.no.o.to.ha.n.da.n.shi.ta.ba.a.i.wa、

中部国際空港(ちゅうぶこくさいくうこう)に向(む)かいます。
chu.u.bu.ko.ku.sa.i.ku.u.ko.o.ni.mu.ka.i.ma.su。

❹ 本班機即將準備降落，
若經判斷為無法降落的情況
將會轉向中部國際場降落。

❺

皆様(みなさま)にご案内致(あんないいた)します。この飛行機(ひこうき)は、
mi.na.sa.ma.ni.go.a.n.na.i.i.ta.shi.ma.su。ko.no.hi.ko.o.ki.wa、

ただ今(いま)からおよそ１５分(ふん)で着陸(ちゃくりく)いたします。
ta.da.i.ma.ka.ra.o.yo.so.ju.u.go.fu.n.de.cha.ku.ri.ku.i.ta.shi.ma.su。

❺ 各位旅客請注意，
本班機將於15分鐘後著陸。

❻ シートベルトをしっかりお締(し)めください。
shi.i.to.be.ru.to.o.shi.k.ka.ri.o.shi.me.ku.da.sa.i。

なお化粧室(けしょうしつ)の使用(しよう)はお★控(ひか)えください。
na.o.ke.sho.o.shi.tsu.no.shi.yo.o.wa.o.hi.ka.e.ku.da.sa.i。

これから先(さき)、飛行機(ひこうき)をお降(お)りになるまでの間(あいだ)、
ko.re.ka.ra.sa.ki、hi.ko.o.ki.o.o.o.ri.ni.na.ru.ma.de.no.a.i.da、

全(すべ)ての電気製品(でんきせいひん)の電源(でんげん)をお切(き)りください。
su.be.te.no.de.n.ki.se.i.hi.n.no.de.n.ge.n.o.o.ki.ri.ku.da.sa.i。

また、座席(ざせき)の背(せ)、★テーブル、★足置(あしお)き、
ma.ta、za.se.ki.no.se、te.e.bu.ru、a.shi.o.ki、

個人用(こじんよう)テレビを★元(もと)の位置(いち)にお★戻(もど)しください。
ko.ji.n.yo.o.te.re.bi.o.mo.to.no.i.chi.ni.o.mo.do.shi.ku.da.sa.i。

❻ 請將您的安全帶扣好，
並請避免使用洗手間。
在飛機完全降落前
請將所有電器用品的電源關閉。
同時也請將您的椅背、桌子、腳踏板
及個人電視歸位。

▶▶▶ 飛機緊急降落指示

❼ ただ今(いま)緊急(きんきゅう)降下(こうか)中(ちゅう)です。
ta.da.i.ma.ki.n.kyu.u.ko.o.ka.chu.u.de.su。

★酸素(さんそ)マスクをしてください。
sa.n.so.ma.su.ku.o.shi.te.ku.da.sa.i。

ベルトを締(し)めてください。
be.ru.to.o.shi.me.te.ku.da.sa.i。

❼ 目前飛機正在急速下降中，
請各位旅客戴上您的氧氣面罩，
並同時扣好安全帶。

06

抵達時

着陸
cha.ku.ri.ku

❶ 皆様、成田国際空港に着陸いたします。
mi.na.sa.ma、na.ri.ta.ko.ku.sa.i.ku.u.ko.o.ni.cha.ku.ri.ku.i.ta.shi.ma.su。

ただ今の時刻は*日付が変わりまして、
ta.da.i.ma.no.ji.ko.ku.wa.hi.zu.ke.ga.ka.wa.ri.ma.shi.te、

７月２日午後１時３２分でございます。
shi.chi.ga.tsu.fu.tsu.ka.go.go.i.chi.ji.sa.n.ju.u.ni.fu.n.de.go.za.i.ma.su。

皆様の安全のため、ベルト着用サインが*消えるまで、
mi.na.sa.ma.no.a.n.ze.n.no.ta.me、be.ru.to.cha.ku.yo.o.sa.i.n.ga.ki.e.ru.ma.de、

座席にお座りのままお待ちください。
za.se.ki.ni.o.su.wa.ri.no.ma.ma.o.ma.chi.ku.da.sa.i。

❶
各位旅客，目前飛機已經抵達成田國際機場。
目前當地日期時間有變更，
為7月2日的下午1:32。
為安全起見，在安全帶指示燈未熄滅前
請您稍坐在座位上等候。

❷ 予定時刻より、３０分ほど早く到着いたしました。
yo.te.i.ji.ko.ku.yo.ri、sa.n.ju.p.pu.n.ho.do.ha.ya.ku.to.o.cha.ku.i.ta.shi.ma.shi.ta。

❷ 本班機比預定時間提早約30分鐘抵達。

❸ ただ今のところ、到着は★スケジュール通り、
ta.da.i.ma.no.to.ko.ro、to.o.cha.ku.wa.su.ke.ju.u.ru.do.o.ri、
現地時間の午後２時３０分を予定しております。
ge.n.chi.ji.ka.n.no.go.go.ni.ji.sa.n.ju.p.pu.n.o.yo.te.i.shi.te.o.ri.ma.su。

皆様、★重ねて本日のご搭乗、
mi.na.sa.ma、ka.sa.ne.te.ho.n.ji.tsu.no.go.to.o.jo.o、

ありがとうございます。
a.ri.ga.to.o.go.za.i.ma.su。

❸ 目前如同預定時間，
於當地時間下午2:30抵達。
各位旅客，
再次感謝您今日的搭乘。

♪07

機場單字篇

P02～03

- □ ただ今（いま）　現在
- □ 案内（あんない）　導覽；介紹
- □ ゲート（gate）　登機門
- □ 急ぐ（いそ）　盡速
- □ 手続き（てつづ）　手續
- □ 到着（とうちゃく）　抵達
- □ 遅れる（おく）　遲到
- □ 見込み（みこ）　預定；預計

P04

- □ 定刻（ていこく）　定時
- □ 全て（すべ）　全部；所有

P06～07

- □ 利用（りよう）　使用
- □ パスポート（passport）　護照
- □ 搭乗券（とうじょうけん）　登機證
- □ 提示（ていじ）　出示
- □ 済ませる（す）　完成

P08～09

- □ 検査（けんさ）　檢查
- □ まもなく　一下子
- □ カウンター（counter）　櫃檯
- □ 越す（こ）　去

P10～11

- □ 搭乗口（とうじょうぐち）　登機門
- □ できる　能；可以
- □ 進む（すす）　前往

P13

- □ 遅れる（おく）　延遲
- □ 詫びる（わ）　道歉
- □ 客室（きゃくしつ）　客艙
- □ 担当（たんとう）　擔任

P14

- □ 時差（じさ）　時差
- □ 地上（ちじょう）　地上
- □ 報告（ほうこく）　報告
- □ 現地（げんち）　當地
- □ 天候（てんこう）　天氣
- □ 摂氏（せっし）　攝氏
- □ 座席（ざせき）　座位
- □ 座る（すわ）　坐
- □ ベルト（belt）　安全帶
- □ 着用（ちゃくよう）　穿
- □ ゆっくり　慢慢地
- □ くつろぐ　舒暢

P17

- □ 数（かず）　數量
- □ 携帯電話（けいたいでんわ）　手機
- □ 電波（でんぱ）　電磁波
- □ 発する（はっ）　發射
- □ 電子機器（でんしきき）　電子用品
- □ 化粧室（けしょうしつ）　化妝室

機場單字篇

☐ 喫煙（きつえん）
吸菸

☐ 禁止（きんし）される
被禁止

P18～19

☐ シートベルト（seat belt）
安全帶

☐ しっかり
牢固地

☐ 締（し）める
繫上

☐ 約（やく）
大約

☐ 非常口（ひじょうぐち）
緊急出口

☐ 脱出（だっしゅつ）
逃脫

☐ 援助（えんじょ）
協助

☐ 願（ねが）う
請求，拜託

☐ ポケット（pocket）
口袋

☐ しおり
手冊

☐ 早（はや）い機会（きかい）
盡早

☐ 一読（いちどく）
看一遍

☐ 離陸（りりく）
起飛

☐ 許可（きょか）
許可

☐ 見込（みこ）み
預估

☐ しばらく
暫時

P20～21

☐ スクリーン（screen）
螢幕

☐ 送（おく）る
播放

☐ 免税品（めんぜいひん）
免稅商品

☐ 上映（じょうえい）
上映

☐ フライト（flight）
飛行

☐ 機内（きない）サービス（service）
機內服務

P22～23

☐ 操縦席（そうじゅうせき）
駕駛艙

☐ ご挨拶（あいさつ）申（もう）し上（あ）げる
問候

☐ 搭乗機（とうじょうき）
搭乘班機

☐ メートル（meter）
公尺

☐ 平均対地速度（へいきんたいちそくど）
平均飛行速度

☐ キロメートル（kilometer）
公里

☐ 順調（じゅんちょう）
良好，順利

P24

☐ 参（まい）る
去（謙讓語）

☐ ほぼ
大略

☐ 定刻（ていこく）
準時

P26～27

☐ これより先（さき）
接下來

☐ おおむね
大致上

☐ ところどころ
有些地方

☐ 不安定（ふあんてい）
不穩定

☐ 備（そな）える
防備

☐ 常（つね）に
常常（文章體）

☐ ほど
大約

P28～29

☐ およそ
大約

☐ サイン（sign）
指示，信號

☐ 点灯（てんとう）する
燈亮

☐ 降下（こうか）
降下

♪09

機場單字篇

□ 予想（よそう）される
預計

□ 早（はや）めに
趁早

□ 済（す）む
（事情）完、終了

□ 場合（ばあい）
情況

P30～31

□ 控（ひか）える
節制

□ テーブル（table）
桌子

□ 足置（あしおき）
腳踏板

□ 元（もと）
本來、原來

□ 戻（もど）す
歸還

□ 酸素（さんそ）マスク（mask）
氧氣罩

□ 日付（ひづけ）
日期

□ 消（き）える
（火、燈光）熄滅

P32

□ スケジュール（schedule）
行程表、預定表

□ 重（かさ）ねて
再次

機場文法篇

日文	中文	解析	頁數
～行（ゆ）き	～往	前接地名	2

● 東京（とうきょう）行（ゆ）きの新幹線（しんかんせん）に乗（の）ります。★要搭往東京的新幹線。

日文	中文	解析	頁數
～から	由～；從～	前接起點、時間，為口語說法	2

● 3時（じ）から出発（しゅっぱつ）します。★3點出發。

日文	中文	解析	頁數
致（いた）す	做～	する的謙讓語。表示自己或自己這邊的人的"做"。	2

● これから私（わたし）が秘書（ひしょ）を致（いた）します。★今後就由我來擔任秘書。

日文	中文	解析	頁數
～より	自～；從～	用法同～から。 為正式說法	2
● あの方はアメリカより参られました。★那個人來自美國。			
ご～ください	請～	尊敬語，表請求命令。 ご+動名詞+ください	2
● ご起立ください。★請起立。			
お～ください	請～	尊敬語，表請求命令。 お+動詞連用形+ください	2
● お確かめください。★請確認。			
～ため	由於；因為～	な形容詞、名詞+のため	3
● 天候不良のため、飛行できません。★由於天候不佳無法飛行。			
～でござる	是	與です用法相同。語氣較慎重。 名詞 / 形容詞+でござる	3
● こちらの商品でございますか。★是這個商品嗎？			
～から～へ	從～到～	起點+から+終點+へ+方向 動詞去(行く)、來(来る)	4
● 北海道から沖縄へ行きます。★從北海道往沖繩。			
ご～申し上げる	我（給您做）～	謙讓語，ご＋動名詞＋申し上げる。用法比ご～いたす更正式。常使用在文章、正式場合上。	4
● ご報告申し上げます。★讓我來為您報告。			
ご～いたす	我（給您做）～	謙讓語，和ご～する的用法相同，說法比較正式。 ご+動名詞+いたす	4
● 私がご同行いたします。★就由我和您一起走。			

日文	中文	解析	頁數
ご～いただく	請(您)～	尊敬語的命令表現，表示請求。比～いただく來得更正式、禮貌。ご+動名詞+いただく	4
● こちらでご提出いただきます。★把這個提交給我們。			
～おる	正；正在	和～いる的意思相同。語氣更加鄭重、禮貌。	5
● 彼は今、寝ております。★他現在在睡覺。			
～とさせていただく	(我)得到允許做某件事	～とさせて為～とする的使役動詞，いただく為もらう的謙讓語說法	5
● これで終了とさせていただきます。★就在這邊告一段落。			
～にて	在～	前接地點、時間，比「で」的用法正式	8
● 関東にて激しい雨が降るでしょう。★關東地區可能會下豪雨。			
～させていただく	讓(我)做～；允許(我)做～	表請求、命令，～させて為～する的使役動詞，いただく為もらう的謙讓語說法	9
● 娘さんと結婚させていただきたい。★請把女兒嫁給我。			
～まで	抵達～	---	9
● 東京まで三時間かかります。★到東京要花3小時。			
～を過ぎる	超過～	前接場所、時間、數量、或某種程度	11
● もう富士山を過ぎました。★已經經過富士山了。			

日文	中文	解析	頁數
お～申し上げる	我（給您做）～	謙讓語，お＋動詞連用形＋申し上げる。用法比お～する更正式。常使用在文章、正式場合上。	13
● お悔やみ申し上げます。★請節哀順變。			
～ので	由於～。	---	14
● 事故に遭いましたので少々遅れます。★因為碰上意外所以會稍微遲到。			
～を回った	超過	指超過～（時間）點	14
● もう12時を回りました。★已經超過12點了。			
～によると	根據～	名詞+によると	14
● 天気予報によると明日は雨らしいです。★根據天氣預報，明天似乎會下雨。			
～でござる	有～	為～である、～でいる的丁寧語表現	14
● こちらでございます。★在這裡。			
～の際	～的時候	用法同～の時	14
● 旅行の際、カメラを必ず持って行きます。★旅行時，一定要帶相機。			
誠に	真的	和本当に的用法相同。常使用在文章、正式場合上。	17
● 誠に申し訳ございません。★真的很抱歉。			
～のあと	～之後	名詞＋のあと	20
● 夕食のあと友達に会いました。★吃完午餐後和朋友碰面了。			

日文	中文	解析	頁數
～について	關於～	---	21
● 会議について質問はありますか？★對於會議有什麼疑問嗎？			
～の予定	預定	---	21
● 明日の予定を確認します。★確認明天的行程。			
～を用意する	準備～	---	21
● パスポートを用意してください。★請準備護照。			
～をもちまして	到～為止	---	23
● これをもちまして本日の公演は終了です。★今天的表演到此結束。			
～を続ける	持續～	---	23
● これからも日本語を続けます。★今後也會繼續努力學日文。			
～を通過する	通過～	---	24
● この橋を通過するともうすぐです。★過了這座橋很快就到了。			
～へと向かう	前往～	---	24
● 海外へと向かう人々で混み合っています。★擠滿了往海外的人潮。			
～のところ	現在，目前	前接時間	24
● 今のところ大きな問題も無いです。★目前沒有太大的問題。			

日文	中文	解析	頁數
～通り	按照、依照	名詞／動詞原型、た型+通り	24
● 見た通り話してください。★請你將看到的說出來。			
～を受ける	收到～、接受～	---	25
● 健康診断を受ける。★接受健康檢查。			
～ため	為了～	動詞原形 / 名詞+の	26
● 留学のため毎日アルバイトしています。★為了出國留學，每天打工。			
～に入る	進入～	---	28
● あのお店に入ります。★要進去那家店。			
～に伴う	隨著～逐漸…、伴隨著～	名詞 / 動詞原形 / 動名詞+に伴う	29
● 年齢に伴って考えが変わりました。★隨著年齡增長，想法也改變了。			
お～になる		尊敬語，お+動名詞 / 動詞連用型+になる。	29
● 明日は大事なお客様がお越しになります。★明天有重要的客人要來。			
なお	更、還、在	用法同さらに	30
● 彼女は今なお美しい。★她現在更美了。			
～まま	就那樣～，保持原樣～	動詞過去式／な形容詞／名詞の+まま	31
● 食べたまま食器を片付けない。★飯後不收拾餐具。			

Column 1

飛機上也可以上網了

以前搭飛機，總是只能利用看電影、聽音樂或是睡覺來打發時間，兩三個小時左右的短程班機還可以忍受，大概看部電影、補個眠差不多就到了降落的時間。但如果是十幾個小時以上的長途飛機，漫長的搭機時間可是非常難熬的。

不過隨著科技的進步，現在有新的選擇來度過無聊的搭機時間了！

由於網路對現代人來說已經是生活中不可或缺的一部分，為了讓大家能有更好的搭機品質，航空業者也開始在飛機上提供 WIFI 給旅客使用，對依賴網路的大眾而言可說是個好消息。今後不但可以在飛機上玩遊戲、打卡、聊天、跟家人報平安，還可以查事前還沒準備好的旅遊資訊等等，可說是好處多多。

每一家航空公司對機上 WIFI 的服務都有不同的方案以及收費方式，目前都是要收費的居多，但相信隨著設備的普及，總有一天 WIFI 會像飛機上的娛樂設施一樣全部免費提供的。

關於各航空公司的機上 WIFI 服務，可以在出發前先上官網查詢付費方式以及使用方法唷！

memo

電車廣播
電車放送
出發！

10

京成Skyliner

京成スカイライナー

ke.i.se.i.su.ka.i.ra.i.na.a

▶▶▶ 站内

LIVE

❶ ５番線(ばんせん)に停車中(ていしゃちゅう)の電車(でんしゃ)は
go.ba.n.se.n.ni.te.i.sha.chu.u.no.de.n.sha.wa
当駅(とうえき)１８時(じ)３８分発(ぷんはつ)、
to.o.e.ki.ju.u.ha.chi.ji.sa.n.ju.u.ha.p.pu.n.ha.tsu、
スカイライナー４２号(ごう)
su.ka.i.ra.i.na.a.yo.n.ju.ni.go.o
上野行(うえのゆ)きでございます。
u.e.no.yu.ki.de.go.za.i.ma.su。

❶ 5號月台目前停靠列車為18:38從本站出發，開往上野的Skyliner42號。

❷ スカイライナーは全席（ぜんせき）★座席指定（ざせきしてい）となっております。
su.ka.i.ra.i.na.a.wa.ze.n.se.ki.za.se.ki.shi.te.i.to.na.t.te.o.ri.ma.su。

普通（ふつう）★乗車券（じょうしゃけん）でのほか、指定席（していせき）★特急券（とっきゅうけん）が必要（ひつよう）となります。
fu.tsu.u.jo.o.sha.ke.n.de.no.ho.ka、shi.te.i.se.ki.to.k.kyu.u.ke.n.ga.hi.tsu.yo.o.to.na.ri.ma.su。

指定席特急券（していせきとっきゅうけん）をお持（も）ちでないお客様（きゃくさま）は
shi.te.i.se.ki.to.k.kyu.u.ke.n.o.o.mo.chi.de.na.i.o.kya.ku.sa.ma.wa

ご乗車（じょうしゃ）にはなれませんので、ご注意（ちゅうい）ください。
go.jo.o.sha.ni.wa.na.re.ma.se.n.no.de、go.chu.u.i.ku.da.sa.i。

５番線（ばんせん）に停車中（ていしゃちゅう）の電車（でんしゃ）は
go.ba.n.se.n.ni.te.i.sha.chu.u.no.de.n.sha.wa

当駅（とうえき）１８時（じ）３８分発（ぷんはつ）
to.o.e.ki.ju.u.ha.chi.ji.sa.n.ju.u.ha.p.pu.n.ha.tsu

スカイライナー４２号上野行（ごううえのゆ）きでございます。
su.ka.i.ra.i.na.a.yo.n.ju.u.ni.go.o.u.e.no.yu.ki.de.go.za.i.ma.su。

❷ Skyliner為對號列車。

除一般車票外，還需要有指定座位的特急車車票。

未持有指定座位特急車車票的旅客無法搭乘。

停靠在5號月台的列車為

18:38從本站出發，

開往上野的Skyliner42號。

LIVE ❸ スカイライナーをお待ちのお客様は
su.ka.i.ra.i.na.a.o.o.ma.chi.no.o.kya.ku.sa.ma.wa

お待たせいたしました。
o.ma.ta.se.i.ta.shi.ma.shi.ta。

スカイライナー４４号上野行きです。
su.ka.i.ra.i.na.a.yo.n.ju.u.yo.n.go.o.u.e.no.yu.ki.de.su。

スカイライナーは全席指定です。
su.ka.i.ra.i.na.a.wa.ze.n.se.ki.shi.te.i.de.su。

指定券のないお客様は
shi.te.i.ke.n.no.na.i.o.kya.ku.sa.ma.wa

ご利用になれませんのでご注意ください。
go.ri.yo.o.ni.na.re.ma.se.n.no.de.go.chu.u.i.ku.da.sa.i。

特急券の乗車番号、
to.k.kyu.u.ke.n.no.jo.o.sha.ba.n.go.o、

座席番号をお★間違えのないよう
za.se.ki.ba.n.go.o.o.o.ma.chi.ga.e.no.na.i.yo.o

お願いいたします。
o.ne.ga.i.i.ta.shi.ma.su。

❸ 欲搭乘Skyliner的旅客
讓您久等了。
本列車為開往上野的Skyliner44號。
Skyliner為對號列車。
請注意，未持有指定席車票的旅客
無法搭乘。
請依照特急車車票上的
車廂號碼、座位號碼搭乘。

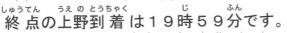

LIVE ④ スカイライナー上野行き(うえのゆき)をご利用(りよう)いただきまして、
su.ka.i.ra.i.na.a.u.e.no.yu.ki.o.go.ri.yo.o.i.ta.da.ki.ma.shi.te、

ありがとうございます。当駅(とうえき)は12分(ふん)の発車(はっしゃ)です。
a.ri.ga.to.o.go.za.i.ma.su。to.o.e.ki.wa.ju.u.ni.fu.n.no.ha.s.sha.de.su。

到着(とうちゃく)時刻(じこく)のご案内(あんない)を申(もう)し上(あ)げます。
to.o.cha.ku.ji.ko.ku.no.go.a.n.na.i.o.mo.o.shi.a.ge.ma.su。

日暮里(にっぽり)到着(とうちゃく)は19時(じ)54分(ぷん)、
ni.p.po.ri.to.o.cha.ku.wa.ju.u.ku.ji.go.ju.u.yo.n.pu.n、

終点(しゅうてん)の上野(うえの)到着(とうちゃく)は19時(じ)59分(ふん)です。
shu.u.te.n.no.u.e.no.to.o.cha.ku.wa.ju.u.ku.ji.go.ju.u.kyu.u.fu.n.de.su。

主題是「風」と「凉」
新型Skyliner是由杉本寛齋所設計的。

④
感謝您搭乘開往上野的Skyliner。
列車將於12分從本站出發。
各站抵達時間如下。
日暮里站抵達時間為19:54，
終點站上野站為19:59。

LIVE

5

でんしゃ　じょうしゃけん
この電車は乗車券のほかに
ko.no.de.n.sha.wa.jo.o.sha.ke.n.no.ho.ka.ni

とっきゅうけん　ひつよう
特急券が必要です。
to.k.kyu.u.ke.n.ga.hi.tsu.yo.o.de.su。

ぜんせき ざ せき し てい
全席座席指定です。
ze.n.se.ki.za.se.ki.shi.te.i.de.su。

し てい　ざ せき　り よう
指定された座席をご利用ください。
shi.te.i.sa.re.ta.za.se.ki.o.go.ri.yo.o.ku.da.sa.i。

★きょうりょく　ねが
ご協力をお願いします。
go.kyo.o.ryo.ku.o.o.ne.ga.i.i.ta.shi.ma.su。

5

本列車除一般車票外，

還需持有特急車票。

全座位皆為對號座位。

請依照所指定的座位搭乘。

敬請協助配合。

LIVE

6

せん
スカイアクセス線
su.ka.i.a.ku.se.su.se.n

うえ の ゆ
スカイライナー上野行きを
su.ka.i.ra.i.na.a.u.e.no.yu.ki.o

り よう
ご利用いただきまして、ありがとうございます。
go.ri.yo.o.i.ta.da.ki.ma.shi.te、a.ri.ga.to.o.go.za.i.ma.su。

とうえき　ふん　★はっしゃ　はっしゃ
当駅は１２分の発車です。まもなく発車をいたします。
to.o.e.ki.wa.ju.u.ni.fu.n.no.ha.s.sha.de.su。ma.mo.na.ku.ha.s.sha.o.i.ta.shi.ma.su。

けいせいほんせん　★うんちん　★こと　ちゅう い
京成本線とは運賃が異なります。ご注意ください。
ke.i.se.i.ho.n.se.n.to.wa.u.n.chi.n.ga.ko.to.na.ri.ma.su。go.chu.u.i.ku.da.sa.i。

6

感謝您搭乘Sky Access線，

開往上野的Skyliner。

列車將於12分從本站出發。列車即將啟動。

請留意，本列車與京成本線的車資不同。

♪11 ▶▶▶乘車

LIVE

❶ お待(ま)たせしています。
o.ma.ta.se.shi.te.i.ma.su。
この電車(でんしゃ)は成田(なりた)スカイアクセス線経由(せんけいゆ)、
ko.no.de.n.sha.wa.na.ri.ta.su.ka.i.a.ku.se.su.se.n.ke.i.yu、
スカイライナー上野行(うえのゆ)きです。途中(とちゅう)の停車駅(ていしゃえき)は
su.ka.i.ra.i.na.a.u.e.no.yu.ki.de.su。to.chu.u.no.te.i.sha.e.ki.wa
空港第(くうこうだい)２★ビル第(だい)２★旅客(りょかく)ターミナル、日暮里(にっぽり)です。
ku.u.ko.o.da.i.ni.bi.ru.da.i.ni.ryo.ka.ku.ta.a.mi.na.ru、ni.p.po.ri.de.su。
この電車(でんしゃ)は全(すべ)て★指定席(していせき)です。
ko.no.de.n.sha.wa.su.be.te.shi.te.i.se.ki.de.su。
お★手持(ても)ちの特急券(とっきゅうけん)に
o.te.mo.chi.no.to.k.kyu.u.ke.n.ni
記載(きさい)されておりますお席(せき)にお掛(か)けください。
ki.sa.i.sa.re.te.o.ri.ma.su.o.se.ki.ni.o.ka.ke.ku.da.sa.i。

❶ 各位旅客請稍候。
本列車為經由成田Sky Access線，
開往上野的Skyliner。停靠車站分別為
機場第2大樓第2旅客航廈及日暮里。
本列車皆為對號座位。
請依照特急車票上
所指示的座位乘坐。

すみません、
そこはぼくの
席のはずですが…
不好意思，那是我的座位…

❷ また★デッキ、★サービスコーナーを含めて、
ma.ta.de.k.ki、sa.a.bi.su.ko.o.na.a.o.fu.ku.me.te、

全★車両禁煙です。
ze.n.sha.ryo.o.ki.n.e.n.de.su。

★お手洗いは5号車、★ジュース類★販売機、
o.te.a.ra.i.wa.go.go.o.sha、ju.u.su.ru.i.ha.n.ba.i.ki、

サービスコーナーは4号車にございます。
sa.a.bi.su.ko.o.na.a.wa.yo.n.go.o.sha.ni.go.za.i.ma.su。

★この先揺れますので、ご注意ください。
ko.no.sa.ki.yu.re.ma.su.no.de、go.chu.u.i.ku.da.sa.i。

❷ 此外，包含車廂間通道、服務區，
本車全面禁菸。
洗手間位於第5節車廂，果汁販賣機、
服務區位於第4節車廂。
前方路段顛簸，請小心。

LIVE
❸ お待(ま)たせしました。
o.ma.ta.se.shi.ma.shi.ta。

この電車(でんしゃ)は成田(なりた)スカイアクセス線経由(せんけいゆ)、
ko.no.de.n.sha.wa.na.ri.ta.su.ka.i.a.ku.se.su.se.n.ke.i.yu、

スカイライナー上野行(うえのゆ)きです。
su.ka.i.ra.i.na.a.u.e.no.yu.ki.de.su。

途中(とちゅう)の停車駅(ていしゃえき)は空港第(くうこうだい)2ビル
to.chu.u.no.te.i.sha.e.ki.wa.ku.u.ko.o.da.i.ni.bi.ru

第(だい)2旅客(りょかく)ターミナル、日暮里(にっぽり)です。
da.i.ni.ryo.ka.ku.ta.a.mi.na.ru、ni.p.po.ri.de.su。

この電車(でんしゃ)は全(すべ)て指定席(していせき)です。
ko.no.de.n.sha.wa.su.be.te.shi.te.i.se.ki.de.su。

またデッキ、サービスコーナーを含(ふく)めて、
ma.ta.de.k.ki、sa.a.bi.su.ko.o.na.a.o.fu.ku.me.te、

全車両禁煙(ぜんしゃりょうきんえん)です。
ze.n.sha.ryo.o.ki.n.e.n.de.su。

次(つぎ)は空港第(くうこうだい)2ビル第(だい)2旅客(りょかく)ターミナル、
tsu.gi.wa.ku.u.ko.o.da.i.ni.bi.ru.da.i.ni.ryo.ka.ku.ta.a.mi.na.ru、

空港第(くうこうだい)2ビル第(だい)2旅客(りょかく)ターミナルに停車(ていしゃ)します。
ku.u.ko.o.da.i.ni.bi.ru.da.i.ni.ryo.ka.ku.ta.a.mi.na.ru.ni.te.i.sha.shi.ma.su。

❸ 各位旅客久等了。
本列車為經由成田Sky Access線，
開往上野的Skyliner。
途中將停靠機場第2大樓，
第2旅客航廈站及日暮里站。
本列車全屬對號座位。
此外，包含車廂間通道、服務區，
本車全面禁菸。
下一站停靠的是機場第2大樓第2旅客航廈，
第2大樓第2旅客航廈站。

LIVE

❹ スカイアクセス、スカイライナー上野(うえの)行(ゆ)きを
su.ka.i.a.ku.se.su、su.ka.i.ra.i.na.a.u.e.no.yu.ki.o

ご利用(りよう)いただきまして、ありがとうございます。
go.ri.yo.o.i.ta.da.ki.ma.shi.te、a.ri.ga.to.o.go.za.i.ma.su

まもなく空港第(くうこうだい)2ビルに到着(とうちゃく)です。
ma.mo.na.ku.ku.u.ko.o.da.i.ni.bi.ru.ni.to.o.cha.ku.de.su

空港第(くうこうだい)2ビルの次(つぎ)は日暮里(にっぽり)にとまります。
ku.ko.o.da.i.ni.bi.ru.no.tsu.gi.wa.ni.p.po.ri.ni.to.ma.ri.ma.su

❹ 感謝您搭乘Sky Access，開往上野的Skyliner。
即將抵達機場第2大樓。
機場第2大樓的下一站為日暮里。

LIVE

❺ スカイアクセス、スカイライナー上野行き(うえのゆ)を
su.ka.i.a.ku.se.su、su.ka.i.ra.i.na.a.u.e.no.yu.ki.o

ご利用(りよう)いただきまして、ありがとうございます。
go.ri.yo.o.i.ta.da.ki.ma.shi.te、a.ri.ga.to.o.go.za.i.ma.su。

京成本線(けいせいほんせん)とは運賃(うんちん)が異(こと)なります。
ke.i.se.i.ho.n.se.n.to.wa.u.n.chi.n.ga.ko.to.na.ri.ma.su。

ご注意(ちゅうい)ください。次(つぎ)は日暮里(にっぽり)に停(と)まります。
go.chu.u.i.ku.da.sa.i。tsu.gi.wa.ni.p.po.ri.ni.to.ma.ri.ma.su。

日暮里(にっぽり)まで停(と)まりません。
ni.p.po.ri.ma.de.to.ma.ri.ma.se.n。

京成本線成田(けいせいほんせんなりた)、船橋方面(ふなばしほうめん)へお越(こ)しのお客様(きゃくさま)は
ke.i.se.i.ho.n.se.n.na.ri.ta、fu.na.ba.shi.ho.o.me.n.e.o.ko.shi.no.o.kya.ku.sa.ma.wa

出(で)ました★ホームでお待(ま)ちください。
de.ma.shi.ta.ho.o.mu.de.o.ma.chi.ku.da.sa.i。

❺ 感謝您搭乘Sky Access、
開往上野的Skyliner。
請留意，本列車與京成本線的票價不同。
下一站將停靠日暮里。
本車直達日暮里站。
欲前往京成本線成田站、
船橋站方向的旅客
請在本月台等候。

❻ お待(ま)たせしました。
o.ma.ta.se.shi.ma.shi.ta。

スカイアクセス線(せん)、
su.ka.i.a.ku.se.su.se.n、

スカイライナー上野行(うえのゆ)き、
su.ka.i.ra.i.na.a.u.e.no.yu.ki、

発車(はっしゃ)をいたします。
ha.s.sha.o.i.ta.shi.ma.su。

❻
各位旅客久等了。
Sky Access線、
開往上野的Skyliner
即將發車。

LIVE ❼ 本日(ほんじつ)も京成(けいせい)スカイライナーをご利用(りよう)くださいまして、
ho.n.ji.tsu.mo.ke.i.se.i.su.ka.i.ra.i.na.a.o.go.ri.yo.o.ku.da.sa.i.ma.shi.te、

ありがとうございます。
a.ri.ga.to.o.go.za.i.ma.su。

この電車(でんしゃ)は成田(なりた)スカイアクセス線経由(せんけいゆ)、
ko.no.de.n.sha.wa.na.ri.ta.su.ka.i.a.ku.se.su.se.n.ke.i.yu、

スカイライナー上野行(うえのゆ)きです。
su.ka.i.ra.i.na.a.u.e.no.yu.ki.de.su。

途中(とちゅう)の停車駅(ていしゃえき)は日暮里(にっぽり)です。
to.chu.u.no.te.i.sha.e.ki.wa.ni.p.po.ri.de.su。

この電車(でんしゃ)は全(すべ)て指定席(していせき)です。
ko.no.de.n.sha.wa.su.be.te.shi.te.i.se.ki.de.su。

またデッキ、サービスコーナーを含(ふく)めて、
ma.ta.de.k.ki、sa.a.bi.su.ko.o.na.a.o.fu.ku.me.te、

全車両禁煙(ぜんしゃりょうきんえん)です。
ze.n.sha.ryo.o.ki.n.e.n.de.su。

❼ 感謝您今日搭乘京成Skyliner。
本列車為經由成田Sky Access線，
開往上野的Skyliner。
途中將停靠日暮里站。
本列車皆為對號座位。
此外，包含車廂間通道、服務區，
本車全面禁菸。

LIVE **8** お<ruby>手洗<rt>てあら</rt></ruby>いは５<ruby>号車<rt>ごうしゃ</rt></ruby>、ジュース<ruby>類販売機<rt>るいはんばいき</rt></ruby>、
o.te.a.ra.i.wa.go.go.o.sha、ju.u.su.ru.i.ha.n.ba.i.ki、

サービスコーナーは４<ruby>号車<rt>ごうしゃ</rt></ruby>にございます。
sa.a.bi.su.ko.o.na.a.wa.yo.n.go.o.sha.ni.go.za.i.ma.su。

また<ruby>携帯電話<rt>けいたいでんわ</rt></ruby>はデッキでご<ruby>使用<rt>しよう</rt></ruby>いただき、
ma.ta.ke.i.ta.i.de.n.wa.wa.de.k.ki.de.go.shi.yo.o.i.ta.da.ki、

デッキ<ruby>以外<rt>いがい</rt></ruby>の<ruby>場所<rt>ばしょ</rt></ruby>では
de.k.ki.i.ga.i.no.ba.sho.o.de.wa

*マナーモードに<ruby>設定<rt>せってい</rt></ruby>の<ruby>上<rt>うえ</rt></ruby>、
ma.na.a.mo.o.do.ni.se.t.te.i.no.u.e、

<ruby>通話<rt>つうわ</rt></ruby>はご*<ruby>遠慮<rt>えんりょ</rt></ruby>ください。
tsu.u.wa.wa.go.e.n.ryo.ku.da.sa.i。

お<ruby>客様<rt>きゃくさま</rt></ruby>のご<ruby>協力<rt>きょうりょく</rt></ruby>をお<ruby>願<rt>ねが</rt></ruby>いします。
o.kya.ku.sa.ma.no.go.kyo.o.ryo.ku.o.o.ne.ga.i.shi.ma.su。

*<ruby>次<rt>つぎ</rt></ruby>は<ruby>日暮里<rt>にっぽり</rt></ruby>、<ruby>日暮里<rt>にっぽり</rt></ruby>に<ruby>停車<rt>ていしゃ</rt></ruby>します。
tsu.gi.wa.ni.p.po.ri、ni.p.po.ri.ni.te.i.sha.shi.ma.su。

8 洗手間位於第5節車廂，果汁販賣機、
服務區位於第4節車廂。
欲使用行動電話的旅客，
請至車廂間通道。
車廂間通道以外的區域，
請將手機設定成靜音模式，
並請避免使用行動電話。
敬請各位旅客協助配合。
下一站停靠的是日暮里、日暮里。

LIVE

9 京成（けいせい）スカイライナーをご利用（りよう）いただきまして、
ke.i.se.i.su.ka.i.ra.i.na.a.o.go.ri.yo.o.i.ta.da.ki.ma.shi.te、

ありがとうございます。
a.ri.ga.to.o.go.za.i.ma.su。

到着（とうちゃく）時刻（じこく）のご案内（あんない）を申（もう）し上（あ）げます。
to.o.cha.ku.ji.ko.ku.no.go.a.n.na.i.o.mo.o.shi.a.ge.ma.su。

日暮里（にっぽり）到着（とうちゃく）は１９時（じ）５４分（ぷん）、
ni.p.po.ri.to.o.cha.ku.wa.ju.u.ku.ji.go.ju.u.yo.n.pu.n、

終点（しゅうてん）の上野（うえの）到着（とうちゃく）は１９時（じ）５９分（ふん）です。
shu.u.te.n.no.u.e.no.to.o.cha.ku.wa.ju.u.ku.ji.go.ju.u.kyu.u.fu.n.de.su。

この電車（でんしゃ）は乗車券（じょうしゃけん）のほかに
ko.no.de.n.sha.wa.jo.o.sha.ke.n.no.ho.ka.ni

特急券（とっきゅうけん）が必要（ひつよう）です。
to.k.kyu.u.ke.n.ga.hi.tsu.yo.o.de.su。

全席座席指定（ぜんせきざせきしてい）です。
ze.n.se.ki.za.se.ki.shi.te.i.de.su。

指定（してい）された座席（ざせき）をご利用（りよう）ください。
shi.te.i.sa.re.ta.za.se.ki.o.go.ri.yo.o.ku.da.sa.i。

9 感謝您搭乘京成Skyliner。
各站抵達時間如下。
日暮里站抵達時間為19:54，
終點站上野站為19:59。
本列車除一般車票外，
還需持有特急車票。
全座位皆為對號座位。
請依照指定的座位搭乘。

♪12 ▶▶▶下車

LIVE

❶ ★あと5分程(ふんほど)で日暮里(にっぽり)、日暮里(にっぽり)です。
a.to.go.fu.n.ho.do.de.ni.p.po.ri、ni.p.po.ri.de.su。

ＪＲ線(せん)、日暮里舎人(にっぽりとねり)ライナーは
je.e.a.a.ru.se.n、ni.p.po.ri.to.ne.ri.ra.i.na.a.wa

お★乗(の)り換(か)えです。
o.no.ri.ka.e.de.su。

❶ 5分鐘後即將抵達日暮里站。
欲搭乘JR線、日暮里舍人線的旅客
請在本站換車。

LIVE

❷ まもなく日暮里(にっぽり)、日暮里(にっぽり)です。
ma.mo.na.ku.ni.p.po.ri、ni.p.po.ri.de.su。

出口(でぐち)は右側(みぎがわ)です。
de.gu.chi.wa.mi.gi.ga.wa.de.su。

お降(お)りのお客様(きゃくさま)は
o.o.ri.no.o.kya.ku.sa.ma.wa

お★忘(わす)れ物(もの)をなさいませんよう、
o.wa.su.re.mo.no.o.na.sa.i.ma.se.n.yo.o、

ご★支度(したく)ください。
go.shi.ta.ku.ku.da.sa.i。

本日(ほんじつ)も京成(けいせい)スカイライナーを
ho.n.ji.tsu.mo.ke.i.se.i.su.ka.i.ra.i.na.a.o

ご利用(りよう)くださいまして、
go.ri.yo.o.ku.da.sa.i.ma.shi.te、

ありがとうございました。
a.ri.ga.to.o.go.za.i.ma.shi.ta。

日暮里(にっぽり)の次(つぎ)は終点(しゅうてん)上野(うえの)、上野(うえの)です。
ni.p.po.ri.no.tsu.gi.wa.shu.u.te.n.u.e.no、u.e.no.de.su。

❷ 即將抵達日暮里、日暮里。
出口在右側。
欲下車的旅客
請記得您隨身攜帶的物品，
準備下車。
感謝您今日搭乘京成Skyliner。
日暮里的下一站為
終點站上野、上野。

LIVE

3 京成(けいせい)スカイライナーをご利用(りよう)いただきまして、
ke.i.se.i.su.ka.i.ra.i.na.a.o.go.ri.yo.o.i.ta.da.ki.ma.shi.te、

ありがとうございました。
a.ri.ga.to.o.go.za.i.ma.shi.ta。

まもなく日暮里(にっぽり)に到着(とうちゃく)です。
ma.mo.na.ku.ni.p.po.ri.ni.to.o.cha.ku.de.su。

お忘(わす)れ物(もの)をなさいませんよう、ご注意(ちゅうい)ください。
o.wa.su.re.mo.no.o.na.sa.i.ma.se.n.yo.o、go.chu.u.i.ku.da.sa.i。

3 感謝您今日搭乘京成Skyliner。
日暮里站到了。
請留意您的隨身物品。

LIVE

4 次(つぎ)は終点上野(しゅうてんうえの)、上野(うえの)です。
tsu.gi.wa.shu.u.te.n.u.e.no、u.e.no.de.su。

ＪＲ線(せん)、東京(とうきょう)メトロ銀座線(ぎんざせん)、
je.e.a.ru.se.n、to.o.kyo.o.me.to.ro.gi.n.za.se.n、

日比谷線(ひびやせん)はお乗(の)り換(か)えです。
hi.bi.ya.se.n.wa.o.no.ri.ka.e.de.su。

4 下一站終點站上野、上野。
欲搭乘JR線、東京Metro銀座線、
日比谷線的旅客請在本站換車。

❺ まもなく終点上野、上野です。
ma.mo.na.ku.shu.u.te.n.u.e.no、u.e.no.de.su。

*どなたさまもお忘れ物をなさいませんよう、
do.na.ta.sa.ma.mo.o.wa.su.re.mo.no.o.na.sa.i.ma.se.n.yo.o、

お支度ください。
o.shi.ta.ku.ku.da.sa.i。

本日も京成スカイライナーをご利用くださいまして、
ho.n.ji.tsu.mo.ke.i.se.i.su.ka.i.ra.i.na.a.o.go.ri.yo.o.ku.da.sa.i.ma.shi.te、

ありがとうございました。
a.ri.ga.to.o.go.za.i.ma.shi.ta。

❺ 即將抵達終點站上野、上野。
敬請各位旅客別忘了您隨身攜帶的物品，
請準備下車。
感謝您今日搭乘京成Skyliner。

❻ 上野終点でございます。
u.e.no.shu.u.te.n.de.go.za.i.ma.su。

出口は右側です。
de.gu.chi.wa.mi.gi.ga.wa.de.su。

❻ 終點站上野到了。
出口在右邊。

13

東京單軌電車

東京モノレール

to.o.kyo.o.mo.no.re.e.ru

▶▶▶ 站內

❶ お待(ま)たせしました。
o.ma.ta.se.shi.ma.shi.ta。
２番線(ばんせん)から空港快速浜松町行(くうこうかいそくはままつちょうゆ)きが
ni.ba.n.se.n.ka.ra.ku.u.ko.o.ka.i.so.ku.ha.ma.ma.tsu.cho.o.yu.ki.ga
発車(はっしゃ)いたします。
ha.s.sha.i.ta.shi.ma.su。

❶ 各位旅客久等了。
2號月台開往濱松町的機場快速列車
即將發車。

❷ ２番線(ばんせん)の電車(でんしゃ)は
ni.ba.n.se.n.no.de.n.sha.wa
空港快速浜松町行(くうこうかいそくはままつちょうゆ)きです。
ku.u.ko.o.ka.i.so.ku.ha.ma.ma.tsu.cho.o.yu.ki.de.su。
途中羽田空港第(とちゅうはねだくうこうだい)１ビル、
to.chu.u.ha.ne.da.ku.u.ko.o.da.i.i.chi.bi.ru、
羽田空港国際線(はねだくうこうこくさいせん)ビル、
ha.ne.da.ku.u.ko.o.ko.ku.sa.i.se.n.bi.ru、
終点浜松町(しゅうてんはままつちょう)に停(と)まります。
shu.u.te.n.ha.ma.ma.tsu.cho.o.ni.to.ma.ri.ma.su。

❷ 2號月台為
開往濱松町的機場快速列車。
途中將停靠羽田機場第1大樓，
羽田機場國際線大樓，
最後抵達終點站濱松町。

♪14 ▶▶▶乘車

❶

東京★モノレールをご利用いただきまして、
to.o.kyo.o.mo.no.re.e.ru.o.go.ri.yo.o.i.ta.da.ki.ma.shi.te、

ありがとうございます。
a.ri.ga.to.o.go.za.i.ma.su。

ご乗車のモノレールは空港快速浜松町行きです。
go.jo.o.sha.no.mo.no.re.e.ru.wa.ku.u.ko.o.ka.i.so.ku.ha.ma.ma.tsu.cho.o.yu.ki.de.su。

途中羽田空港第１ビル、羽田空港国際線ビル、
to.chu.u.ha.ne.da.ku.u.ko.o.da.i.i.chi.bi.ru、ha.ne.da.ku.u.ko.o.ko.ku.sa.i.se.n.bi.ru、

終点浜松町に停車いたします。
shu.u.te.n.ha.ma.ma.tsu.cho.o.ni.te.i.sha.i.ta.shi.ma.su。

羽田空港第１ビル、羽田空港国際線ビル、
ha.ne.da.ku.u.ko.o.da.i.i.chi.bi.ru、ha.ne.da.ku.u.ko.o.ko.ku.sa.i.se.n.bi.ru、

浜松町以外の駅には停まりませんので、ご注意ください。
ha.ma.ma.tsu.cho.o.i.ga.i.no.e.ki.ni.wa.to.ma.ri.ma.se.n.no.de、go.chu.u.i.ku.da.sa.i。

このモノレールは★ワンマン運転を行っております。
ko.no.mo.no.re.e.ru.wa.wa.n.ma.n.u.n.te.n.o.o.ko.na.t.te.o.ri.ma.su。

❶ 感謝您搭乘東京單軌列車。
本列車為開往
濱松町的機場快速線。
途中將停靠羽田機場第1大樓、羽田機場國際線大樓
及終點站濱松町。
各位旅客請注意，
羽田機場第1大樓、羽田機場國際線大樓、
以及濱松町以外將不停靠其它車站，
本單軌列車為單人駕駛。

❷ お客様にお願いいたします。
o.kya.ku.sa.ma.ni.o.ne.ga.i.i.ta.shi.ma.su。

このモノレールは★優先席がございます。
ko.no.mo.no.re.e.ru.wa.yu.u.se.n.se.ki.ga.go.za.i.ma.su。

お★年寄りやお体の不自由な方、
o.to.shi.yo.ri.ya.o.ka.ra.da.no.fu.ji.yu.u.na.ka.ta、

★妊娠中や乳幼児をお★連れの方が
ni.n.shi.n.chu.u.ya.nyu.u.yo.o.ji.o.o.tsu.re.no.ka.ta.ga

いらっしゃいましたら、
i.ra.s.sha.i.ma.shi.ta.ra、

席をお★譲りください。
se.ki.o.o.yu.zu.ri.ku.da.sa.i。

なお、お一人でも多くのお客様に
na.o、o.hi.to.ri.de.mo.o.o.ku.no.o.kya.ku.sa.ma.ni

お座りいただけますよう、
o.su.wa.ri.i.ta.da.ke.ma.su.yo.o、

座席にはお★荷物を置かれませんよう
za.se.ki.ni.wa.o.ni.mo.tsu.o.o.ka.re.ma.se.n.yo.o

ご協力をお願いいたします。
go.kyo.o.ryo.o.ku.o.o.ne.ga.i.i.ta.shi.ma.su。

❷ 各位旅客請注意，
本列車設有博愛座，
敬請讓座給老弱婦孺。
此外，為了讓更多的旅客有座位坐，
也請配合勿將行李放置在座位上。

③

つぎ　ていしゃえき　はねだくうこうだい
次の停車駅は羽田空港第１ビル、
tsu.gi.no.te.i.sha.e.ki.wa.ha.ne.da.ku.u.ko.o.da.i.i.chi.bi.ru、
はねだくうこうだい
羽田空港第１ビルです。
ha.ne.da.ku.u.ko.o.da.i.i.chi.bi.ru.de.su。

③ 下一站羽田機場第1大樓、
羽田機場第1大樓。

④

はねだくうこうこくさいせん
羽田空港国際線ビル、
ha.ne.da.ku.u.ko.o.ko.ku.sa.i.se.n.bi.ru、
はねだくうこうこくさいせん
羽田空港国際線ビル。
ha.ne.da.ku.u.ko.o.ko.ku.sa.i.se.n.bi.ru。
じょうしゃ
ご乗車のモノレールは
go.jo.o.sha.no.mo.no.re.e.ru.wa
くうこうかいそくはままつちょうゆ
空港快速浜松町行きです。
ku.u.ko.o.ka.i.so.ku.ha.ma.ma.tsu.cho.o.yu.ki.de.su。
とうえき　はっしゃ　しゅうてんはままつちょう
当駅を発車しますと、終点浜松町まで
to.o.e.ki.o.ha.s.sha.shi.ma.su.to、shu.u.te.n.ha.ma.ma.tsu.cho.o.ma.de
と　ちゅうい
停まりませんので、ご注意ください。
to.ma.ri.ma.se.n.no.de、go.chu.u.i.ku.da.sa.i。

④ 羽田機場國際線大樓、
羽田機場國際線大樓。
您所搭乘的單軌電車是
開往濱松町的機場快速列車。
列車從本站發車後，將直達
終點站濱松町，還請特別留意。

❺ LIVE

とうきょう
東京モノレールを
to.o.kyo.o.mo.no.re.e.ru.o

りよう
ご利用いただきまして
go.ri.yo.o.i.ta.da.ki.ma.shi.te

ありがとうございます。
a.ri.ga.to.o.go.za.i.ma.su。

つぎ　ていしゃえき　はままつちょう
次の停車駅は浜松町、
tsu.gi.no.te.i.sha.e.ki.wa.ha.ma.ma.tsu.cho.o、
はままつちょうしゅうてん
浜松町終点です。
ha.ma.ma.tsu.cho.o.shu.u.te.n.de.su。

❺ 感謝您搭乘東京單軌列車。
下一站停靠車站為
濱松町、終點站濱松町。

❻ LIVE

きゃくさま　ねが
お客様にお願いいたします。
o.kya.ku.sa.ma.ni.o.ne.ga.i.i.ta.shi.ma.su。

ゆうせんせき
このモノレールは優先席がございます。
ko.no.mo.no.re.e.ru.wa.yu.u.se.n.se.ki.ga.go.za.i.ma.su。

としよ　からだ　ふじゆう　かた
お年寄りやお体の不自由な方、
o.to.shi.yo.ri.ya.o.ka.ra.da.no.fu.ji.yu.u.na.ka.ta、
にんしんちゅう　にゅうようじ　つ　かた
妊娠中や乳幼児をお連れの方が
ni.n.shi.n.chu.u.ya.nyu.u.yo.o.ji.o.o.tsu.re.no.ka.ta.ga

せき　ゆず
いらっしゃいましたら、席をお譲りください。
i.ra.s.sha.i.ma.shi.ta.ra、se.ki.o.o.yu.zu.ri.ku.da.sa.i。

❻ 各位旅客請注意，
本列車設有博愛座，
敬請讓座給老弱婦孺。

LIVE

❼ 危険防止のため、★急ブレーキをかけることが
ki.ke.n.bo.o.shi.no.ta.me、kyu.u.bu.re.e.ki.o.ka.ke.ru.ko.to.ga

ございますので、お立ちのお客様は
go.za.i.ma.su.no.de、o.ta.chi.no.o.kya.ku.sa.ma.wa

お近くの★つり革または★手すりにお★つかまり下さい。
o.chi.ka.ku.no.tsu.ri.ka.wa.ma.ta.wa.te.su.ri.ni.o.tsu.ka.ma.ri.ku.da.sa.i。

★あみ棚にお★載せになりましたお荷物は
a.mi.da.na.ni.o.no.se.ni.na.ri.ma.shi.ta.o.ni.mo.tsu.wa

★走行中落ちることがないようにご注意ください。
so.o.ko.o.chu.u.o.chi.ru.ko.to.ga.na.i.yo.o.ni.go.chu.u.i.ku.da.sa.i。

❼ 由於會有緊急煞車的情況發生，
請站著的旅客
緊握您身旁的吊環及欄杆，以免發生危險。
另外也請小心，避免您放置在網架上的行李
於行駛間掉落。

❽ 優先席付近では
yu.u.se.n.se.ki.fu.ki.n.de.wa

携帯電話の電源をお★切りください。
ke.i.ta.i.de.n.wa.no.de.n.ge.n.o.o.ki.ri.ku.da.sa.i。

それ以外の場所では
so.re.i.ga.i.no.ba.sho.de.wa

マナーモードに設定の上、
ma.na.a.mo.o.do.o.ni.se.t.te.i.no.u.e、

通話はお控えください。
tsu.u.wa.wa.o.hi.ka.e.ku.da.sa.i。

❽ 位於博愛座附近的旅客
請將手機關機，
於其它位置時
也請將行動電話設定為靜音模式，
並儘量避免使用行動電話。

9

お一人(ひとり)でも多(おお)くのお客様(きゃくさま)に
o.hi.to.ri.de.mo.o.o.ku.no.o.kya.ku.sa.ma.ni

お座(すわ)りいただけますよう、
o.su.wa.ri.i.ta.da.ke.ma.su.yo.o、

座席(ざせき)にはお荷物(にもつ)を置(お)かれませんよう
za.se.ki.ni.wa.o.ni.mo.tsu.o.o.ka.re.ma.se.n.yo.o

ご協力(きょうりょく)お願(ねが)いいたします。
go.kyo.o.ryo.ku.o.ne.ga.i.i.ta.shi.ma.su。

お客様(きゃくさま)にお★知(し)らせいたします。
o.kya.ku.sa.ma.ni.o.shi.ra.se.i.ta.shi.ma.su。

ただ今(いま)、東京(とうきょう)モノレールは
ta.da.i.ma、to.o.kyo.o.mo.no.re.e.ru.wa

★警戒警備(けいかいけいび)を実施(じっし)しております。
ke.i.ka.i.ke.i.bi.o.ji.s.shi.shi.te.o.ri.ma.su。

お客様(きゃくさま)に置(お)かれましても
o.kya.ku.sa.ma.ni.o.ka.re.ma.shi.te.mo

★不審(ふしん)なものなど見掛(みか)けましたら
fu.shi.n.na.mo.no.na.do.mi.ka.ke.ma.shi.ta.ra

お手(て)を★触(ふ)れずに、
o.te.o.fu.re.zu.ni、

★駅係員(えきかかりいん)又(また)は★乗務員(じょうむいん)まで
e.ki.ka.ka.ri.i.n.ma.ta.wa.jo.o.mu.i.n.ma.de

お知(し)らせください。
o.shi.ra.se.ku.da.sa.i。

皆様(みなさま)のご理解(りかい)とご協力(きょうりょく)を
mi.na.sa.ma.no.go.ri.ka.i.to.go.kyo.o.ryo.ku.o

お願(ねが)いいたします。
o.ne.ga.i.i.ta.shi.ma.su。

9 此外，為了讓更多的旅客
能有座位乘坐，
還請您配合
勿將行李放置在座位上。
在此提醒各位旅客，
目前東京單軌列車
正在實施警戒防禦措施。
各位旅客如發現任何
不明物品時，
請勿伸手觸摸，
並請直接通報
站內人員或駕駛人員。
敬請各位旅客諒解及配合。

♪15 ▸▸▸下車

❶

東京モノレールをご利用いただきまして
to.o.kyo.o.mo.no.re.e.ru.o.go.ri.yo.o.i.ta.da.ki.ma.shi.te

ありがとうございました。
a.ri.ga.to.o.go.za.i.ma.shi.ta。

まもなく終点浜松町、
ma.mo.na.ku.shu.u.te.n.ha.ma.ma.tsu.cho.o、

浜松町です。
ha.ma.ma.tsu.cho.o.de.su。

お出口は左側です。
o.de.gu.chi.wa.hi.da.ri.ga.wa.de.su。

❶
感謝您今日搭乘
東京單軌列車。
本列車即將抵達終點站
濱松町。
出口在左邊。

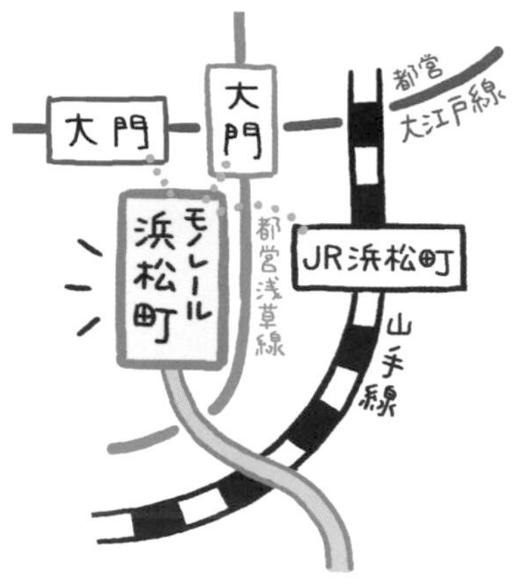

❷

ＪＲ線、都営浅草線、
je.e.a.a.ru.se.n、to.e.i.a.sa.ku.sa.se.n、

大江戸線をご利用のお客様は
o.o.e.do.se.n.o.go.ri.yo.o.no.o.kya.ku.sa.ma.wa

お乗り換えです。
o.no.ri.ka.e.de.su。

お忘れ物のないように、
o.wa.su.re.mo.no.no.na.i.yo.o.ni、

お支度をお願いいたします。
o.shi.ta.ku.o.o.ne.ga.i.i.ta.shi.ma.su。

到着しますと右側の*扉も*開きますので
to.o.cha.ku.shi.ma.su.to.mi.gi.ga.wa.no.to.bi.ra.mo.hi.ra.ki.ma.su.no.de

ご注意ください。
go.chu.u.i.ku.da.sa.i。

❷
欲搭乘JR線、都營淺草線、
大江戶線的旅客
請在本站換車。
請確認好您的隨身物品
準備下車。
請留意列車到站後
右方車門也將開啟。

③

みぎがわ　とびら　じょうしゃせんよう
右側の扉は★乗車専用です。
mi.gi.ga.wa.no.to.bi.ra.wa.jo.o.sha.se.n.yo.o.de.su。

ひだりがわ　でぐち　りよう
左側の出口をご利用ください。
hi.da.ri.ga.wa.no.de.gu.chi.o.go.ri.yo.o.ku.da.sa.i。

あいだ　ひろ　あ
モノレールとホームの★間が★広く★空いております。
mo.no.re.e.ru.to.ho.o.mu.no.a.i.da.ga.hi.ro.ku.a.i.te.o.ri.ma.su。

お　さい　あしもと　ちゅうい
お★降りの際はお★足元にご注意ください。
o.o.ri.no.sa.i.wa.o.a.shi.mo.to.ni.go.chu.u.i.ku.da.sa.i。

③
右側車門為上車專用，
下車時請利用左側出口。
單軌列車與月台間距較寬，
下車時請留意您的腳步。

④

はままつちょうしゅうてん
浜松町終点です。
ha.ma.ma.tsu.cho.o.shu.u.te.n.de.su。

りよう
ご利用ありがとうございました。
o.ri.yo.o.a.ri.ga.to.o.go.za.i.ma.shi.ta。

わす　もの　ちゅうい
お忘れ物のないよう、ご注意ください。
o.wa.su.re.mo.no.no.na.i.yo.o、go.chu.u.i.ku.da.sa.i。

あいだ
モノレールとホームの間が
mo.no.re.e.ru.to.ho.o.mu.no.a.i.da.ga.

ひろ　あ
広く空いているところがあります。
hi.ro.ku.a.i.te.i.ru.to.ko.ro.ga.a.ri.ma.su。

あしもと　ちゅうい
お足元にご注意ください。
o.a.shi.mo.to.ni.go.chu.u.i.ku.da.sa.i。

④ 終點站濱松町。
感謝您的搭乘。
請別忘了您的隨身物品。
單軌列車與月台間
部分區域間距較寬，
請留意您的腳步。

♪16

京濱急行

京浜急行

ke.i.hi.n.kyu.u.ko.o

▶▶▶ 站内

❶ 次(つぎ)の発車(はっしゃ)は２番線(ばんせん)から品川(しながわ)、新橋(しんばし)、
tsu.gi.no.ha.s.sha.wa.ni.ba.n.se.n.ka.ra.shi.na.ga.wa、shi.n.ba.shi、
日本橋方面(にほんばしほうめん)エアポート快特成田空港行(かいとくなりたくうこうゆ)きです。
ni.ho.n.ba.shi.ho.o.me.n.e.a.po.o.to.ka.i.to.ku.na.ri.ta.ku.u.ko.o.yu.ki.de.su。
この電車(でんしゃ)の品川(しながわ)までの*停車駅(ていしゃえき)は
ko.no.de.n.sha.no.shi.na.ga.wa.ma.de.no.te.i.sha.e.ki.wa
羽田空港国際線(はねだくうこうこくさいせん)*ターミナルです。
ha.ne.da.ku.u.ko.o.ko.ku.sa.i.se.n.ta.a.mi.na.ru.de.su。

❶ 下一班列車為2號月台經由品川、新橋、
日本橋開往成田機場的Airport特快列車。
往品川站的電車途中停靠車站為
羽田機場國際線航站。

成田空港 京成高砂 2

快特 成田空港

09 2100

❷ 2番線はエアポート快特成田空港行きです。
ni.ba.n.se.n.wa.e.a.po.o.to.ka.i.to.ku.na.ri.ta.ku.u.ko.o.yu.ki.de.su。

当駅を出ますと次は羽田空港国際線ターミナルに
to.o.e.ki.o.de.ma.su.to.tsu.gi.wa.ha.ne.da.ku.u.ko.o.ko.ku.sa.i.se.n.ta.a.mi.na.ru.ni

停まります。羽田空港国際線ターミナルから先、
to.ma.ri.ma.su。ha.ne.da.ku.u.ko.o.ko.ku.sa.i.se.n.ta.a.mi.na.ru.ka.ra.sa.ki、

品川まで途中停まりませんので、ご注意ください。
shi.na.ga.wa.ma.de.to.chu.u.to.ma.ri.ma.se.n.no.de、go.chu.u.i.ku.da.sa.i。

❷ 2號月台為開往成田機場的Airport機場特快列車。
本列車從本站出發後，下一站停靠站為羽田機場國際線航站。
各位旅客請注意，本列車在停靠羽田機場國際線航站後，
至品川站途中將不停靠其他車站。

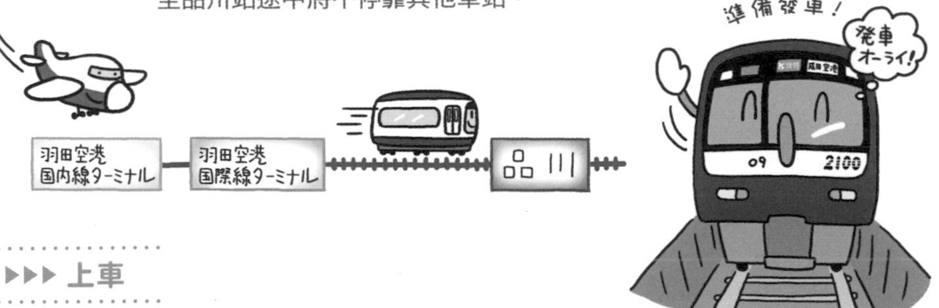

▶▶▶ 上車

❸ エアポート快特成田空港行きが発車します。
e.a.po.o.to.ka.i.to.ku.na.ri.ta.ku.u.ko.o.yu.ki.ga.ha.s.sha.shi.ma.su。

次は羽田空港国際線ターミナルに停車します。
tsu.gi.wa.ha.ne.da.ku.u.ko.o.ko.ku.sa.i.se.n.ta.a.mi.na.ru.ni.te.i.sha.shi.ma.su。

*閉まるドアにご注意ください。
shi.ma.ru.do.a.ni.go.chu.u.i.ku.da.sa.i。

次は羽田空港国際線ターミナルです。ドアを閉めます。
tsu.gi.wa.ha.ne.da.ku.u.ko.o.ko.ku.sa.i.se.n.ta.a.mi.na.ru.de.su。do.a.o.shi.me.ma.su。

❸ 往成田機場的Airport特快列車即將發車。
下一站將停靠羽田機場國際線航站。
車門即將關閉請小心。
下一站羽田機場國際線航站。車門關閉。

▶▶▶乗車

LIVE
❹

ご乗車(じょうしゃ)ありがとうございます。
go.jo.o.sha.a.ri.ga.to.o.go.za.i.ma.su。
品川(しながわ)、新橋(しんばし)、浅草方面(あさくさほうめん)、
shi.na.ga.wa、shi.n.ba.shi、a.sa.ku.sa.ho.o.me.n、
エアポート★快特(かいとく)成田(なりた)空港(くうこう)行(ゆ)きです。
e.a.po.o.to.ka.i.to.ku.na.ri.ta.ku.u.ko.o.yu.ki.de.su。
次(つぎ)は品川(しながわ)です。
tsu.gi.wa.shi.na.ga.wa.de.su。

❹ 感謝您的搭乘。
此車為行經品川、新橋，日本橋，
往成田機場的Airport特快列車。
下一站品川站。

LIVE
❺

まもなく品川(しながわ)、品川(しながわ)です。
ma.mo.na.ku.shi.na.ga.wa、shi.na.ga.wa.de.su。
ＪＲ線(せん)ご利用(りよう)のお客様(きゃくさま)は
je.e.a.a.ru.se.n.go.ri.yo.o.no.o.kya.ku.sa.ma.wa
お乗換(のりか)えです。品川(しながわ)から先(さき)、
o.no.ri.ka.e.de.su。shi.na.ga.wa.ka.ra.sa.ki、
都営線内(とえいせんない)は各駅(かくえき)に停(と)まります。
to.e.i.se.n.na.i.wa.ka.ku.e.ki.ni.to.ma.ri.ma.su。
品川(しながわ)の次(つぎ)は泉岳寺(せんがくじ)に停車(ていしゃ)します。
shi.na.ga.wa.no.tsu.gi.wa.se.n.ga.ku.ji.ni
te.i.sha.shi.ma.su。

❺ 即將抵達品川、品川。
欲搭乘JR線的旅客
請在本站換車。
抵達品川站後，
都營線內為各站停車。
品川的下一站為泉岳寺。

【愛普生品川水族館】エプソン品川アクアスタジアム
"愛普生品川水族館"設有水族館（容納約350種、共約10,000條來自世界各地海洋的生物）、海豚暢泳其中的圓型游泳池，以及多款機動遊戲。

▶▶▶下車

❻ ご乗車(じょうしゃ)ありがとうございました。品川(しながわ)に到着(とうちゃく)です。
go.jo.o.sha.a.ri.ga.to.o.go.za.i.ma.shi.ta。shi.na.ga.wa.ni.to.o.cha.ku.de.su。

車内(しゃない)にお忘(わす)れ物(もの)ございませんようご注意(ちゅうい)ください。
sha.na.i.ni.o.wa.su.re.mo.no.go.za.i.ma.se.n.yo.o.go.chu.u.i.ku.da.sa.i。

エアポート快特成田(かいとくなりた)空港(くうこう)行(ゆ)きです。
e.a.po.o.to.ka.i.to.ku.na.ri.ta.ku.u.ko.o.yu.ki.de.su。

次(つぎ)は泉岳寺(せんがくじ)に停車(ていしゃ)いたします。
tsu.gi.wa.se.n.ga.ku.ji.ni.te.i.sha.i.ta.shi.ma.su。

❻ 感謝您的搭乘，品川站到了。
請記得您的隨身物品。
本車為開往成田機場的Airport特快列車。
下一站停靠站為泉岳寺。

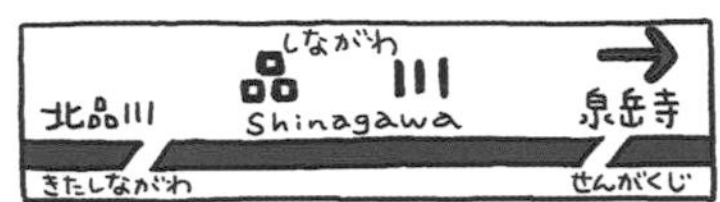

JR-山手線

JR-山手線

je.e.a.a.ru – ya.ma.no.te.se.n

▶▶▶ 站内

❶ 当駅(とうえき)では喫煙所(きつえんじょ)を*除(のぞ)きまして、
to.o.e.ki.de.wa.ki.tsu.e.n.jo.o.no.zo.ki.ma.shi.te、
*終日禁煙(しゅうじつきんえん)となっております。
shu.u.ji.tsu.ki.n.e.n.to.na.t.te.o.ri.ma.su。
皆様(みなさま)のご協力(きょうりょく)をお願(ねが)い致(いた)します。
mi.na.sa.ma.no.go.kyo.o.ryo.ku.o.o.ne.ga.i.i.ta.shi.ma.su。

❶
本月台
全面禁止吸菸，
敬請各位合作，謝謝。

❷ ただ今山手線は
いまやまのてせん
ta.da.i.ma.ya.ma.no.te.se.n.wa

約５分遅れで運転しております。
やく ふんおく うんてん
ya.ku.go.fu.n.o.ku.re.de.u.n.te.n.shi.te.o.ri.ma.su。

お急ぎのお客様には
いそ きゃくさま
o.i.so.gi.no.o.kya.ku.sa.ma.ni.wa

大変ご迷惑をおかけして、
たいへん めいわく
ta.i.he.n.go.me.i.wa.ku.o.o.ka.ke.shi.te、

★申し訳ございません。
もう わけ
mo.o.shi.wa.ke.go.za.i.ma.se.n

❷ 目前山手線
延遲大約5分鐘發車。
為趕時間的旅客
帶來諸多不便，
敬請見諒。

❸ 山手線の電車、
やまのてせん でんしゃ
ya.ma.no.te.se.n.no.de.n.sha、

ただ今安全確認を★行っております。
いまあんぜんかくにん おこな
ta.da.i.ma.a.n.ze.n.ka.ku.ni.n.o.o.ko.na.t.te.o.ri.ma.su。

電車到着までもうしばらくお待ちください。
でんしゃとうちゃく ま
de.n.sha.to.o.cha.ku.ma.de.mo.o.shi.ba.ra.ku.o.ma.chi.ku.da.sa.i。

❸
山手線的電車
目前正進行安檢，
列車進站前請各位旅客稍候。

❹ 山手線(やまのてせん)★外回(そとまわ)り、
ya.ma.no.te.se.n.so.to.ma.wa.ri、
渋谷(しぶや)・新宿方面(しんじゅくほうめん)へ行(い)かれるお客様(きゃくさま)は
shi.bu.ya・shi.n.ju.ku.ho.o.me.n.e.i.ka.re.ru.o.kya.ku.sa.ma.wa
次(つぎ)に7番線(ばんせん)にまいります電車(でんしゃ)をご利用(りよう)ください。
tsu.gi.ni.na.na.ba.n.se.n.ni.ma.i.ri.ma.su.de.n.sha.o.go.ri.yo.o.ku.da.sa.i。

❹ 搭乘山手線外圈列車
往澀谷新宿方向的旅客
請於7號月台搭車。

▸▸▸ 當列車擁擠，有旅客硬擠上車時

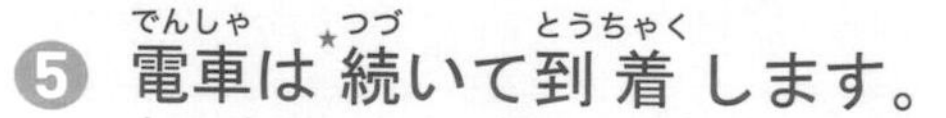

❺ 電車(でんしゃ)は★続(つづ)いて到着(とうちゃく)します。
de.n.sha.wa.tsu.zu.i.te.to.o.cha.ku.shi.ma.su。
ご無理(むり)をなさらず、
go.mu.ri.o.na.sa.ra.zu、
次(つぎ)の電車(でんしゃ)をご利用(りよう)ください。
tsu.gi.no.de.n.sha.o.go.ri.yo.o.ku.da.sa.i。

❺ 列車將陸續進站。
請勿勉強上車，
請改搭下一班列車。

❻ まもなく5番線(ばんせん)に★回送電車(かいそうでんしゃ)がまいります。
ma.mo.na.ku.go.ba.n.se.n.ni.ka.i.so.o.de.n.sha.ga.ma.i.ri.ma.su。

この電車(でんしゃ)にはご乗車(じょうしゃ)になれませんのでご注意(ちゅうい)ください。
ko.no.de.n.sha.ni.wa.go.jo.o.sha.ni.na.re.ma.se.n.no.de.go.chu.u.i.ku.da.sa.i。

❻ 5號月台迴送列車即將進站。

敬請各位旅客注意，請勿搭乘本列車。

❼ まもなく7番線(ばんせん)に当駅停(とうえきど)まりの電車(でんしゃ)がまいります。
ma.mo.na.ku.na.na.ba.n.se.n.ni.to.o.e.ki.do.ma.ri.no.de.n.sha.ga.ma.i.ri.ma.su。

この電車(でんしゃ)にはご乗車(じょうしゃ)になれませんので、ご注意(ちゅうい)ください。
ko.no.de.n.sha.ni.wa.go.jo.o.sha.ni.na.re.ma.se.n.no.de、go.chu.u.i.ku.da.sa.i。

❼ 7號月台的列車即將進站。

請注意，本列車不提供載客服務。

❽

まもなく1番線(ばんせん)に山手線(やまのてせん)★内回(うちまわ)り、
ma.mo.na.ku.i.chi.ba.n.se.n.ni.ya.ma.no.te.se.n.u.chi.ma.wa.ri、

渋谷(しぶや)·新宿(しんじゅく)方面行(ほうめんゆ)きがまいります。
shi.bu.ya・shi.n.ju.ku.ho.o.me.n.yu.ki.ga.ma.i.ri.ma.su。

黄色(きいろ)い線(せん)までお★下(さ)がりください。
ki.i.ro.i.se.n.ma.de.o.sa.ga.ri.ku.da.sa.i。

❽ 1號月台即將進站的是山手線內圈，

往澀谷、新宿方向的列車。

請退至黃線後方。

9

ばんせん　ていしゃちゅう　でんしゃ
３番線に停車 中 の電車は、
sa.n.ba.n.se.n.ni.te.i.sha.chu.u.no.de.n.sha.wa、

やまのてせんうちまわ
山手線内回り、
ya.ma.no.te.se.n.u.chi.ma.wa.ri、

しぶ や　しながわほうめん ゆ
渋谷・品川方面行きです。
shi.bu.ya・shi.na.ga.wa.ho.o.me.n.yu.ki.de.su。

9
3號月台目前停靠的列車為
山手線內圈，
往澀谷、品川方向的列車。

10

ばんせん
まもなく４番線から、
ma.mo.na.ku.yo.n.ba.n.se.n.ka.ra、

とうえき★ し はつ　やまのてせんそとまわ
当駅★始発の山手線外回り、
to.o.e.ki.shi.ha.tsu.no.ya.ma.no.te.se.n.so.to.ma.wa.ri、

しんじゅく　いけぶくろほうめん ゆ　でんしゃ
新 宿 ・池 袋 方面行き電車が
shi.n.ju.ku・i.ke.bu.ku.ro.ho.o.me.n.yu.ki.de.n.sha.ga

はっしゃ
発車いたします。
ha.s.sha.i.ta.shi.ma.su。

り よう　きゃくさま　じょうしゃ
ご利用のお 客 様はご 乗 車になって
go.ri.yo.o.no.o.kya.ku.sa.ma.wa.go.jo.o.sha.ni.na.t.te

ま
お待ちください。
o.ma.chi.ku.da.sa.i。

10
即將於4號月台發車的是
山手線外圈，
往新宿、池袋方向的首班列車。
欲搭乘本列車的旅客
請準備上車。

11

いま じ かんちょうせい　おこな
ただ今時間 調 整を 行 なっております。
ta.da.i.ma.ji.ka.n.cho.o.se.i.o.o.ko.na.t.te.o.ri.ma.su。

じょうしゃ　うえ
ご 乗 車の上、
go.jo.o.sha.no.u.e、

はっしゃ　ぷん　ま
発車まであと１分お待ちください。
ha.s.sha.ma.de.a.to.i.p.pu.n.o.ma.chi.ku.da.sa.i。

11 目前正在調整時間。
距離發車時間約1分鐘，
請旅客稍候。

❶

電車(でんしゃ)とホームの間(あいだ)が
de.n.sha.to.ho.o.mu.no.a.i.da.ga

広(ひろ)く空(あ)いております、
hi.ro.ku.a.i.te.o.ri.ma.su、

足元(あしもと)にご注意(ちゅうい)ください。
a.shi.mo.to.ni.go.chu.u.i.ku.da.sa.i。

❶
上車時請注意列車與月台間的空隙。

❷ 前(まえ)のお客(きゃく)さまに続(つづ)いて、
ma.e.no.o.kya.ku.sa.ma.ni.tsu.zu.i.te、

車内(しゃない)の中(なか)ほどまでお*進(すす)みください。
sha.na.i.no.na.ka.ho.do.ma.de.o.su.su.mi.ku.da.sa.i。

❷ 請跟著前面的旅客依序上車
並往車廂內部移動。

LIVE

❸ 1番線(ばんせん)ドアが閉(し)まります。
i.chi.ba.n.se.n.do.a.ga.shi.ma.ri.ma.su。

ご注意(ちゅうい)ください。
go.chu.u.i.ku.da.sa.i。

❸ 請注意，1號月台的列車，車門即將關閉。

❹ 5番線(ばんせん)の山手線(やまのてせん)ドアが
go.ba.n.se.n.no.ya.ma.no.te.se.n.do.a.ga

閉(し)まります。
shi.ma.ri.ma.su。

❹
5號月台上的山手線車門
即將關閉。

♪19 ▶▶▶乘車

❶

お客様にお願い致します。
o.kya.ku.sa.ma.ni.o.ne.ga.i.i.ta.shi.ma.su。
優先席付近では
yu.u.se.n.se.ki.fu.ki.n.de.wa
携帯電話の電源をお切りください。
ke.i.ta.i.de.n.wa.no.de.n.ge.n.o.o.ki.ri.ku.da.sa.i。
それ以外の場所では
so.re.i.ga.i.no.ba.sho.de.wa
マナーモードに設定の上、
ma.na.a.mo.o.do.ni.se.t.te.i.no.u.e、
通話はお控えください。
tsu.u.wa.wa.o.hi.ka.e.ku.da.sa.i。
ご協力をお願い致します。
go.kyo.o.ryo.ku.o.o.ne.ga.i.i.ta.shi.ma.su。

❶ 搭乘列車時，
位於博愛座附近的旅客
請將手機關機，
同時在其他座位
也請儘量避免
使用行動電話，
謝謝合作。

❷

この電車には優先席があります。
ko.no.de.n.sha.ni.wa.yu.u.se.n.se.ki.ga.a.ri.ma.su。
お年寄りや身体の不自由なお客様、
o.to.shi.yo.ri.ya.ka.ra.da.no.fu.ji.yu.u.na.o.kya.ku.sa.ma、
妊娠中や乳幼児をお連れのお客様が
ni.n.shi.n.chu.u.ya.nyu.u.yo.o.ji.o.o.tsu.re.no.o.kya.ku.sa.ma.ga
いらっしゃいましたら、
i.ra.s.sha.i.ma.shi.ta.ra、
席をお譲りください。
se.ki.o.o.yu.zu.ri.ku.da.sa.i。

❷
本列車設有博愛座，
敬請讓座給老弱婦孺。

❸

お客様(きゃくさま)にお願(ねが)いいたします。
o.kya.ku.sa.ma.ni.o.ne.ga.i.i.ta.shi.ma.su。

電車(でんしゃ)は事故防止(じこぼうし)のため、
de.n.sha.wa.ji.ko.bo.o.shi.no.ta.me、

やむを得(え)ず* 急停車(きゅうていしゃ)することが
ya.mu.o.e.zu.kyu.u.te.i.sha.su.ru.ko.to.ga

ありますので、
a.ri.ma.su.no.de、

お立(た)ちのお客様(きゃくさま)は、
o.ta.chi.no.o.kya.ku.sa.ma.wa、

お近(ちか)くのつり革(かわ)、
o.chi.ka.ku.no.tsu.ri.ka.wa、

手(て)すりにおつかまりください。
te.su.ri.ni.o.tsu.ka.ma.ri.ku.da.sa.i。

❸ 各位旅客請注意，
本列車恐有緊急煞車的情況發生，
請站著的旅客
抓緊身邊的吊環或扶手，
以避免事故發生。

❹ 急停車(きゅうていしゃ)します。ご注意(ちゅうい)ください。
kyu.u.te.i.sha.shi.ma.su。go.chu.u.i.ku.da.sa.i。

❹ 請注意列車將緊急剎車。

❺

きゃくさま　し
お客様にお知らせいたします。
o.kya.ku.sa.ma.ni.o.shi.ra.se.i.ta.shi.ma.su。

さき　おお
これから先は★カーブが多く、
ko.re.ka.ra.sa.ki.wa.ka.a.bu.ga.o.o.ku、

でんしゃ　ゆ
電車が揺れますので、
de.n.sha.ga.yu.re.ma.su.no.de、

じゅうぶん　ちゅうい
★十分ご注意ください。
ju.u.bu.n.go.chu.u.i.ku.da.sa.i。

❺ 各位旅客請注意，
接下來會遇到一些彎道
而造成車身搖晃，
敬請各位小心。

❻

さき　でんしゃ　ゆ
この先、電車が揺れますので、
ko.no.sa.ki、de.n.sha.ga.yu.re.ma.su.no.de、

ちゅうい
ご注意ください。
go.chu.u.i.ku.da.sa.i。

た　きゃくさま
お立ちのお客様は、
o.ta.chi.no.o.kya.ku.sa.ma.wa、

かわ　て
つり革や手すりにおつかまりください。
tsu.ri.ka.wa.ya.te.su.ri.ni.o.tsu.ka.ma.ri.ku.da.sa.i。

❻ 接下來車廂會稍微搖晃，
請各位旅客小心。
站著的旅客，
請抓緊身邊的吊環或扶手。

❼

ただいま　じかん
只今の時間は
ta.da.i.ma.no.ji.ka.n.wa

じ　ぷん
９時２０分すぎですので、
ku.ji.ni.ju.p.pu.n.su.gi.de.su.no.de、

いちばんうし　じょせいせんようしゃりょう
一番後ろの女性専用車両は
i.chi.ba.n.u.shi.ro.no.jo.se.i.se.n.yo.o.sha.ryo.o.wa

しゅうりょういた
★終了致します、
shu.u.ryo.o.i.ta.shi.ma.su、

りょうしょう
ご★了承ください。
go.ryo.o.sho.o.ku.da.sa.i。

❼ 目前時間已過上午9:20，
最後一節女性專用車廂，
已恢復為普通車廂。
謝謝您的合作。

LIVE

8 次(つぎ)は五反田(ごたんだ)、五反田(ごたんだ)。
tsu.gi.wa.go.ta.n.da、go.ta.n.da。
お出口(でぐち)は右側(みぎがわ)です。
o.de.gu.chi.wa.mi.gi.ga.wa.de.su。
東急池上線(とうきゅういけがみせん)、
to.o.kyu.u.i.ke.ga.mi.se.n、
都営地下鉄浅草線(とえいちかてつあさくさせん)は
to.e.i.chi.ka.te.tsu.a.sa.ku.sa.se.n.wa
お乗(の)り換(か)えです。
o.no.ri.ka.e.de.su。

8 下一站五反田、五反田
出口在右側。
欲搭乘東急池上線、
都營地下鐵淺草線
的旅客請在本站換車。

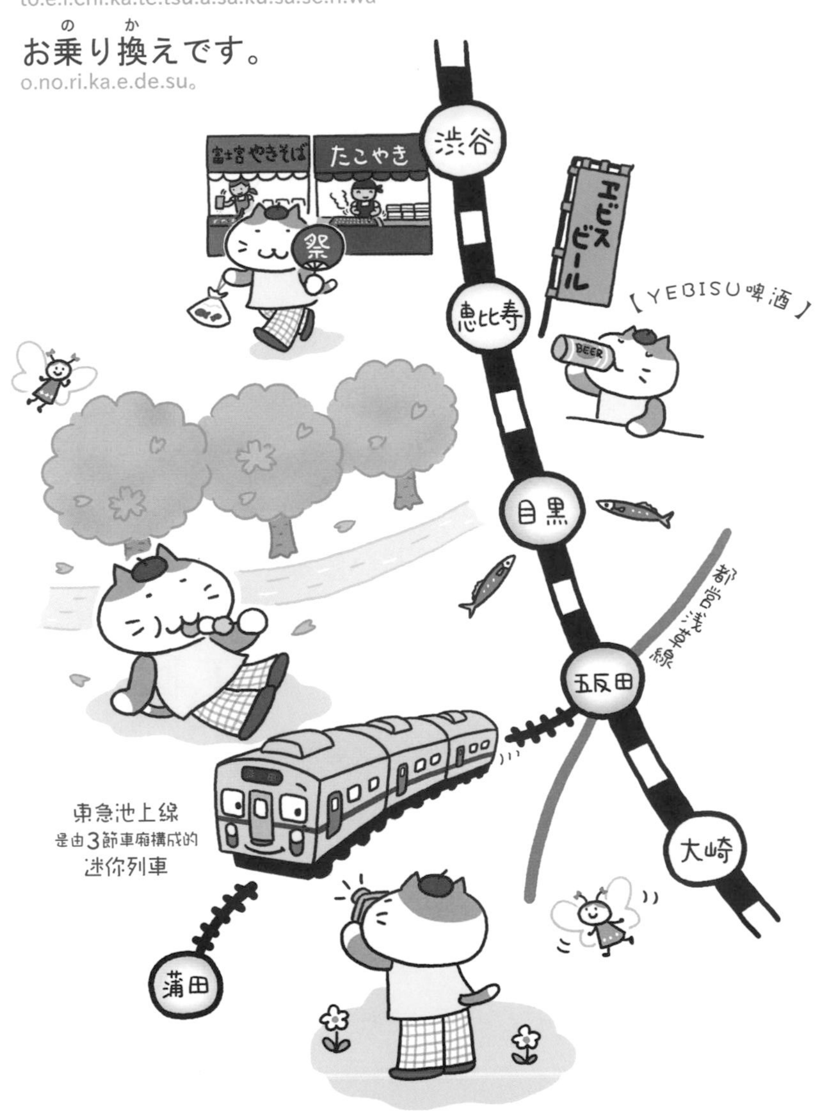

LIVE

つぎ　おおさき　おおさき
9 次は大崎、大崎。
tsu.gi.wa.o.o.sa.ki、o.o.sa.ki。

でぐち　みぎがわ
お出口は右側です。
o.de.gu.chi.wa.mi.gi.ga.wa.de.su。

しょうなんしんじゅく
湘南新宿ラインと
sho.o.na.n.shi.n.ju.ku.ra.i.n.n.to

とうきょうりんかいこうそくてつどう　せん
東京臨海高速鉄道★りんかい線は
to.o.kyo.o.ri.n.ka.i.ko.o.so.ku.te.tsu.do.o.ri.n.ka.i.se.n.wa

の　か
お乗り換えです。
o.no.ri.ka.e.de.su。

9
下一站大崎、大崎。
出口在右側。
欲搭乘湘南新宿線、
東京臨海高速鐵道臨海線的旅客
請在本站換車。

LIVE

じょうしゃ
10 ご乗車ありがとうございました。
go.jo.o.sha.a.ri.ga.to.o.go.za.i.ma.shi.ta。

おおさき　とうちゃく
大崎に到着です。
o.o.sa.ki.ni.to.o.cha.ku.de.su。

わす　もの
お忘れ物をなさいませんよう
o.wa.su.re.mo.no.o.na.sa.i.ma.se.n.yo.o

ちゅうい
ご注意ください。
go.chu.u.i.ku.da.sa.i。

10
謝謝您的搭乘。
大崎站到了。
請注意您隨身攜帶的物品。

LIVE
⑪

次(つぎ)は品川(しながわ)、品川(しながわ)。
tsu.gi.wa.shi.na.ga.wa、shi.na.ga.wa。

お出口(でぐち)は右側(みぎがわ)です。
o.de.gu.chi.wa.mi.gi.ga.wa.de.su。

新幹線(しんかんせん)、東海道線(とうかいどうせん)、横須賀線(よこすかせん)、
shi.n.ka.n.se.n、to.o.ka.i.do.o.se.n、yo.ko.su.ka.se.n、

京浜東北線(けいひんとうほくせん)大井町(おおいまち)蒲田(かまた)方面(ほうめん)、
ke.i.hi.n.to.o.ho.ku.se.n.o.o.i.ma.chi.ka.ma.ta.ho.o.me.n、

京急線(けいきゅうせん)はお乗(の)り換(か)えです。
ke.i.kyu.u.se.n.wa.o.no.ri.ka.e.de.su。

⑪
下一站品川、品川。
出口在右側。
欲搭乘新幹線、東海道線、横須賀線、
京濱東北線往大井町、蒲田方向
及京急線的旅客請在本站換車。

⑫

ご乗車(じょうしゃ)ありがとうございました。
go.jo.o.sha.a.ri.ga.to.o.go.za.i.ma.shi.ta。

品川(しながわ)、品川(しながわ)に到着(とうちゃく)です。
shi.na.ga.wa、shi.na.ga.wa.ni.to.o.cha.ku.de.su。

車内(しゃない)にお忘(わす)れ物(もの)、
sha.na.i.ni.o.wa.su.re.mo.no、

★落(おと)し物(もの)ございませんよう
o.to.shi.mo.no.go.za.i.ma.se.n.yo.o

ご注意(ちゅうい)ください。
go.chu.u.i.ku.da.sa.i。

⑫
感謝您的搭乘。
品川、品川站到了。
請注意勿將您的隨身物品
遺忘在車廂內。

♪20 ▶▶▶乘車

❶ LIVE

この電車は山手線内回り、
ko.no.de.n.sha.wa.ya.ma.no.te.se.n.u.chi.ma.wa.ri、
東京、上野方面行きです。
to.o.kyo.o、u.e.no.ho.o.me.n.yu.ki.de.su。
次は田町、田町。お出口は左側です。
tsu.gi.wa.ta.ma.chi、ta.ma.chi。o.de.gu.chi.wa.hi.da.ri.ga.wa.de.su。
京浜東北線はお乗り換えです。
ke.i.hi.n.to.o.ho.ku.se.n.wa.o.no.ri.ka.e.de.su。

❶ 本電車為山手線內圈往
東京、上野方向的電車。
下一站田町、田町。出口在左側。
欲搭乘京濱東北線的旅客請在本站換車。

濱松町車站月台上的尿尿小童
每年都會被換上各種服裝喔

LIVE ❷

次は浜松町、浜松町。
tsu.gi.wa.ha.ma.ma.tsu.cho.o、ha.ma.ma.tsu.cho.o。
お出口は左側です。
o.de.gu.chi.wa.hi.da.ri.ga.wa.de.su。
東京モノレール羽田線、
to.o.kyo.o.mo.no.re.e.ru.ha.ne.da.se.n、
都営地下鉄大江戸線はお乗り換えです。
to.e.i.chi.ka.te.tsu.o.o.e.do.se.n.wa.o.no.ri.ka.e.de.su。

❷
下一站濱松町、濱松町。
出口在左側。
欲搭乘東京單軌列車羽田線、
都營地下鐵大江戶線的旅客
請在本站換車。

LIVE

❸
つぎ　しんばし　しんばし　でぐち　ひだりがわ
次は新橋、新橋。お出口は 左 側です。
tsu.gi.wa.shi.n.ba.shi、shi.n.ba.shi。o.de.gu.chi.wa.hi.da.ri.ga.wa.de.su。
ちかてつぎんざせん　とえいちかてつあさくさせん
地下鉄銀座線、都営地下鉄浅草線、
chi.ka.te.tsu.gi.n.za.se.n、to.e.i.chi.ka.te.tsu.a.sa.ku.sa.se.n、
の　か
★ゆりかもめはお乗り換えです。
yu.ri.ka.mo.me.wa.o.no.ri.ka.e.de.su。

❸
下一站新橋、新橋。出口在左側。
欲搭乘地下鐵銀座線、
都營地下鐵淺草線、
百合海鷗號的旅客請在本站換車。

LIVE

❹
つぎ　ゆうらくちょう　ゆうらくちょう
次は有楽 町 、有楽 町 。
tsu.gi.wa.yu.u.ra.ku.cho.o、yu.u.ra.ku.cho.o。
でぐち　ひだりがわ
お出口は 左 側です。
o.de.gu.chi.wa.hi.da.ri.ga.wa.de.su。
ちかてつひびやせん
地下鉄日比谷線、
chi.ka.te.tsu.hi.bi.ya.se.n、
ちかてつゆうらくちょうせん　の　か
地下鉄有楽 町 線はお乗り換えです。
chi.ka.te.tsu.yu.u.ra.ku.cho.o.se.n.wa.o.no.ri.ka.e.de.su。

❹
下一站有樂町、有樂町。
出口在左側。
欲搭乘地下鐵日比谷線、
有樂町線的旅客請在本站換車。

❺

つぎ　とうきょう　とうきょう　でぐち　ひだりがわ
次は東京、東京。お出口は左側です。
tsu.gi.wa.to.o.kyo.o、to.o.kyo.o。o.de.gu.chi.wa.hi.da.ri.ga.wa.de.su。

しんかんせん　ちゅうおうせん　とうかいどうせん
新幹線、中央線、東海道線、
shi.n.ka.n.se.n、chu.u.o.o.se.n、to.o.ka.i.do.o.se.n、

よこすかせん　そうぶかいそくせん　けいようせん
横須賀線、総武快速線、京葉線、
yo.ko.su.ka.se.n、so.o.bu.ka.i.so.ku.se.n、ke.i.yo.o.se.n、

ちかてつまる　うちせん　の　か
地下鉄丸の内線はお乗り換えです。
chi.ka.te.tsu.ma.ru.no.u.chi.se.n.wa.o.no.ri.ka.e.de.su。

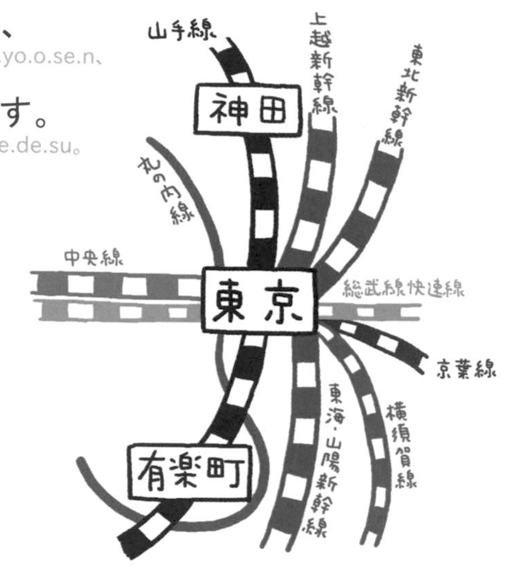

❺

下一站東京、東京，出口為左側。
欲搭乘新幹線、中央線、東海道線、
橫須賀線、總武快速線、京葉線、
地下鐵丸之內線的旅客，請在本站換車。

池袋東口站前的「貓頭鷹派出所」

❻

つぎ　しゅうてんいけぶくろ　いけぶくろ
次は終点池袋、池袋。
tsu.gi.wa.shu.u.te.n.i.ke.bu.ku.ro、i.ke.bu.ku.ro。

でぐち　みぎがわ
お出口は右側です。
o.de.gu.chi.wa.mi.gi.ga.wa.de.su。

でんしゃ　いけぶくろど
この電車は池袋停まりです。
ko.no.de.n.sha.wa.i.ke.bu.ku.ro.do.ma.ri.de.su。

池袋站的「池貓頭鷹像」

❻ 下一站為終點站池袋、池袋。
出口在右側。
本列車於池袋稍作停車。

つぎ　しんじゅく　しんじゅく　でぐち　ひだりがわ
7 次は新宿、新宿、お出口は左側です。
tsu.gi.wa.shi.n.ju.ku、shi.n.ju.ku、o.de.gu.chi.wa.hi.da.ri.ga.wa.de.su。
ちゅうおうせん　さいきょうせん　しょうなんしんじゅくせん　おだきゅうせん
中央線、埼京線、湘南新宿線、小田急線、
chu.u.o.o.se.n、sa.i.kyo.o.se.n、sho.o.na.n.shi.n.ju.ku.se.n、o.da.kyu.u.se.n、
けいおうせん　ちかてつまる　うちせん　とえいちかてつしんじゅくせん
京王線、地下鉄丸の内線、都営地下鉄新宿線、
ke.i.o.o.se.n、chi.ka.te.tsu.ma.ru.no.u.chi.se.n、to.e.i.chi.ka.te.tsu.shi.n.ju.ku.se.n、
とえいちかてつおおえどせん　の　か
都営地下鉄大江戸線はお乗り換えです。
to.e.i.chi.ka.te.tsu.o.o.e.do.se.n.wa.o.no.ri.ka.e.de.su。

7 下一站，新宿、新宿。出口在左側。
往中央線、埼京線、湘南新宿線、小田急線、
京王線、地下鐵丸之內線、都營地下鐵新宿線、
大江戶線的旅客，請在本站換車。

つぎ　よよぎ　よよぎ
8 次は代々木、代々木。
tsu.gi.wa.yo.yo.gi、yo.yo.gi。
でぐち　ひだりがわ
お出口は左側です。
o.de.gu.chi.wa.hi.da.ri.ga.wa.de.su。
ちゅうおうせん　かくえきていしゃ
中央線の各駅停車
chu.u.o.o.se.n.no.ka.ku.e.ki.te.i.sha
せんだがや　よつやほうめん
千駄ヶ谷・四谷方面と
se.n.da.ga.ya・yo.tsu.ya.ho.o.me.n.to
とえいちかてつおおえどせん
都営地下鉄大江戸線は
to.e.i.chi.ka.te.tsu.o.o.e.do.se.n.wa
の　か
お乗り換えください。
o.no.ri.ka.e.ku.da.sa.i。

8 下一站代代木、代代木。
出口為左側。
欲搭乘中央線往
千駄谷，四谷方向的各停列車及
都營地下鐵大江戶線的旅客，
請在本站換車。

9 まもなく原宿(はらじゅく)、原宿(はらじゅく)。
ma.mo.na.ku.ha.ra.ju.ku、ha.ra.ju.ku。

千代田線(ちよだせん)はお乗(の)り換(か)えです。
chi.yo.da.se.n.wa.o.no.ri.ka.e.de.su。

本日(ほんじつ)は雨(あめ)のため、
ho.n.ji.tsu.wa.a.me.no.ta.me、

お足元(あしもと)が★滑(すべ)りやすくなっております。
o.a.shi.mo.to.ga.su.be.ri.ya.su.ku.na.t.te.o.ri.ma.su。

お足元(あしもと)には十分(じゅうぶん)お★気(き)を付(つ)けください。
o.a.shi.mo.to.ni.wa.ju.u.bu.n.o.ki.o.tsu.ke.ku.da.sa.i。

また本日傘(ほんじつかさ)のお忘(わす)れ物(もの)が
ma.ta.ho.n.ji.tsu.ka.sa.no.o.wa.su.re.mo.no.ga

大変多(たいへんおお)くなっております。
ta.i.he.n.o.o.ku.na.t.te.o.ri.ma.su。

電車(でんしゃ)をお降(お)りの際(さい)には、
de.n.sha.o.o.o.ri.no.sa.i.ni.wa、

お手元(てもと)を今(いま)★一度(いちど)ご確認(かくにん)くださいますよう
o.te.mo.to.o.i.ma.i.chi.do.go.ka.ku.ni.n.ku.da.sa.i.ma.su.yo.o

お願(ねが)いします。
o.ne.ga.i.shi.ma.su。

9
即將抵達原宿、原宿。
欲搭乘千代田線的旅客請在本站換車。
天雨路滑，
請小心您的腳步。
由於今日遺失的傘具非常多。
請各位旅客下車時，
再一次確認您手邊的物品。

⑩ まもなく渋谷(しぶや)に到着(とうちゃく)です。
ma.mo.na.ku.shi.bu.ya.ni.to.o.cha.ku.de.su。
電車(でんしゃ)とホームの間(あいだ)が
de.n.sha.to.ho.o.mu.no.a.i.da.ga
一部(いちぶ)広(ひろ)く空(あ)いているところがあります。
i.chi.bu.hi.ro.ku.a.i.te.i.ru.to.ko.ro.ga.a.ri.ma.su。
お降(お)りの際(さい)、お足元(あしもと)には十分(じゅうぶん)ご注意(ちゅうい)ください。
o.o.ri.no.sa.i、o.a.shi.mo.to.ni.wa.ju.u.bu.n.go.chu.u.i.ku.da.sa.i。

⑩ 即將抵達澀谷。
列車與月台間距
有部分較寬。
下車時，請小心月台間隙。

♪21 ▸▸▸下車

澀谷站前的
「八公」像

① 渋谷(しぶや)、渋谷(しぶや)。ご乗車(じょうしゃ)ありがとうございました。
shi.bu.ya、shi.bu.ya。go.jo.o.sha.a.ri.ga.to.o.go.za.i.ma.shi.ta。

① 澀谷、澀谷。感謝您的搭乘。

② 前(まえ)のお客(きゃく)さまに続(つづ)いてお降(お)りください。
ma.e.no.o.kya.ku.sa.ma.ni.tsu.zu.i.te.o.o.ri.ku.da.sa.i。

② 請跟著前面的旅客依序下車。

都營地下鐵

都営地下鉄

to.e.i.chi.ka.te.tsu

▶▶▶ 站内

❶

まもなく4番線(ばんせん)に六本木(ろっぽんぎ)、
ma.mo.na.ku.yo.n.ba.n.se.n.ni.ro.p.po.n.gi、
都庁前経由光が丘行き(とちょうまえけいゆひかりがおかゆき)
to.cho.o.ma.e.ke.i.yu.hi.ka.ri.ga.o.ka.yu.ki
電車(でんしゃ)が到着(とうちゃく)します。
de.n.sha.ga.to.o.cha.ku.shi.ma.su。
白線(はくせん)の内側(うちがわ)でお待(ま)ちください。
ha.ku.se.n.no.u.chi.ga.wa.de.o.ma.chi.ku.da.sa.i。

❶
4號月台經六本木、
都廳前往光之丘方向
的列車即將進站。
請站在白線後方等候。

❷

大門(だいもん)、浜松町(はままつちょう)。
da.i.mo.n、ha.ma.ma.tsu.cho.o。
大門(だいもん)、浜松町(はままつちょう)。
da.i.mo.n、ha.ma.ma.tsu.cho.o。
都営浅草線(とえいあさくさせん)、ＪＲ線(せん)、
to.e.i.a.sa.ku.sa.se.n、je.e.a.a.ru.se.n、
東京(とうきょう)モノレールはお乗(の)り換(か)えです。
to.o.kyo.o.mo.no.re.e.ru.wa.o.no.ri.ka.e.de.su。

❷
大門、濱松町。
大門、濱松町。
欲搭乘都營淺草線、JR線、
東京單軌電車的旅客請在本站換車。

LIVE

ばんせん
❸ まもなく１番線に
ma.mo.na.ku.i.chi.ba.n.se.n.ni
きゅうこう ひよし ゆ　でんしゃ　とうちゃく
急行日吉行き電車が到着します。
kyu.u.ko.o.hi.yo.shi.yu.ki.de.n.sha.ga.to.o.cha.ku.shi.ma.su。
とびら　★はな　ま
扉から★離れて、お待ちください。
to.bi.ra.ka.ra.ha.na.re.te、o.ma.chi.ku.da.sa.i。
ち か てつせんない め ぐろ　かくえき　と
地下鉄線内目黒まで各駅に停まります。
chi.ka.te.tsu.se.n.na.i.me.gu.ro.ma.de.ka.ku.e.ki.ni.to.ma.ri.ma.su。

❸ 1號月台即將進站的是，
往日吉方向的快速列車。
請遠離車門等候。
地下鐵線內至目黑站為各站停車。

しろかねだい　ばんせん　でんしゃ
❹ 白金台です。２番線の電車は
shi.ro.ka.ne.da.i.de.su。ni.ba.n.se.n.no.de.n.sha.wa
きゅうこう め ぐろせんちょくつう
急行目黒線直通
kyu.u.ko.o.me.gu.ro.se.n.cho.ku.tsu.u
ひ よし ゆ
日吉行きです。
hi.yo.shi.yu.ki.de.su。

❹
白金台。2號月台為
直行目黑線
往日吉方向的急行列車。

東京都交通局のマーク

東京都交通局的標誌

是仿造
東京都的樹、
銀杏的葉子
設計的

▸▸▸ 上車

❺

3番線(ばんせん)から月島(つきしま)、

sa.n.ba.n.se.n.ka.ra.tsu.ki.shi.ma、

両国(りょうこく)方面(ほうめん)行(ゆ)き電車(でんしゃ)が発車(はっしゃ)します。

ryo.o.ko.ku.ho.o.me.n.yu.ki.de.n.sha.ga.ha.s.sha.shi.ma.su。

閉(し)まる★ドアにご注意(ちゅうい)ください。

shi.ma.ru.do.a.ni.go.chu.u.i.ku.da.sa.i。

❺

3號月台往月島、

兩國方向的列車即將發車。

車門關閉請小心。

LIVE

❻

4番線(ばんせん)から六本木(ろっぽんぎ)、都庁前経由(とちょうまえけいゆ)

yo.n.ba.n.se.n.ka.ra.ro.p.po.n.gi、to.cho.o.ma.e.ke.i.yu

光が丘(ひかりがおか)行(ゆ)き電車(でんしゃ)が発車(はっしゃ)します。

hi.ka.ri.ga.o.ka.yu.ki.de.n.sha.ga.ha.s.sha.shi.ma.su。

閉(し)まるドアにご注意(ちゅうい)ください。

shi.ma.ru.do.a.ni.go.chu.u.i.ku.da.sa.i。

❻

4號月台經六本木、都廳前

往光之丘方向的列車即將發車。

車門關閉請小心。

LIVE

❼

お客様(きゃくさま)にお願(ねが)いします。

o.kya.ku.sa.ma.ni.o.ne.ga.i.shi.ma.su。

ドアが閉(し)まりかけた際(さい)は★無理(むり)をしないで、

do.a.ga.shi.ma.ri.ka.ke.ta.sa.i.wa.mu.ri.o.shi.na.i.de、

次(つぎ)の電車(でんしゃ)をお待(ま)ちください。

tsu.gi.no.de.n.sha.o.o.ma.chi.ku.da.sa.i。

❼ 當車門即將關閉時，

請改搭下班列車，請勿強行上車。

敬請各位旅客配合。

♪23 ▶▶▶乘車

❶ LIVE

次(つぎ)は赤羽橋(あかばねばし)、赤羽橋(あかばねばし)。

tsu.gi.wa.a.ka.ba.ne.ba.shi、a.ka.ba.ne.ba.shi。

お出口(でぐち)は右側(みぎがわ)です。

o.de.gu.chi.wa.mi.gi.ga.wa.de.su。

❶

下一站赤羽橋、赤羽橋。

出口在右側。

❷

つぎ　しんじゅく
次は新宿。
tsu.gi.wa.shi.n.ju.ku。

とえいしんじゅくせん　けいおうせん　せん
都営新宿線、京王線、ＪＲ線、
to.e.i.shi.n.ju.ku.se.n、ke.i.o.o.se.n、je.e.a.a.ru.u.se.n、

おだきゅうせん　の　か
小田急線はお乗り換えです。
o.da.kyu.u.se.n.wa.o.no.ri.ka.e.de.su。

とえいしんじゅくせん　ぜんぽう
都営新宿線は前方の★エスカレーターを
to.e.i.shi.n.ju.ku.se.n.wa.ze.n.po.o.no.e.su.ka.re.e.ta.a.o

りよう　でぐち　みぎがわ
ご利用ください。お出口は右側です。
go.ri.yo.o.ku.da.sa.i。o.de.gu.chi.wa.mi.gi.ga.wa.de.su。

❷
下一站新宿。
欲搭乘都營新宿線、京王線、JR線、小田急線的旅客請在本站換車。
轉搭都營新宿線的旅客
請利用前方的手扶梯。出口在右側。

❸

しんじゅく　しんじゅく
新宿、新宿。
shi.n.ju.ku、shi.n.ju.ku。

かち　しんしょうひん
価値ある新商品を
ka.chi.a.ru.shi.n.sho.o.hi.n.o

ほうふ　しなぞろ
豊富に★品揃えする
ho.o.fu.ni.shi.na.zo.ro.e.su.ru

しんじゅくにしぐちほんてん
ヨドバシカメラ新宿西口本店へ
yo.do.ba.shi.ka.me.ra.shi.n.ju.ku.ni.shi.gu.chi.ho.n.te.n.e

こ　かた
お越しの★方は
o.ko.shi.no.ka.ta.wa

お
こちらでお降りください。
ko.chi.ra.de.o.o.ri.ku.da.sa.i。

❸
新宿、新宿。
欲前往種類豐富、
滿滿超值新品的
Yodobashi Camera新宿西口總店
的旅客，請在本站下車。

LIVE ❹

あかばねばし　あかばねばし
赤羽橋、赤羽橋。
a.ka.ba.ne.ba.shi、a.ka.ba.ne.ba.shi。
とうきょう と さいせいかいちゅうおうびょういん
東京都済生会中央病院、
to.o.kyo.o.to.sa.i.se.i.ka.i.chu.u.o.o.byo.o.i.n、
こくさい い りょうふく し だいがく み た びょういん
国際医療福祉大学三田病院へ
ko.ku.sa.i.i.ryo.o.fu.ku.shi.da.i.ga.ku.mi.ta.byo.o.i.n.e
こ　かた
お越しの方は
o.ko.shi.no.ka.ta.wa
お
こちらでお降りください。
ko.chi.ra.de.o.o.ri.ku.da.sa.i。

LIVE ❺

つぎ　あざぶじゅうばん　あざぶじゅうばん
次は麻布十番、麻布十番。
tsu.gi.wa.a.za.bu.ju.u.ba.n、a.za.bu.ju.u.ba.n。
なんぼくせん　の　か
南北線はお乗り換えです。
na.n.bo.ku.se.n.wa.o.no.ri.ka.e.de.su。
で ぐち　みぎがわ
お出口は右側です。
o.de.gu.chi.wa.mi.gi.ga.wa.de.su。

LIVE ❻

あざぶじゅうばん　あざぶじゅうばん
麻布十番、麻布十番。
a.za.bu.ju.u.ba.n、a.za.bu.ju.u.ba.n。
とうようえいわじょがくいん　こ　かた
東洋英和女学院へお越しの方は
to.o.yo.o.e.i.wa.jo.ga.ku.i.n.e.o.ko.shi.no.ka.ta.wa
お
こちらでお降りください。
ko.chi.ra.de.o.o.ri.ku.da.sa.i。

❺ 赤羽橋、赤羽橋。
欲前往東京都濟生會中央醫院、
國際醫療福祉大學三田病院
的旅客，
請在本站下車。

❹ 下一站麻布十番、麻布十番。
欲搭乘南北線的旅客請在本站換車。
出口在右側。

❻ 麻布十番、麻布十番。
欲前往東洋英和女學院的旅客
請在本站下車。

⑦ 次は六本木、六本木。日比谷線はお乗り換えです。
tsu.gi.wa.ro.p.po.n.gi、ro.p.po.n.gi。hi.bi.ya.se.n.wa.o.no.ri.ka.e.de.su。

お乗り換えは後方の階段をご利用ください。
o.no.ri.ka.e.wa.ko.o.ho.o.no.ka.i.da.n.o.go.ri.yo.o.ku.da.sa.i。

★一部電車とホームの間が広く空いておりますので
i.chi.bu.de.n.sha.to.ho.o.mu.no.a.i.da.ga.hi.ro.ku.a.i.te.o.ri.ma.su.no.de

ご注意ください。お出口は右側です。
go.chu.u.i.ku.da.sa.i。o.de.gu.chi.wa.mi.gi.ga.wa.de.su。

⑦ 下一站六本木、六本木。欲搭乘日比谷線的旅客請在本站換車。
轉乘時請利用後方階梯。
部分區域月台間距較寬，
請特別留意。出口在右側。

⑧ 

六本木、六本木。
ro.p.po.n.gi、ro.p.po.n.gi。

東京ミッドタウン前です。
to.o.kyo.o.mi.d.do.ta.u.n.ma.e.de.su。

★六本木ヒルズ、
ro.p.po.n.gi.hi.ru.zu、

ハリウッド★ビューティ専門学校、
ha.ri.u.d.do.byu.u.ti.i.se.n.mo.n.ga.k.ko.o、

観光と★ビジネスの★拠点
ka.n.ko.o.to.bi.ji.ne.su.no.kyo.te.n

六本木ホテルアイビスへ
ro.p.po.n.gi.ho.te.ru.a.i.bi.su.e

お越しの方はこちらでお降りください。
o.ko.shi.no.ka.ta.wa.ko.chi.ra.de.o.o.ri.ku.da.sa.i。

⑧ 六本木、六本木。
東京Midtown前。
欲前往六本木之丘、
Hollywood美容專門學校及
觀光與洽公的據點－
六本木IBIS飯店
的旅客請在本站下車。

LIVE
だいもん　だいもん
9 大門、大門。
da.i.mo.n、da.i.mo.n。
まち　くら　みらい
"町と★暮らしと未来のために"
ma.chi.to.ku.ra.shi.to.mi.ra.i.no.ta.me.ni
そうごうちしょ　こ　かた
総合地所★グループへお越しの方は
so.o.go.o.chi.sho.gu.ru.u.pu.e.o.ko.shi.no.ka.ta.wa
お
こちらでお降りください。
ko.chi.ra.de.o.o.ri.ku.da.sa.i。

9 大門、大門。
欲前往" 城市、生活與未來"
的總合地所集團的旅客
請在本站下車。

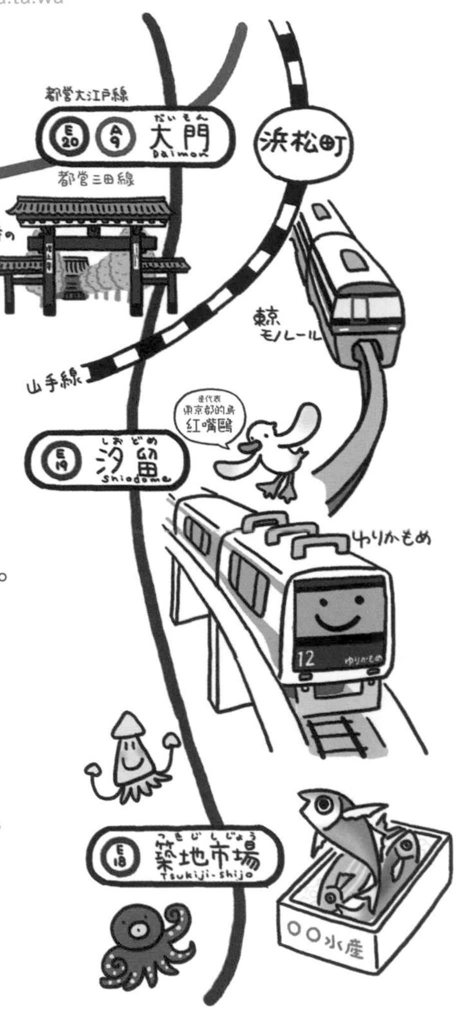

LIVE
つぎ　しおどめ
10 次は汐留、シオサイト。
tsu.gi.wa.shi.o.do.me、shi.o.sa.i.to。
しおどめ
汐留、シオサイト。
shi.o.do.me、shi.o.sa.i.to。
の　か
ゆりかもめはお乗り換えです。
yu.ri.ka.mo.me.wa.o.no.ri.ka.e.de.su。
でぐち　みぎがわ
お出口は右側です。
o.de.gu.chi.wa.mi.gi.ga.wa.de.su。

10 下一站汐留、SIO-SITE。
汐留、SIO-SITE。
欲搭乘百合海鷗號的旅客請在本站換車。
出口在右側。

LIVE
つぎ　つきじしじょう　つきじしじょう
11 次は築地市場、築地市場。
tsu.gi.wa.tsu.ki.ji.shi.jo.o、tsu.ki.ji.shi.jo.o。
でぐち　みぎがわ
お出口は右側です。
o.de.gu.chi.wa.mi.gi.ga.wa.de.su。

11 下一站築地市場、築地市場。
出口在右側。

LIVE

つきじ しじょう　つきじ しじょう
⑫ 築地市場、築地市場。
tsu.ki.ji.shi.jo.o、tsu.ki.ji.shi.jo.o。

あさひ しんぶんしゃまえ
朝日新聞社前です。
a.sa.hi.shi.n.bu.n.sha.ma.e.de.su。

てづく　つくごん　こ　かた
★手作り★かまぼこの佃權へお越しの方は
te.zu.ku.ri.ka.ma.bo.ko.no.tsu.ku.go.n.e.o.ko.shi.no.ka.ta.wa

お
こちらでお降りください。
ko.chi.ra.de.o.o.ri.ku.da.sa.i。

⑫ 築地市場、築地市場。

朝日新聞社前。

欲前往手工魚板專門店佃權的旅客

請在本站下車。

つぎ　つきしま　つきしま
⑬ 次は月島、月島。
tsu.gi.wa.tsu.ki.shi.ma、tsu.gi.shi.ma。

ゆうらくちょうせん　の　か
有楽町線はお乗り換えです。
yu.u.ra.ku.cho.o.se.n.wa.o.no.ri.ka.e.de.su。

でぐち　みぎがわ
お出口は右側です。
o.de.gu.chi.wa.mi.gi.ga.wa.de.su。

⑬ 下一站月島、月島。

欲搭乘有樂町線的旅客請在本站換車。

出口在右側。

LIVE

つきしま　つきしま
⑭ 月島、月島。
tsu.ki.shi.ma、tsu.ki.shi.ma。

や　ぶた　みせ
焼き豚と★ローストビーフの店
ya.ki.bu.ta.to.ro.o.su.to.bi.i.fu.no.mi.se

にく　こ　かた
肉のたかさごへお越しの方は
ni.ku.no.ta.ka.sa.go.e.o.ko.shi.no.ka.ta.wa

お
こちらでお降りください。
ko.chi.ra.de.o.o.ri.ku.da.sa.i。

⑭

月島、月島。

欲前往烤豬肉和烤牛肉專門店

NIKUNO TAKASAGO的旅客請

在本站換車。

♪24 ▶▶▶乘車

❶ LIVE

つぎ　もんぜんなかちょう　もんぜんなかちょう
次は門前仲町、門前仲町。
tsu.gi.wa.mo.n.ze.n.na.ka.cho.o、mo.n.ze.n.na.ka.cho.o。

とうざいせん　の　か
東西線はお乗り換えです。
to.o.za.i.se.n.wa.o.no.ri.ka.e.de.su。

にしふなばしほうめん　なかほど　かいだん
西船橋方面は★中程の階段、
ni.shi.fu.na.ba.shi.ho.o.me.n.wa.na.ka.ho.do.no.ka.i.da.n、

なかの ほうめん　こうほう　れんらくかいだん　りよう
中野方面は後方の★連絡階段をご利用ください。
na.ka.no.ho.o.me.n.wa.ko.o.ho.o.no.re.n.ra.ku.ka.i.da.n.o.go.ri.yo.o.ku.da.sa.i。

こうほうれんらくかいだん　ちじょう　で
後方連絡階段では地上に出られませんので
ko.o.ho.o.re.n.ra.ku.ka.i.da.n.de.wa.chi.jo.o.ni.de.ra.re.ma.se.n.no.de

ちゅうい　でぐち　みぎがわ
ご注意ください。お出口は右側です。
go.chu.u.i.ku.da.sa.i。o.de.gu.chi.wa.mi.gi.ga.wa.de.su。

❶
下一站門前仲町、門前仲町。
欲搭乘東西線的旅客請在本站換車。
往西船橋方向的旅客請利用中間階梯，
往中野方向的旅客請利用後方的連接階梯。
後方連接階梯無法通往地面上
請特別留意。出口在右側。

❷ LIVE

つぎ　きよすみしらかわ
次は清澄白河、
tsu.gi.wa.ki.yo.su.mi.shi.ra.ka.wa、

きよすみしらかわ
清澄白河。
ki.yo.su.mi.shi.ra.ka.wa。

はんぞうもんせん　の　か
半蔵門線はお乗り換えです。
ha.n.zo.o.mo.n.se.n.wa.o.no.ri.ka.e.de.su。

でぐち　みぎがわ
お出口は右側です。
o.de.gu.chi.wa.mi.gi.ga.wa.de.su。

※這家店名同時有地下鐵的「そば（旁邊）」和吃的「そば（蕎麥麵）」的意思。

❷ 下一站清澄白河、
清澄白河。
欲搭乘半蔵門線的旅客
請在本站換車，
出口在右側。

❸ 三田(みた)、三田(みた)。一部(いちぶ)ホームと電車(でんしゃ)との間(あいだ)が
mi.ta、mi.ta。i.chi.bu.ho.o.mu.to.de.n.sha.to.no.a.i.da.ga
空(あ)いておりますから、ご注意(ちゅうい)ください。
a.i.te.o.ri.ma.su.ka.ra、go.chu.u.i.ku.da.sa.i。
都営浅草線(とえいあさくさせん)はお乗(の)り換(か)えです。
to.e.i.a.sa.ku.sa.se.n.wa.o.no.ri.ka.e.de.su。
３番線(ばんせん)は急行(きゅうこう)日吉(ひよし)行(ゆ)き電車(でんしゃ)です。
sa.n.ba.n.se.n.wa.kyu.u.ko.o.hi.yo.shi.yu.ki.de.n.sha.de.su。

❸ 三田、三田。部分區域月台
與電車間距較寬，請特別留意。
欲轉搭都營淺草線的旅客請在本站換車。
3號月台為往日吉方向的急行列車。

❹ 次(つぎ)は白金高輪(しろがねたかなわ)、白金高輪(しろがねたかなわ)。
tsu.gi.wa.shi.ro.ga.ne.ta.ka.na.wa、shi.ro.ga.ne.ta.ka.na.wa。
南北線飯田橋(なんぼくせんいいだばし)、
na.n.bo.ku.se.n.i.i.da.ba.shi、
王子方面(おうじほうめん)はお乗(の)り換(か)えです。
o.o.ji.ho.o.me.n.wa.o.no.ri.ka.e.de.su。
お出口(でぐち)は右側(みぎがわ)です。
o.de.gu.chi.wa.mi.gi.ga.wa.de.su。

❹ 下一站白金高輪、白金高輪。
欲搭乘地下鐵南北線前往飯田橋、
王子方向的旅客請在本站換車。
出口在右側。

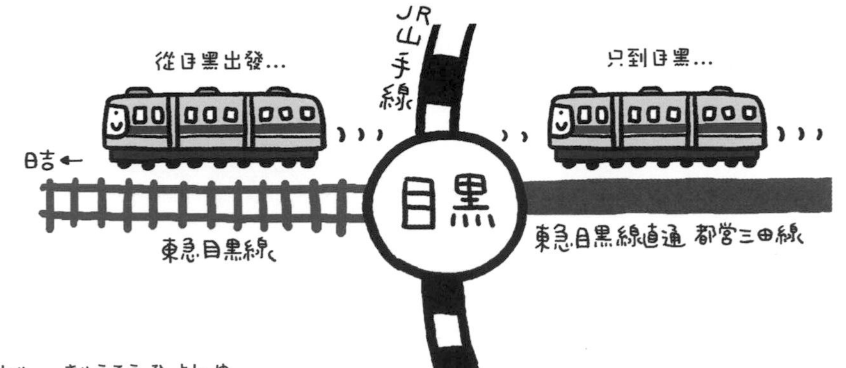

❺

でんしゃ　きゅうこう ひ よし ゆ
この電車は急行日吉行きです。
ko.no.de.n.sha.wa.kyu.u.ko.o.hi.yo.shi.yu.ki.de.su。

つぎ　め ぐろ　め ぐろ
次は目黒、目黒。
tsu.gi.wa.me.gu.ro、me.gu.ro。

やまのてせん　の　か
山手線はお乗り換えです。
ya.ma.no.te.se.n.wa.o.no.ri.ka.e.de.su。

で ぐち　みぎがわ
お出口は右側です。
o.de.gu.chi.wa.mi.gi.ga.wa.de.su。

と えい ち か てつ　り よう
都営地下鉄をご利用くださいまして、
to.e.i.chi.ka.te.tsu.o.go.ri.yo.o.ku.da.sa.i.ma.shi.te、

ありがとうございました。
a.ri.ga.to.o.go.za.i.ma.shi.ta。

❺
本列車為直行東急目黑線
往日吉方向的急行電車。
下一站目黑、目黑。
往山手線的旅客請在本站換車。
出口在右側。
感謝您搭乘都營地下鐵。

❻

め ぐろ　め ぐろ
目黒、目黒でございます。
me.gu.ro、me.gu.ro.de.go.za.i.ma.su。

やまのてせん　とうきょう　なんぼくせん
山手線、東京メトロ南北線、
ya.ma.no.te.se.n、to.o.kyo.o.me.to.ro.na.n.bo.ku.se.n、

とうきゅう め ぐろせんかくえきていしゃ
東急目黒線各駅停車を
to.o.kyu.u.me.gu.ro.se.n.ka.ku.e.ki.te.i.sha.o

り よう　かた　の　か
ご利用の方はお乗り換えです。
go.ri.yo.o.no.ka.ta.wa.o.no.ri.ka.e.de.su。

❻
目黑、目黑站到了。
欲搭乘山手線、東京Metro南北線、
東急目黑線各停列車
請在本站換車。

♪ 25

東京Metro地下鐵

東京メトロ地下鉄

to.o.kyo.o.me.to.ro.chi.ka.te.tsu

▶▶▶ 站內

❶ まもなく1番線(ばんせん)に、
ma.mo.na.ku.i.chi.ba.n.se.n.ni、
東急田園都市線(とうきゅうでんえんとしせん)直通渋谷方面行(ちょくつうしぶやほうめんゆ)きの
to.o.kyu.u.de.n.e.n.to.shi.se.n.cho.ku.tsu.u.shi.bu.ya.ho.o.me.n.yu.ki.no
電車(でんしゃ)が参(まい)ります。東武線内(とうぶせんない)★混雑(こんざつ)の影響(えいきょう)で
de.n.sha.ga.ma.i.ri.ma.su。to.o.bu.se.n.na.i.ko.n.za.tsu.no.e.i.kyo.o.de
5分(ふん)ほど遅(おく)れての運転(うんてん)となっております。
go.fu.n.ho.do.o.ku.re.te.no.u.n.te.n.to.na.t.te.o.ri.ma.su。
ただいまお★隣(となり)、住吉駅(すみよしえき)を発車(はっしゃ)しております。
ta.da.i.ma.o.to.na.ri、su.mi.yo.shi.e.ki.o.ha.s.sha.shi.te.o.ri.ma.su。
まもなく到着(とうちゃく)です。
ma.mo.na.ku.to.o.cha.ku.de.su。

❶
1號月台即將進站的列車為，
直行東急田園都市線往澀谷方向的列車。
受到東武線內擁塞的影響，
電車延遲約5分鐘。
目前已從上一站住吉發車，
即將抵達本站。

LIVE
❷ まもなく5番線(ばんせん)に菊名(きくな)行(ゆ)きが参(まい)ります。
ma.mo.na.ku.go.ba.n.se.n.ni.ki.ku.na.yu.ki.ga.ma.i.ri.ma.su。
足元(あしもと)にご注意(ちゅうい)ください。
a.shi.mo.to.ni.go.chu.u.i.k.ku.da.sa.i。
銀座(ぎんざ)、銀座(ぎんざ)、北千住(きたせんじゅ)行(ゆ)きです。
gi.n.za、gi.n.za、ki.ta.se.n.ju.yu.ki.de.su。

❷ 5號月台即將進站的是往菊名方向的列車。
請留意您的腳步。
銀座、銀座。往北千住。

❸ まもなく1番線(ばんせん)に東急田園都市線(とうきゅうでんえんとしせん)直通(ちょくつう)
ma.mo.na.ku.i.chi.ba.n.se.n.ni.to.o.kyu.u.de.n.e.n.to.shi.se.n.cho.ku.tsu.u
急行中央林間(きゅうこうちゅうおうりんかん)行(ゆ)きが参(まい)ります。
kyu.u.ko.o.chu.u.o.o.ri.n.ka.n.yu.ki.ga.ma.i.ri.ma.su。
半蔵門線内(はんぞうもんせんない)は各駅(かくえき)に止(と)まります。
ha.n.zo.o.mo.n.se.n.na.i.wa.ka.ku.e.ki.ni.to.ma.ri.ma.su。
白(しろ)い線(せん)の内側(うちがわ)でおまちください。
shi.ro.i.se.n.no.u.chi.ga.wa.de.o.ma.chi.ku.da.sa.i。

❸ 1號月台即將進站的是
直行東急田園都市線
往中央林間方向的快速列車。
半藏門線為各站停車。
請於白色線內等候。

▶▶▶ 乘車

千代田線　有楽町線　都営三田線　日比谷線

❹

つぎ　ひびや　ひびや
次は日比谷、日比谷です。
tsu.gi.wa.hi.bi.ya、hi.bi.ya.de.su。

の　か　あんない
お乗り換えのご案内です。
o.no.ri.ka.e.no.go.a.n.na.i.de.su。

ちよだせん　ゆうらくちょうせん
千代田線、有楽町線、
chi.yo.da.se.n、yu.u.ra.ku.cho.o.se.n、

とえいみたせん　の　か
都営三田線はお乗り換えです。
to.e.i.mi.ta.se.n.wa.o.no.ri.ka.e.de.su。

でぐち　ひだりがわ
出口は左側です。
de.gu.chi.wa.hi.da.ri.ga.wa.de.su。

❹
下一站日比谷、日比谷。
轉乘資訊如下，
欲搭乘千代田線、有樂町線、
都營三田線的旅客請在本站換車。
出口在左側。

❺

ひびや　ひびや
日比谷、日比谷。
hi.bi.ya、、hi.bi.ya。

でんしゃ
この電車は
ko.no.de.n.sha.wa

とうきゅうとうよこせんちょくつう
東急東横線直通
to.o.kyu.u.to.o.yo.ko.se.n.cho.ku.tsu.u

きくなゆ
菊名行きです。
ki.ku.na.yu.ki.de.su。

❺
日比谷、日比谷。
本列車為直行
東急東横線
開往菊名方向的列車。

❻

ばんせん　はっしゃ
1番線が発車いたします。
i.chi.ba.n.se.n.ga.ha.s.sha.i.ta.shi.ma.su。

❻ 1號月台列車即將發車。

霞ヶ関

Kasumigaseki Sta.

日比谷線 丸の内線 千代田線

7

つぎ　かすみがせき　かすみがせき
次は霞ヶ関、霞ヶ関です。
tsu.gi.wa.ka.su.mi.ga.se.ki、ka.su.mi.ga.se.ki.de.su。

の　か　あんない
乗り換えのご案内です。
no.ri.ka.e.no.go.a.n.na.i.de.su。

まる　うちせん　ちよだせん
丸の内線、千代田線は
ma.ru.no.u.chi.se.n、chi.yo.da.se.n.wa

の　か
お乗り換えください。
o.no.ri.ka.e.ku.da.sa.i。

7

下一站霞關、霞關。

轉乘資訊如下，

欲搭乘丸之內線、千代田線的旅客

請在本站換車。

8

とうきょう　ひびやせん
東京メトロ日比谷線を
to.o.kyo.o.me.to.ro.hi.bi.ya.se.n.o

りよう
ご利用いただきまして、
go.ri.yo.o.i.ta.da.ki.ma.shi.te、

ありがとうございます。
a.ri.ga.to.o.go.za.i.ma.su。

でんしゃ　ろっぽんぎ
この電車は六本木、
ko.no.de.n.sha.wa.ro.p.po.n.gi、

えびす ほうめんとうきゅうとうよこせん
恵比寿方面東急東横線
e.bi.su.ho.o.me.n.to.o.kyu.u.to.o.yo.ko.se.n

きくなゆ
菊名行きです。
ki.ku.na.yu.ki.de.su。

つぎ　かみやちょう　かみやちょう
次は神谷町、神谷町です。
tsu.gi.wa.ka.mi.ya.cho.o、ka.mi.ya.cho.o.de.su。

8

感謝您搭乘東京Metro日比谷線。

本列車開往六本木、

惠比壽方向，東急東橫線往菊名。

下一站神谷町、神谷町。

▶▶▶ 下車

❾ 本日(ほんじつ)も東京(とうきょう)メトロ丸(まる)ノ内線(うちせん)を
ho.n.ji.tsu.mo.to.o.kyo.o.me.to.ro.ma.ru.no.u.chi.se.n.o
ご利用(りよう)いただき、ありがとうございます。
go.ri.yo.o.i.ta.da.ki、a.ri.ga.to.o.go.za.i.ma.su。
銀座線(ぎんざせん)、半蔵門線(はんぞうもんせん)、南北線(なんぼくせん)、
gi.n.za.se.n、ha.n.zo.o.mo.n.se.n、na.n.bo.ku.se.n、
有楽町線(ゆうらくちょうせん)にお乗(の)り換(か)えのお客様(きゃくさま)は、
yu.u.ra.ku.cho.o.se.n.ni.o.no.ri.ka.e.no.o.kya.ku.sa.ma.wa、
★オレンジ色(いろ)の★改札口(かいさつぐち)を
o.re.n.ji.i.ro.no.ka.i.sa.tsu.gu.chi.o
ご利用(りよう)ください。
go.ri.yo.o.ku.da.sa.i。

❾ 感謝各位搭乘
東京Metro丸之內線。
欲轉乘銀座線、半藏門線、南北線、
有樂町線的旅客，
請由橘色剪票口出站。
謝謝您的合作。

♪ 26

私鐵東急東橫線

私鉄東急東横線

shi.te.tsu.to.o.kyu.u.to.o.yo.ko.se.n

▶▶▶ 站内

❶

お待(ま)たせしました。

o.ma.ta.se.shi.ma.shi.ta。

3★番線(ばんせん)から急行(きゅうこう)・渋谷行(しぶやゆ)きが

sa.n.ba.n.se.n.ka.ra.kyu.u.ko.o・shi.bu.ya.yu.ki.ga

発車(はっしゃ)いたします。

ha.s.sha.i.ta.shi.ma.su。

❶ 各位旅客久等了，3號月台前往澀谷的急行電車即將發車。

❷

3番線(ばんせん)、ドアが閉(し)まります。

sa.n.ba.n.se.n、do.a.ga.shi.ma.ri.ma.su。

ご注意(ちゅうい)ください。

go.chu.u.i.ku.da.sa.i。

❷ 請注意，3號月台列車即將關門。

❸

扉(とびら)が閉(し)まります。

to.bi.ra.ga.shi.ma.ri.ma.su。

ご注意下(ちゅういくだ)さい。

go.chu.u.i.ku.da.sa.i。

❸ 請注意車門即將關閉。

ひらくドアに
ごちゅういください。
請小心車門

貼在門上的宣傳貼紙

❹ ドアが閉(し)まります。
do.a.ga.shi.ma.ri.ma.su。
★手荷物(てにもつ)をお★引(ひ)き下(くだ)さい。
te.ni.mo.tsu.o.o.hi.ki.ku.da.sa.i。
無理(むり)なご乗車(じょうしゃ)はお★やめ下(くだ)さい。
mu.ri.na.go.jo.o.sha.wa.o.ya.me.ku.da.sa.i。

❹
車門即將關閉，
請收好您的隨身物品
以免被車門夾到。
請勿強行上車。

❺ ご乗車(じょうしゃ)ありがとうございます。
go.jo.o.sha.a.ri.ga.to.o.go.za.i.ma.su。

❺ 感謝各位搭乘本列車。

❻ この電車(でんしゃ)は渋谷(しぶや)行(ゆ)きの★最終(さいしゅう)です。
ko.no.de.n.sha.wa.shi.bu.ya.yu.ki.no.sa.i.shu.u.de.su。

❻ 本列車為前往澀谷的末班車。

▶▶▶ 事故廣播

❼ 渋谷駅(しぶやえき)から東急東横線(とうきゅうとうよこせん)をご利用(りよう)の
shi.bu.ya.e.ki.ka.ra.to.o.kyu.u.to.o.yo.ko.se.n.o.go.ri.yo.o.no

お客様(きゃくさま)にお知(し)らせいたします。
o.kya.ku.sa.ma.ni.o.shi.ra.se.i.ta.shi.ma.su。

ただ今入(いまはい)った情報(じょうほう)によりますと、
ta.da.i.ma.ha.i.t.ta.jo.o.ho.o.ni.yo.ri.ma.su.to、

東急東横線(とうきゅうとうよこせん)は１０時(じ)１５分(ふん)ごろ中目黒駅(なかめぐろえき)で
to.o.kyu.u.to.o.yo.ko.se.n.wa.ju.u.ji.ju.u.go.fu.n.go.ro.na.ka.me.gu.ro.e.ki.de

★人身事故(じんしんじこ)が★起(お)こりました影響(えいきょう)で、
ji.n.shi.n.ji.ko.ga.o.ko.ri.ma.shi.ta.e.i.kyo.o.de、

現在(げんざい)★上下線(じょうげせん)で運転(うんてん)を★見合(みあ)わせております。
ge.n.za.i.jo.o.ge.se.n.de.u.n.te.n.o.mi.a.wa.se.te.o.ri.ma.su。

❼
於終點站澀谷轉搭東急東橫線
的旅客請注意。
現在發佈事故最新消息，
東急東橫線於10點15分在中目黑站
發生事故，
受此影響，東急線目前雙向停駛。

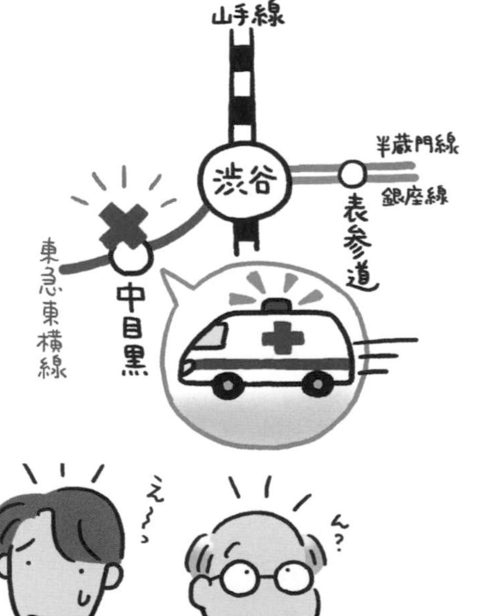

とうきゅうとうよこせんないじんしんじこ　えいきょう
❽ 東急東横線内人身事故の影響で、
to.o.kyu.u.to.o.yo.ko.se.n.na.i.ji.n.shi.n.ji.ko.no.e.i.kyo.o.de、

なかめぐろ　ひびやせん　うんてん
中目黒からの日比谷線も運転を
na.ka.me.gu.ro.ka.ra.no.hi.bi.ya.se.n.mo.u.n.te.n.o

ちゅうし
中止しております、
chu.u.shi.shi.te.o.ri.ma.su、

ちゅうい
ご注意ください。
go.chu.u.i.ku.da.sa.i。

❽ 各位旅客請注意，
因東急東橫線內發生傷亡事故，
目前於中目黑站的日比谷線
因受影響暫停行駛。

ほんじつとうよこせん　りよう　きゃくさま
❾ 本日東横線ご利用のお客様は、
ho.n.ji.tsu.to.o.yo.ko.se.n.go.ri.yo.o.no.o.kya.ku.sa.ma.wa、

じょうない　ほうそう　けいじばん　らん
場内★放送と★掲示板をご覧になって、
jo.o.na.i.ho.o.so.o.to.ke.i.ji.ba.n.o.go.ra.n.ni.na.t.te、

こうつうじょうほう　かくにん
交通情報をご確認ください。
ko.o.tsu.u.jo.o.ho.o.o.go.ka.ku.ni.n.ku.da.sa.i。

くわ　じょうほう
なお詳しい情報については
na.o.ku.wa.shi.i.jo.o.ho.o.ni.tsu.i.te.wa

えきかかりいん
駅係員にお★たずねください。
e.ki.ka.ka.ri.i.n.ni.o.ta.zu.ne.ku.da.sa.i。

❾ 本日搭乘東橫線的旅客，
敬請注意站內的告示板，
以確認最新的交通情報。
其它詳細情報
敬請洽詢站務人員。

♪ 27

自動售票機

自動券売機

ji.do.o.ke.n.ba.i.ki

❶ ★切符売り場（きっぷうりば）はこちらです。

ki.p.pu.u.ri.ba.wa.ko.chi.ra.de.su。

★券売機（けんばいき）はこちらです。

ke.n.ba.i.ki.wa.ko.chi.ra.de.su。

❶ 這裡是售票亭。

這裡是自動售票機。

❷ ありがとうございます。

a.ri.ga.to.o.go.za.i.ma.su。

お取り忘れ（とりわすれ）にご注意（ちゅうい）ください。

o.to.ri.wa.su.re.ni.go.chu.u.i.ku.da.sa.i。

❷ 請別忘了取出車票。謝謝。

❸

★金額（きんがく）パネルに触（ふ）れてください。

ki.n.ga.ku.pa.ne.ru.ni.fu.re.te.ku.da.sa.i。

★変更（へんこう）のときは左（ひだり）の★ボタンを★押（お）してください。

he.n.ko.o.no.to.ki.wa.hi.da.ri.no.bo.ta.n.o.o.shi.te.ku.da.sa.i。

★カード、１万円（まんえん）★札（さつ）、５千円札（せんえんさつ）、

ka.a.do、i.chi.ma.n.e.sa.tsu、go.se.n.e.n.sa.tsu、

２千円札（せんえんさつ）、千円札（せんえんさつ）も使（つか）えます。

ni.se.n.e.n.sa.tsu、se.n.e.n.sa.tsu.mo.tsu.ka.e.ma.su。

❸ 請觸控螢幕上所顯示的金額。

如欲變更時請按下左側按鈕。

信用卡、1萬、5千、

2千、1千日圓紙鈔均可使用。

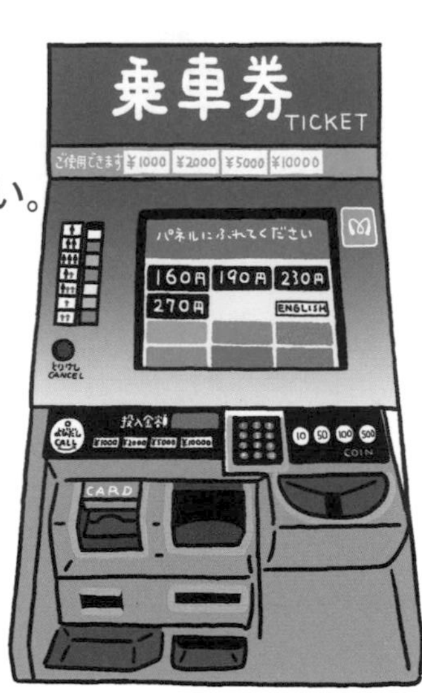

❹

SUICAをご利用(りよう)のお客(きゃく)さまは

su.i.ka.o.go.ri.yo.o.no.o.kya.ku.sa.ma.wa

先(さき)にSUICAを入(い)れてください。

sa.ki.ni.su.i.ka.o.i.re.te.ku.da.sa.i。

❹ 欲使用SUICA的旅客

請先放入您的SUICA。

LIVE

❺

ご希望(きぼう)のボタンに触(ふ)れてください。

go.ki.bo.o.no.bo.ta.n.ni.fu.re.te.ku.da.sa.i。

❺ 請選擇您欲儲值的金額。

LIVE

❻

★チャージが完了(かんりょう)しました。

cha.a.ji.ga.ka.n.ryo.o.shi.ma.shi.ta。

❻ 加值完畢。

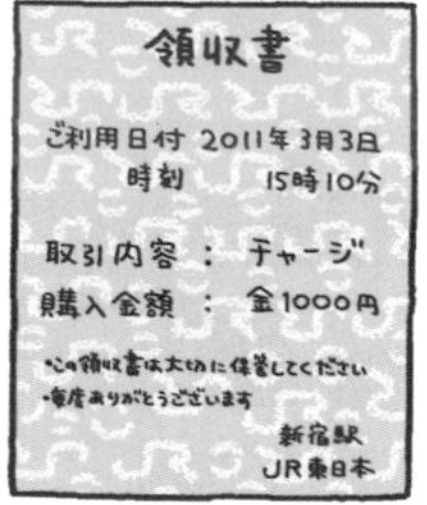

領収書

ご利用日付 2011年3月3日
時刻 15時10分

取引内容 ： チャージ
購入金額 ： 金1000円

・この領収書は大切に保管してください
・毎度ありがとうございます

新宿駅
JR東日本

❼ ★領収書(りょうしゅうしょ)が必要(ひつよう)な方(かた)は、

ryo.o.shu.u.sho.ga.hi.tsu.yo.o.na.ka.ta.wa、

ボタンを押(お)してください。

bo.ta.n.o.o.shi.te.ku.da.sa.i。

❼ 需要收據的旅客，

麻煩請選擇（是否列印收據。）

♪ 28

電車單字篇

P45

- □ 座席指定（ざせきしてい） 指定席
- □ 乗車券（じょうしゃけん） 車票
- □ 特急券（とっきゅうけん） 特快車車票

P46

- □ 間違える（まちがえる） 搞錯

P48~49

- □ 協力（きょうりょく） 協助
- □ 発車（はっしゃ） 發車
- □ 運賃（うんちん） 運費
- □ 異なる（ことなる） 不同
- □ ビル（building） 建築物；大樓
- □ 旅客ターミナル（りょかく terminal） 旅客航廈
- □ 指定席（していせき） 對號座位
- □ 手持ち（てもち） 手上的

P50

- □ デッキ（deck） 車廂間通道
- □ サービスコーナー（service corner） 服務區
- □ 車両（しゃりょう） 車輛
- □ お手洗い（おてあらい） 洗手間
- □ ジュース（juice） 果汁
- □ 販売機（はんばいき） 販賣機
- □ この先（このさき） 前方

P53

- □ （プラット）ホーム（platform） 月台

P55

- □ マナーモード（manner+mode） 靜音模式
- □ 遠慮（えんりょ） 避免
- □ 次（つぎ） 接下來

P57

- □ あと 之後
- □ 乗り換える（のりかえる） 轉車
- □ 忘れ物（わすれもの） 遺失物
- □ 支度（したく） 準備

P59

- □ どなたさま 哪一位（禮貌用法）

P62~63

- □ モノレール（monorail） 單軌列車
- □ ワンマン運転（one man うんてん） 單人駕駛
- □ 優先席（ゆうせんせき） 博愛座
- □ 年寄り（としより） 老年人
- □ 妊娠（にんしん） 懷孕
- □ 連れ（つれ） 帶，偕
- □ 譲り（ゆずり） 讓
- □ 荷物（にもつ） 行李

P66~67

- □ 急ブレーキ（きゅう brake） 緊急煞車
- □ つり革（つりかわ） （火車或公車上的）吊環
- □ 手すり（てすり） 欄杆，扶手
- □ つかまる 握住
- □ あみ棚（あみだな） 行李架
- □ 載せる（のせる） 擺放上（高處）

♪29

電車單字篇

□ 走行中（そうこうちゅう）
行駛中

□ 切る（き）
關閉(電源)

□ 知らせ（し）
通知

□ 警戒警備（けいかいけいび）
謹慎防禦

□ 不審（ふしん）
不明

□ 触れる（ふ）
觸碰

□ 駅係員（えきかかりいん）
站務員

□ 乗務員（じょうむいん）
駕駛員

P68～69

□ 扉（とびら）
門

□ 開く（ひら）
開

□ 乗車（じょうしゃ）
上車

□ 間（あいだ）
間隔

□ 広い（ひろ）
廣闊

□ 空く（あ）
空出來

□ 降る（おり）
下

□ 足元（あしもと）
腳步

P70～71

□ 停車駅（ていしゃえき）
停靠站

□ ターミナル（terminal）
航空站

□ 閉まる（し）
關

P72

□ 快特（かいとく）
特快列車

P74～75

□ 除く（のぞ）
除外

□ 終日禁煙（しゅうじつきんえん）
全面禁菸

□ 申し訳（もうわけ）
道歉，辯解

□ 行う（おこな）
進行

P76～77

□ 外回り（そとまわ）
外環

□ 続く（つづ）
持續

□ 回送電車（かいそうでんしゃ）
迴送列車

□ 内回り（うちまわ）
內環

□ 下がる（さ）
退後

P78～79

□ 始発（しはつ）
首班車

□ 進む（すす）
前進

P81

□ 急停車（きゅうていしゃ）
緊急煞車

P82

□ カーブ（curve）
彎道

□ 十分（じゅうぶん）
充分

□ 終了する（しゅうりょう）
結束

□ 了承（りょうしょう）
明白

P84～85

□ りんかい線（せん）
臨海線

□ 落し物（おともの）
遺失物

P87

□ ゆりかもめ
百合海鷗號

P90

□ 滑る（すべ）
滑倒

□ 気を付ける（きつ）
小心

電車單字篇

□ 一度（いちど）
一次

P93

□ 離れる（はな）
相隔，距離

P94～95

□ ドア（door）
門

□ 無理（むり）
勉強

P96

□ エスカレーター（escalator）
手扶梯

□ 品揃え（しなぞろ）
商品種類

□ 方（かた）
人（敬稱）

P98～99

□ 一部（いちぶ）
部分

□ 六本木ヒルズ（ろっぽんぎ Hills）
六本木之丘

□ ビューティ専門学校（beauty せんもんがっこう）
美容專門學校

□ ビジネス（business）
商業，洽公

□ 拠点（きょてん）
據點

□ 暮らし（く）
生活

□ グループ（group）
集團

P100～101

□ 手作り（てづく）
手工

□ かまぼこ
魚板

□ ローストビーフ（roast beef）
烤牛肉

□ 中程（なかほど）
中間

□ 連絡階段（れんらくかいだん）
連接階梯

P104

□ 混雑（こんざつ）
擁塞

□ 隣（となり）
鄰近

P108～109

□ オレンジ色（orange いろ）
橘色

□ 改札口（かいさつぐち）
剪票口

□ ～番線（ばんせん）
第～號月台

P110～111

□ 手荷物（てにもつ）
隨身物品

□ 引く（ひ）
拉近

□ やめる
停止

□ 最終（さいしゅう）
最後

□ 人身事故（じんしんじこ）
傷亡意外

□ 起こる（お）
發生

□ 上下線（じょうげせん）
雙向線

□ 見合わせる（みあ）
暫緩

P112～113

□ 放送（ほうそう）
播放

□ 掲示板（けいじばん）
告示板

□ たずねる
詢問

□ 切符売り場（きっぷうば）
售票處

□ 券売機（けんばいき）
售票機

□ 金額パネル（きんがく panel）
螢幕上顯示的金額

□ 変更（へんこう）
變更

□ ボタン（button）
按鈕

□ 押す（お）
按

□ (クレジット)カード
信用卡

□ 札
紙鈔

P114

□ チャージ
加値

□ 領収書
收據

電車文法篇

日文	中文	解析	頁數
～となる	成為～	前接地名	45

● ここはこれから経済の中心地となります。★這裡即將成為經濟重心。

日文	中文	解析	頁數
～ほか	除…之外	名詞＋の＋ほか，形容詞／動詞原型＋ほか，形容動詞＋な＋ほか	45

● 今は見守るほかない。★現在只能看著了。

日文	中文	解析	頁數
お待たせいたしました	讓您久等了	尊敬語	46

● 大変長らくお待たせいたしました。★很抱歉讓您等這麼久。

日文	中文	解析	頁數
～よう	按照～	用法較正式	46

● 彼のように努力を怠るな。★要像他一樣努力不懈。

日文	中文	解析	頁數
～経由	經由～	前接地點、交通途徑	49

● 日本を経由してアメリカへ行きます。★經由日本再往美國。

日文	中文	解析	頁數
～に掛(か)ける	坐在～上	---	49
● どうぞそちらにお掛けください。★請坐在這裡。			
～を含(ふく)める	包含～在内	---	50
● 手数料(てすうりょう)を含(ふく)めて請求(せいきゅう)します。★我要求包含手續費的價格。			
～まで～ない	到～之前不會～	---	53
● みんなが来(く)るまで食(た)べません。★等大家來再吃。			
～お越(こ)す	去～	「行(い)く」、「来(く)る」的尊敬語	53
● いつこちらへお越(こ)しくださいますか？★什麼時候會來呢？			
～の上(うえ)	並且	---	55
● 浸水問題(しんすいもんだい)の上(うえ)に土石流問題(どせきりゅうもんだい)も解決(かいけつ)しないと。 ★探討淹水問題時也必須解決土石流的問題。			
なさる	做	「する」、「なる」的尊敬語	57
● 今日(きょう)は何(なに)をなさいましたか？★今天做了些什麼呢？			
～も	不論～都～	疑問詞＋も	59
● 誰(だれ)も来(き)ませんでした。★誰也沒來過。			
～行(ゆ)き	前往～	---	61
● この電車(でんしゃ)は新宿(しんじゅく)行(ゆ)きですか？★這是往新宿的電車嗎？			

<table>
<tr><th>日文</th><th>中文</th><th>解析</th><th>頁數</th></tr>
<tr><td>～以外</td><td>除了～以外</td><td>---</td><td>62</td></tr>
<tr><td colspan="4">● 生もの以外は好きです。★生的以外我都喜歡（指生魚片）。</td></tr>
<tr><td>いらっしゃる</td><td></td><td>「行く」、「来る」、「居る」的尊敬語</td><td>63</td></tr>
<tr><td colspan="4">● ご主人はいらっしゃいますか？★您的丈夫在嗎？</td></tr>
<tr><td>～たら</td><td>如果～</td><td>---</td><td>63</td></tr>
<tr><td colspan="4">● 明日雨が降ったら試合は中止ですね。★如果明天下雨就停賽。</td></tr>
<tr><td>～と</td><td>一～就～</td><td>動詞＋と</td><td>64</td></tr>
<tr><td colspan="4">● 一つ買うともう一つもらえます。★買一送一。</td></tr>
<tr><td>～または～</td><td>～或是～</td><td>名詞＋または＋名詞</td><td>66</td></tr>
<tr><td colspan="4">● お魚またはお肉どちらにされますか？★是要魚還是肉呢？</td></tr>
<tr><td>～ずに</td><td>不～</td><td>否定型，用法同ないで，說法較為正式。</td><td>67</td></tr>
<tr><td colspan="4">● 今日はどこにも行かず家へ帰ります。★今天直接回家。</td></tr>
<tr><td>申し訳ございません</td><td>非常抱歉</td><td>比ごめんなさい更有禮貌。「ございません」為「ありません」的謙讓語說法。</td><td>75</td></tr>
<tr><td colspan="4">● 誠に申し訳ございませんでした。★深感抱歉。</td></tr>
<tr><td>～どまり</td><td>終點站～</td><td>地名＋どまり</td><td>77</td></tr>
<tr><td colspan="4">● この電車は当駅どまりです。★這班車有停靠本站。</td></tr>
</table>

日文	中文	解析	頁數
止むを得ず	不得不	---	81
● 止むを得ず急ブレーキをする場合があります。★總有緊急煞車的狀況發生。			
～方面	～方向	前接地名、區域等	85
● 東京方面へ行ってください。★請往東京的方向去。			
～やすい	很容易～	動詞連用形＋やすい	90
● この携帯はとても使いやすいです。★這個手機很好用。			
～の		同位語，表示同一物或人，名詞＋の＋名詞	90
● 作業中の漁船。★作業中的漁船。			
～に注意する	留意～		94
● 山道ではクマに注意してください。★請小心山路有熊出沒。			
～ごろ	～左右	表示時間前後	111
● 昨晩は十時ごろ家につきました。★昨晚10點多到家。			
ご覧	看	「見る」的尊敬語	112
● 何の映画をご覧になりますか？★在看什麼電影呢？			

Column 2

日本最紅的企鵝？Suica 最佳代言人

大家對日本旅遊必備的 Suica(スイカ)一定不陌生吧？由 JR 東日本發行的 Suica 是 Super Urban Intelligent CArd 的簡稱，同時又有日語的順暢(スイスイ)的含義，希望乘客可以藉由這張卡順利地去到各個地方。後來由於發音跟日語的西瓜相同，而被台灣旅客暱稱為西瓜卡。除了可愛而簡單的設計讓人愛不釋手之外，上面的企鵝更是人氣吉祥物唷！

Suica 上面的企鵝是由坂崎千春所繪製，最開始的設定是一隻從南極來東京玩的企鵝。由於牠從南極順暢地(スイスイ)游來東京，與西瓜卡的願景相符，所以就雀屏中選成為 Suica 的代言人。雖然因為 Suica 而廣為人知，但其實牠以前就在坂崎小姐的繪本「跳躍企鵝」中出現過了喔！

由於作者以及 JR 東日本都沒有為這隻企鵝正式命名，所以大家通常都單純的稱呼牠為「企鵝」或是「Suica 的企鵝」。從 2001 年西瓜卡正式啟用之後，企鵝的人氣漸漸攀升，每次發行限定紀念卡總是被搶購一空，受歡迎的程度甚至在拍賣網站上一張喊價超過一萬日幣。

除了代言 Suica 之外，企鵝也有很多自己的週邊商品，在書局之類很多店家都可以看到。呆呆笨笨又可愛的企鵝印在各式各樣的產品上，吊飾、手帳、貼紙等等琳瑯滿目的商品可是 JR 迷們的

最愛，企鵝儼然已經成為 JR 的代表！不但有許多生活中的小物之外，還會定期推出限量商品唷！

另外，如果有怕弄丟卡片的朋友們，也可以在手機上的 app store 下載 Suica，以不記名方式選定自己想用的信用卡儲值，設定好之後要搭乘時則不必點開 app，直接用手機感應就可以囉！（限 iphone wallet 功能）。若是手機有支援 NFC 功能的，還可以下載一個叫 Suica Reader 的 app，把卡片放在手機上感應一秒鐘，就可以查詢到 Suica、ICOCA 的餘額、儲值記錄和進出站記錄喔！是不是很方便呀～

關於企鵝的官方週邊商品以及購買地點請參考：

http://www.eki-net.biz/suica-goods/top/CSfTop.jsp

memo

巴士廣播
バス放送
出發！

利木津巴士

リムジンバス

ri.mu.ji.n.ba.su

❶ ★本日(ほんじつ)は★リムジンバスをご利用(りよう)くださいまして、
ho.n.ji.tsu.wa.ri.mu.ji.n.ba.su.o.go.ri.yo.o.ku.da.sa.i.ma.shi.te、

誠(まこと)にありがとうございます。
ma.ko.to.ni.a.ri.ga.to.o.go.za.i.ma.su。

これより高速道路(こうそくどうろ)を★経(へ)て
ko.re.yo.ri.ko.o.so.ku.do.o.ro.o.he.te

セルリアンタワー東急(とうきゅう)★ホテルを経由(けいゆ)し、
se.ru.ri.a.n.ta.wa.a.to.o.kyu.u.ho.te.ru.o.ke.i.yu.shi、

渋谷駅(しぶやえき)、渋谷(しぶや)マークシティまで参(まい)ります。
shi.bu.ya.e.ki、shi.bu.ya.ma.a.ku.shi.ti.i.ma.de.ma.i.ri.ma.su。

❶ 感謝您今日搭乘利木津巴士。
接下來我們將經由高速公路，
沿途會行經Cerulean Tower 東急飯店
前往澀谷車站、澀谷Mark City。

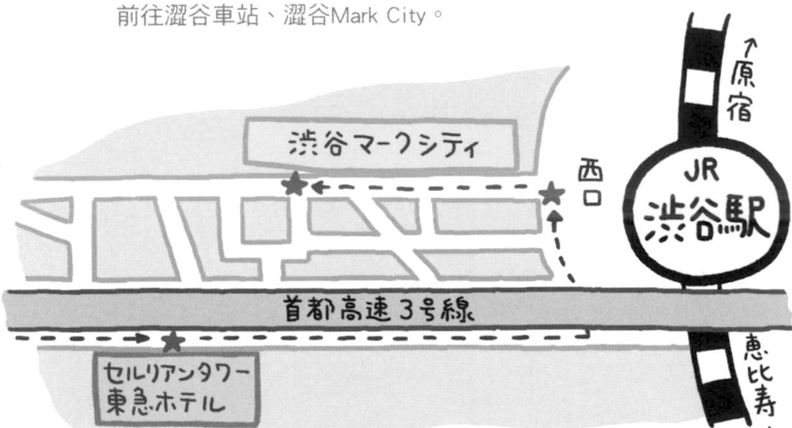

とちゅうどうろ ★じじょう
❷ 途中道路★事情により、
to.chu.u.do.o.ro.ji.jo.o.ni.yo.ri、

★たしょう ★えんちゃく
★多少の★延着がございますので、
ta.sho.o.no.e.n.cha.ku.ga.go.za.i.ma.su.no.de、

★あらかじ りょうしょう
★予めご了承ください。
a.ra.ka.ji.me.go.ryo.o.sho.o.ku.da.sa.i。

❷ 沿途恐因路況影響，
而導致抵達時間有所延遲，
還請見諒。

あんぜんうんてん じゅうぶんちゅうい
安全運転には十分注意いたしておりますが
a.n.ze.n.u.n.te.n.ni.wa.ju.u.bu.n.chu.u.i.i.ta.shi.te.o.ri.ma.su.ga、

そうこうちゅう え きゅう
走行中やむを得ず急ブレーキを
so.o.ko.o.chu.u.ya.mu.o.e.zu.kyu.u.bu.re.e.ki.o

かけることがございますので、
ka.ke.ru.ko.to.ga.go.za.i.ma.su.no.de、

ちゃくよう
シートベルト着用のうえ、
shi.i.to.be.ru.to.cha.ku.yo.o.no.u.e、

ざせき た
お座席よりお立ちになりませんよう
o.za.se.ki.yo.ri.o.ta.chi.ni.na.ri.ma.se.n.yo.o

ねが もう あ
お願い申し上げます。
o.ne.ga.i.mo.o.shi.a.ge.ma.su。

在秉持安全駕駛的同時，
行進間仍有
緊急煞車的情況發生，
請繫緊安全帶
並請勿任意離開座位。

しゃないきんえん
なお、車内禁煙でございますので
na.o、sha.na.i.ki.n.e.n.de.go.za.i.ma.su.no.de

★たばこ えんりょ
お★煙草はご遠慮くださいますよう
o.ta.ba.ko.wa.go.e.n.ryo.ku.da.sa.i.ma.su.yo.o

きょうりょく ねが
ご協力をお願いいたします。
go.kyo.o.ryo.ku.o.o.ne.ga.i.i.ta.shi.ma.su。

此外，本車全面禁菸，
請各位乘客配合
勿在車上吸菸。

LIVE

❸

お客様にお願い申し上げます。
o.kya.ku.sa.ma.ni.o.ne.ga.i.mo.o.shi.a.ge.ma.su。

携帯電話のご使用は
ke.i.ta.i.de.n.wa.no.go.shi.yo.o.wa

他のお客様のご★迷惑となりますので
ho.ka.no.o.kya.ku.sa.ma.no.go.me.i.wa.ku.to.na.ri.ma.su.no.de

ご遠慮くださいますよう
go.e.n.ryo.ku.da.sa.i.ma.su.yo.o

お願い申し上げます。
o.ne.ga.i.mo.o.shi.a.ge.ma.su。

各位乘客請注意，
請勿於車內使用手機
以免影響到其他乘客，
謝謝您的合作。

LIVE

❹ まもなくセルリアンタワー東急ホテルに
ma.mo.na.ku.se.ru.ri.a.n.ta.wa.a.to.o.kyu.u.ho.te.ru.ni

到着いたします。
to.o.cha.ku.i.ta.shi.ma.su。

車内にお忘れ物のございませんよう、
sha.na.i.ni.o.wa.su.re.mo.no.no.go.za.i.ma.se.n.yo.o、

★身の回り品をお★確かめになり、
mi.no.ma.wa.ri.hi.n.o.o.ta.shi.ka.me.ni.na.ri、

足元にご注意の上お降りください。
a.shi.mo.to.ni.go.chu.u.i.no.u.e.o.o.ri.ku.da.sa.i。

また、お★預かりの手荷物は
ma.ta、o.a.zu.ka.ri.no.te.ni.mo.tsu.wa

係員よりお★受け取りください。
ka.ka.ri.i.n.yo.ri.o.u.ke.to.ri.ku.da.sa.i。

❹ 本車即將抵達
Cerulean Tower 東急飯店。
請留意是否有遺漏東西在車上，
並確認您的隨身物品，
下車時請小心您的腳步。
寄放的行李請向服務人員領取。

LIVE
❺

なお、バスが完全(かんぜん)に停止(ていし)するまでは
na.o、ba.su.ga.ka.n.ze.n.ni.te.i.shi.su.ru.ma.de.wa
お座席(ざせき)よりお立(た)ちになりませんよう
o.za.se.ki.yo.ri.o.ta.chi.ni.na.ri.ma.se.n.yo.o
お願(ねが)い申(もう)し上(あ)げます。
o.ne.ga.i.mo.o.shi.a.ge.ma.su。

❺
此外，在巴士尚未停妥前
請勿任意離開座位。

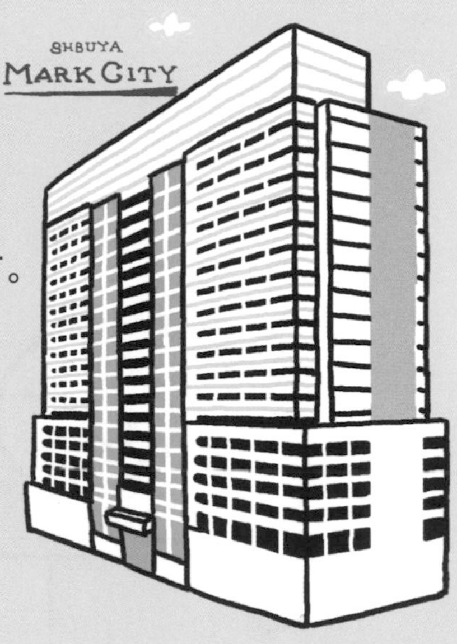

LIVE
❻

まもなく渋谷駅(しぶやえき)、
ma.mo.na.ku.shi.bu.ya.e.ki、
渋谷(しぶや)マークシティに到着(とうちゃく)いたします。
shi.bu.ya.ma.a.ku.shi.ti.i.ni.to.o.cha.ku.i.ta.shi.ma.su。

❻ 本車即將抵達澀谷車站
澀谷Mark City。

LIVE
❼

ありがとうございました。
a.ri.ga.to.o.go.za.i.ma.shi.ta。
またのご利用(りよう)をお待(ま)ちしております。
ma.ta.no.go.ri.yo.o.o.o.ma.chi.shi.te.o.ri.ma.su。

❼ 感謝您的搭乘，
期待您的再次光臨。

♪ 33

都營巴士

都営バス

to.e.i.ba.su

▶▶▶ 上車

❶ ご乗車（じょうしゃ）ありがとうございました。
go.jo.o.sha.a.ri.ga.to.o.go.za.i.ma.shi.ta。

❶ 感謝您的搭乘。

都營巴士及其他
巴士公司都可以使用
Pasmo和Suica喔♪♪
PASMO
Suica
OK!

LIVE
❷ 停（と）まるまでそのまま移動（いどう）しないでお待（ま）ちください。
to.ma.ru.ma.de.so.no.ma.ma.i.do.o.shi.na.i.de.o.ma.chi.ku.da.sa.i。

LIVE
❸ 危険（きけん）ですので、停車（ていしゃ）するまで移動（いどう）しないでお待（ま）ちください。
ki.ke.n.de.su.no.de、te.i.sha.su.ru.ma.de.i.do.o.shi.na.i.de.o.ma.chi.ku.da.sa.i。

LIVE
❹ バスが完全（かんぜん）に停（と）まるまでお待（ま）ちください。
ba.su.ga.ka.n.ze.n.ni.to.ma.ru.ma.de.o.ma.chi.ku.da.sa.i。

❷ ❸ ❹ 車子尚未停妥前，請勿離開座位。

❺ おつかまりください。
o.tsu.ka.ma.ri.ku.da.sa.i。

発車(はっしゃ)します。
ha.s.sha.shi.ma.su。

❺ 請扶好。車子即將啟動。

❻ お★急(いそ)ぎのところ★恐(おそ)れ入(い)ります。
o.i.so.gi.no.to.ko.ro.o.so.re.i.ri.ma.su。

時間調整(じかんちょうせい)のため、
ji.ka.n.cho.o.se.i.no.ta.me、

1分(ぷん)ほど停車(ていしゃ)いたします。
i.p.pu.n.ho.do.te.i.sha.i.ta.shi.ma.su。

❻
為了調整時間，
車子將於此處停留約1分鐘。
造成您的不便，敬請見諒。

乘客按鈴後，司機的回答

❼ かしこまりました。
ka.shi.ko.ma.ri.ma.shi.ta。

❼ 我知道了！

❽ 次(つぎ)、止(と)まります。
tsu.gi、to.ma.ri.ma.su。

危険(きけん)ですので、
ki.ke.n.de.su.no.de、

停車(ていしゃ)してからお立(た)ちください。
te.i.sha.shi.te.ka.ra.o.ta.chi.ku.da.sa.i。

❽ 下站停車。
請等車子停妥後再離開座位，
避免發生危險。

♪34 ▶▶▶乘車

❶ 大変お待たせいたしました、
ta.i.he.n.o.ma.ta.se.i.ta.shi.ma.shi.ta、
発車いたします。
ha.s.sha.i.ta.shi.ma.su。

❶ 各位乘客久等了，
車子即將發車。

❷

毎度都営★バスをご利用いただきまして、
ma.i.do.to.e.i.ba.su.o.go.ri.yo.o.i.ta.da.ki.ma.shi.te、
ありがとうございます。
a.ri.ga.to.o.go.za.i.ma.su。
このバスは虎ノ門一丁目経由
ko.no.ba.su.wa.to.ra.no.mo.n.i.c.cho.o.me.ke.i.yu
東京駅丸の内南口行きでございます。
to.o.kyo.o.e.ki.ma.ru.no.u.chi.mi.na.mi.gu.chi.yu.ki.de.go.za.i.ma.su。
次は白金台五丁目、白金台五丁目。
tsu.gi.wa.shi.ro.ga.ne.da.i.go.cho.o.me、
shi.ro.ga.ne.da.i.go.cho.o.me。

感謝您搭乘都營巴士。
本車將行經虎之門一丁目
前往東京車站丸之內南口。
下一站白金台五丁目、
白金台五丁目。

LIVE
❸ 優先席付近(ゆうせんせきふきん)では携帯電話(けいたいでんわ)の電源(でんげん)をおきりください。
yu.u.se.n.se.ki.fu.ki.n.de.wa.ke.i.ta.i.de.n.wa.no.de.n.ge.n.o.o.ki.ri.ku.da.sa.i。

それ以外(いがい)の場所(ばしょ)ではマナーモードに設定(せってい)の上(うえ)、
so.re.i.ga.i.no.ba.sho.de.wa.ma.na.a.mo.o.do.ni.se.t.te.i.no.u.e、

通話(つうわ)はご遠慮(えんりょ)ください。
tsu.u.wa.wa.go.e.n.ryo.ku.da.sa.i。

❸ 博愛座附近的乘客請將手機關機。
其他座位的乘客也請調整成靜音模式
並請避免使用手機。

LIVE
❹ 次(つぎ)は白金台五丁目(しろがねだいごちょうめ)でございます。次(つぎ)、停(と)まります。
tsu.gi.wa.shi.ro.ga.ne.da.i.go.cho.o.me.de.go.za.i.ma.su。tsu.gi、to.ma.ri.ma.su。

危険(きけん)ですので、停車(ていしゃ)してからお立(た)ち下(くだ)さい。
ki.ke.n.de.su.no.de、te.i.sha.shi.te.ka.ra.o.ta.chi.ku.da.sa.i。

❹ 下一站白金台五丁目。下站停車。
請等車子停妥後再離開座位，以避免發生危險。

❺ 到着(とうちゃく)まで立(た)ち上(あ)がったり、
to.o.cha.ku.ma.de.ta.chi.a.ga.t.ta.ri、

移動(いどう)したりしないようお願(ねが)いします。
i.do.o.shi.ta.ri.shi.na.i.yo.o.o.ne.ga.i.shi.ma.su。

❺ 未到站前請勿離開座位或任意走動。

LIVE

ていししんごう

❻ 停止信号です。

te.i.shi.shi.n.go.o.de.su。

しょ　ま

もう少々お待ちください。

mo.o.sho.o.sho.o.o.ma.chi.ku.da.sa.i。

❻ 前方紅燈。請稍作等候。

LIVE

はっしゃ　ちゅうい

❼ 発車します。ご注意ください。

ha.s.sha.shi.ma.su。go.chu.u.i.ku.da.sa.i。

❼ 車子即將發動請小心。

LIVE

ちかてつなんぼくせん　とえいちかてつみたせん

❽ 地下鉄南北線、都営地下鉄三田線を

chi.ka.te.tsu.na.n.bo.ku.se.n、to.e.i.chi.ka.te.tsu.mi.ta.se.n.o

りよう　かた　の　か

ご利用の方はお乗り換えです。

go.ri.yo.o.no.ka.ta.wa.o.no.ri.ka.e.de.su。

❽ 欲搭乘地下鐵南北線、都營地下鐵三田線的

乘客請在本站下車。

LIVE

きけん　ていしゃ

❾ 危険ですので、停車するまで

ki.ke.n.de.su.no.de、te.i.sha.su.ru.ma.de

いどう

そのまま移動しないで

so.no.ma.ma.i.do.o.shi.na.i.de

ま

お待ちください。

o.ma.chi.ku.da.sa.i。

★くだ　ざか

下り坂になります。

ku.da.ri.za.ka.ni.na.ri.ma.su。

❾ 車子尚未停妥前，

請勿任意走動

以免發生危險。

前方為下坡路段。

LIVE

⑩ 左(ひだり)に回(まわ)ります。

hi.da.ri.ni.ma.wa.ri.ma.su。

⑩ 車子左轉。

LIVE

⑪ 右(みぎ)に回(まわ)ります、

mi.gi.ni.ma.wa.ri.ma.su、

ご注意(ちゅうい)ください。

go.chu.u.i.ku.da.sa.i。

⑪ 車子右轉，請小心。

LIVE

⑫ バスが完全(かんぜん)に停(と)まるまで、

ba.su.ga.ka.ze.n.ni.to.ma.ru.ma.de、

そのままお待(ま)ちください。

so.no.ma.ma.o.ma.chi.ku.da.sa.i。

⑫ 車子尚未完全停妥前，

請於原位稍作等候。

LIVE

⑬ お客様(きゃくさま)にお願(ねが)いいたします。

o.kya.ku.sa.ma.ni.o.ne.ga.i.i.ta.shi.ma.su。

お年寄(としよ)りの方(かた)や体(からだ)の不自由(ふじゆう)な方(かた)、

o.to.shi.yo.ri.no.ka.ta.ya.ka.ra.da.no.fu.ji.yu.u.na.ka.ta、

小(ちい)さなお子様(こさま)連(づ)れや妊娠(にんしん)している方(かた)に

chi.i.sa.na.o.ko.sa.ma.zu.re.ya.ni.n.shi.n.shi.te.i.ru.ka.ta.ni

席(せき)をお譲(ゆず)りくださいますよう

se.ki.o.o.yu.zu.ri.ku.da.sa.i.ma.su.yo.o

ご協力(きょうりょく)をお願(ねが)いいたします。

go.kyo.o.ryo.ku.o.o.ne.ga.i.i.ta.shi.ma.su。

⑬ 各位乘客請注意，

敬請配合將座位禮讓給老弱婦孺。

♪35 ▸▸▸乘車

❶ お客様(きゃくさま)にお願(ねが)いいたします。
o.kya.ku.sa.ma.ni.o.ne.ga.i.i.ta.shi.ma.su。
走行中(そうこうちゅう)座席(ざせき)からお立(た)ちになりますと
so.o.ko.o.chu.u.za.se.ki.ka.ra.o.ta.chi.ni.na.ri.ma.su.to
非常(ひじょう)に危険(きけん)です。
hi.jo.o.ni.ki.ke.n.de.su。
バスが停(と)まってからお立(た)ち願(ねが)います。
ba.su.ga.to.ma.t.te.ka.ra.o.ta.chi.ne.ga.i.ma.su。

❶ 各位乘客敬請注意，
行進間任意離開座位相當危險。
請於公車完全停妥後再離開座位。

LIVE
❷ 揺(ゆ)れますので、ご注意(ちゅうい)ください。
yu.re.ma.su.no.de、go.chu.u.i.ku.da.sa.i。
この先(さき)揺(ゆ)れます。
ko.no.sa.ki.yu.re.ma.su。

❷ 車身搖晃，請多加小心。
前方搖晃。

LIVE
❸ ご乗車(じょうしゃ)ありがとうございました。
go.jo.o.sha.a.ri.ga.to.o.go.za.i.ma.shi.ta。
東京(とうきょう)タワーです。
to.o.kyo.o.ta.wa.a.de.su。
足元広(あしもとひろ)く離(はな)れておりますので、
a.shi.mo.to.hi.ro.ku.ha.na.re.te.o.ri.ma.su.no.de、
ご注意(ちゅうい)ください。
go.chu.u.i.ku.da.sa.i。

❸ 感謝您的搭乘。
東京鐵塔到了。
車身與地面距離較大，
下車時請小心您的腳步。

❹ この先カーブが続きますので、
ko.no.sa.ki.ka.a.bu.ga.tsu.zu.ki.ma.su.no.de、
ご注意ください。
go.chu.u.i.ku.da.sa.i。

❹ 前方連續數個彎道，
請多加小心。

❺ 巴士上的宣傳廣播

お客様にお知らせいたします。
o.kya.ku.sa.ma.ni.o.shi.ra.se.i.ta.shi.ma.su。
都内にお★住まいで満７０歳を★迎えられた方は、
to.na.i.ni.o.su.ma.i.de.ma.n.na.na.ju.s.sa.i.o.mu.ka.e.ra.re.ta.ka.ta.wa、
都内の路線バス、都電、都営地下鉄、日暮里舎人ライナーを
to.na.i.no.ro.se.n.ba.su、to.de.n、to.e.i.chi.ka.te.tsu、ni.p.po.ri.to.ne.ri.ra.i.na.a.o
ご利用いただける東京都★シルバーパスを
go.ri.yo.o.i.ta.da.ke.ru.to.o.kyo.o.to.shi.ru.ba.a.pa.su.o
★購入することができます、
ko.o.nyu.u.su.ru.ko.to.ga.de.ki.ma.su、
詳しいことは都営バスの各★営業所まで
ku.wa.shi.i.ko.to.wa.to.e.i.ba.su.no.ka.ku.e.i.gyo.o.sho.ma.de
お★問い合わせください。
o.to.i.a.wa.se.ku.da.sa.i。

❺
各位乘客請注意。
居住在都內且年滿70歲的乘客
可以購買都內路線公車、
都電、都營地下鐵、日暮里舍人線
通用的東京都銀髮族通行證。
詳情請洽都營巴士各營業據點。

❻ バスが停(と)まるまでそのままお座(すわ)りになってお待(ま)ちください。
ba.su.ga.to.ma.ru.ma.de.so.no.ma.ma.o.su.wa.ri.ni.na.t.te.o.ma.chi.ku.da.sa.i。
車内(しゃない)★転倒防止(てんとうぼうし)のご協力(きょうりょく)をお願(ねが)いします。
sha.na.i.te.n.to.o.bo.o.shi.no.go.kyo.o.ryo.ku.o.o.ne.ga.i.shi.ma.su。

❻ 車身尚未停妥前請勿離開座位。
敬請共同防範車內摔倒意外的發生。

❼ お待(ま)たせしました。
o.ma.ta.se.shi.ma.shi.ta。
東京駅行(とうきょうえきゆ)きです。
to.o.kyo.o.e.ki.yu.ki.de.su。

❼ 各位乘客久等了，
本車將開往東京車站。

❽ 巴士上的宣傳廣播

東京都(とうきょうと)★及(およ)び警視庁(けいしちょう)からのお願(ねが)いです。
to.o.kyo.o.to.o.yo.bi.ke.i.shi.cho.o.ka.ra.no.o.ne.ga.i.de.su。
★違法駐車(いほうちゅうしゃ)が交通(こうつう)★渋滞(じゅうたい)の
i.ho.o.chu.u.sha.ga.ko.o.tsu.u.ju.u.ta.i.no
大(おお)きな原因(げんいん)になっています。
o.o.ki.na.ge.n.i.n.ni.na.t.te.i.ma.su。
迷惑駐車(めいわくちゅうしゃ)はやめて
me.i.wa.ku.chu.u.sha.wa.ya.me.te
駐車場(ちゅうしゃじょう)を利用(りよう)しましょう。
chu.u.sha.jo.o.o.ri.yo.o.shi.ma.sho.o。

❽ 東京都及警視廳提醒您，
違規停車是造成交通阻塞的
一大原因。
請勿違規停車
並請多加利用停車場。

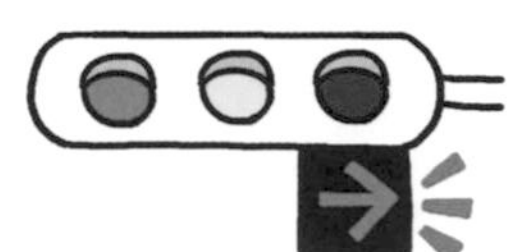

9

動きます。右に回ります。
u.go.ki.ma.su。mi.gi.ni.ma.wa.ri.ma.su。

危険ですのでお立ちにならないよう
ki.ke.n.de.su.no.de.o.ta.chi.ni.na.ra.na.i.yo.o

お願いします。右に回ります。
o.ne.ga.i.shi.ma.su。mi.gi.ni.ma.wa.ri.ma.su。

9 車子即將啟動。前方右轉。
請勿離開座位以避免發生危險。
前方右轉。

10 巴士上的宣傳廣播

東京都からのお知らせです。
to.o.kyo.o.to.ka.ra.no.o.shi.ra.se.de.su。

★悪質商法による★高齢者の被害が★急増しています。
a.ku.shi.tsu.sho.o.ho.o.ni.yo.ru.ko.o.re.i.sha.no.hi.ga.i.ga.kyu.u.zo.o.shi.te.i.ma.su。

突然の訪問や電話などで
to.tsu.ze.n.no.ho.o.mo.n.ya.de.n.wa.na.do.de

★セールスを受けた時は★すぐに★契約をせず、
se.e.ru.su.o.u.ke.ta.to.ki.wa.su.gu.ni.ke.i.ya.ku.o.se.zu、

不安なときは★最寄の消費生活★センターに★相談しましょう。
fu.a.n.na.to.ki.wa.mo.yo.ri.no.sho.o.hi.se.i.ka.tsu.se.n.ta.a.ni.so.o.da.n.shi.ma.sho.o。

10
東京都提醒您，
遭詐騙集團詐騙的高齡者與日俱增。
若遇到突如其來的登門拜訪
或電話推銷時，請避免當場簽立契約。
如有任何疑慮，請就近洽詢消費生活中心。

♪36

觀光巴士

観光バス

ka.n.ko.o.ba.su

▶▶▶在候車室

LIVE

❶ このあと、１５時(じ)４０分出発(ぷんしゅっぱつ)の★コース。

ko.no.a.to、ju.u.go.ji.yo.n.ju.p.pu.n.shu.p.pa.tsu.no.ko.o.su。

これよりバスを前(まえ)に移動(いどう)させていただきます。

ko.re.yo.ri.ba.su.o.ma.e.ni.i.do.o.sa.se.te.i.ta.da.ki.ma.su。

バスのご乗車準備(じょうしゃじゅんび)が★整(ととの)いますまで、

ba.su.no.go.jo.o.sha.ju.n.bi.ga.to.to.no.i.ma.su.ma.de、

今(いま)しばらくお待(ま)ちくださいませ。

i.ma.shi.ba.ra.ku.o.ma.chi.ku.da.sa.i.ma.se。

❶

接下來是15：40出發的行程。

巴士準備往前移動。

巴士正在做乘車的準備，

請您稍候片刻。

LIVE ❷

お待たせをいたしました。
o.ma.ta.se.o.i.ta.shi.ma.shi.ta。

ただいまより１５時４０分出発のコースをご案内いたします。
ta.da.i.ma.yo.ri.ju.u.go.ji.yo.n.ju.p.pu.n.shu.p.pa.tsu.no.ko.o.su.o.go.a.n.na.i.i.ta.shi.ma.su。

１５時４０分出発
ju.u.go.ji.yo.n.ju.p.pu.n.shu.p.pa.tsu

皇居・迎賓館★ドライブコースをご利用のお客様は
ko.o.kyo・ge.i.hi.n.ka.n.do.ra.i.bu.ko.o.su.o.go.ri.yo.o.no.o.kya.ku.sa.ma.wa

６番★乗り場★横のバスにご乗車くださいませ。
ro.ku.ba.n.no.ri.ba.yo.ko.no.ba.su.ni.go.jo.o.sha.ku.da.sa.i.ma.se。

❷ 各位乘客久等了。
參加15：40出發的行程的乘客請注意。
欲搭乘15：40出發，
皇居・迎賓館車內導覽行程的乘客，
請搭乘停靠在6號巴士亭旁的巴士。

【觀光巴士搭乘處】

LIVE

❸ お<ruby>待<rt>ま</rt></ruby>たせいたしました。
o.ma.ta.se.i.ta.shi.ma.shi.ta。

★出発（しゅっぱつ）いたします。
shu.p.pa.tsu.i.ta.shi.ma.su。

バスが動（うご）きます。
ba.su.ga.u.go.ki.ma.su。

お気（き）をつけください。
o.ki.o.tsu.ke.ku.da.sa.i。

❸ 各位乘客久等了，準備出發。
車子即將啟動，請留意。

LIVE

4 お待(ま)たせいたしました。
o.ma.ta.se.i.ta.shi.ma.shi.ta。

★改(あらた)めまして、
a.ra.ta.me.ma.shi.te、

皆様(みなさま)、本日(ほんじつ)ははとバスに
mi.na.sa.ma、ho.n.ji.tsu.wa.ha.to.ba.su.ni

ご乗車(じょうしゃ)していただき、
go.jo.o.sha.shi.te.i.ta.da.ki、

誠(まこと)にありがとうございます。
ma.ko.to.ni.a.ri.ga.to.o.go.za.i.ma.su。

皆様(みなさま)ご乗車(じょうしゃ)のこちらのバスは
mi.na.sa.ma.go.jo.o.sha.no.ko.chi.ra.no.ba.su.wa

皇居(こうきょ)、迎賓館(げいひんかん)★プチッとドライブコースです。
ko.o.kyo、ge.i.hi.n.ka.n.pu.chi.t.to.do.ra.i.bu.ko.o.su.de.su。

ただいま、はとバス乗(の)り場(ば)を出発(しゅっぱつ)いたしました。
ta.da.i.ma、ha.to.ba.su.no.ri.ba.o.shu.p.pa.tsu.i.ta.shi.ma.shi.ta。

これより約(やく)６０分(ぷん)のドライブコースをお★楽(たの)しみください。
ko.re.yo.ri.ya.ku.ro.ku.ju.p.pu.n.no.do.ra.i.bu.ko.o.su.o.o.ta.no.shi.mi.ku.da.sa.i。

4 各位乘客久等了。

再一次

由衷感謝您本日搭乘觀光巴士。

各位所參加的是皇居、

迎賓館小型車內導覽行程。

目前巴士已經從觀光巴士的乘車處出發了。

請您慢慢地享受接下來約60分鐘的旅程。

LIVE ❺ こちらのコースは★車窓(しゃそう)からの★景色(けしき)を
ko.chi.ra.no.ko.o.su.wa.sha.so.o.ka.ra.no.ke.shi.ki.o

お楽(たの)しみいただくコースです。
o.ta.no.shi.mi.i.ta.da.ku.ko.o.su.de.su。

お客様(きゃくさま)に降車(こうしゃ)していただく★箇所(かしょ)は
o.kya.ku.sa.ma.ni.ko.o.sha.shi.te.i.ta.da.ku.ka.sho.wa

ございませんので、どうぞ、
go.za.i.ma.se.n.no.de、do.o.zo、

車窓(しゃそう)からの景色(けしき)をお楽(たの)しみください。
sha.so.o.ka.ra.no.ke.shi.ki.o.o.ta.no.shi.mi.ku.da.sa.i。

❺ 本行程是透過車窗來欣賞風景的行程。
由於途中不需要下車，
請您透過車窗來享受這趟旅程。

6 LIVE

走行中(そうこうちゅう)は安全(あんぜん)のため
so.o.ko.o.chu.u.wa.a.n.ze.n.no.ta.me

シートベルトのご着装(ちゃくそう)をお願(ねが)いいたします。
shi.i.to.be.ru.to.no.go.cha.ku.so.o.o.o.ne.ga.i.i.ta.shi.ma.su。

車内(しゃない)は禁煙(きんえん)となっております。
sha.na.i.wa.ki.n.e.n.to.na.t.te.o.ri.ma.su。

こちらのバスは
ko.chi.ra.no.ba.su.wa

お座席(ざせき)に★リクライニングシートは
o.za.se.ki.ni.ri.ku.ra.i.ni.n.gu.shi.i.to.wa

ありませんのでご注意(ちゅうい)ください。
a.ri.ma.se.n.no.de.go.chu.u.i.ku.da.sa.i。

お席(せき)の前(まえ)に★網(あみ)ポケットに★エチケット袋(ぶくろ)と
o.se.ki.no.ma.e.ni.a.mi.po.ke.t.to.ni.e.chi.ke.t.to.bu.ku.ro.to

はとバス★グッズの★案内(あんない)ボードがあります。
ha.to.ba.su.gu.z.zu.no.a.n.na.i.bo.o.do.ga.a.ri.ma.su。

★ゴミなどはこちらにお★捨(す)てください。
go.mi.na.do.wa.ko.chi.ra.ni.o.su.te.ku.da.sa.i。

觀光巴士吉祥物
【芭那夫】
バナ夫

バナ奈
【芭娜奈】

リアルサウンドバス
【原音巴士】

6

行進間，為了您的安全，

請您繫上安全帶。

車內禁止吸煙。

請注意，

本車的座椅，

椅背無法向後傾斜。

座位前方的網狀袋內放有嘔吐袋

及觀光巴士週邊商品型錄。

請將垃圾丟進袋內。

【迷你專輯】
ミニアルバム

【手機吊飾】
ピコピコ
携帯クリーナー

LIVE
❼ はとバスグッズは車内(しゃない)でも購入(こうにゅう)できます。
ha.to.ba.su.gu.z.zu.wa.sha.na.i.de.mo.ko.o.nyu.u.de.ki.ma.su。

★ご希望(きぼう)がありましたら、
go.ki.bo.o.ga.a.ri.ma.shi.ta.ra、

私(わたしく)の方(ほう)までお知(し)らせください。
wa.ta.ku.shi.no.ho.o.ma.de.o.shi.ra.se.ku.da.sa.i。

申(もう)し遅(おく)れましたが、
mo.o.shi.o.ku.re.ma.shi.ta.ga、

本日(ほんじつ)こちらのコースを
ho.n.ji.tsu.ko.chi.ra.no.ko.o.su.o

★担当(たんとう)いたしますのは運転(うんてん)を阿部(あべ)、
ta.n.to.o.i.ta.shi.ma.su.no.wa.u.n.te.n.o.a.be、

★ガイドは私(わたくし)、日阪美津代(ひさかみつよ)が
ga.i.do.wa.wa.ta.ku.shi、hi.sa.ka.mi.tsu.yo.ga

担当(たんとう)いたします。
ta.n.to.o.i.ta.shi.ma.su。

短(みじか)い時間(じかん)ではございますが、
mi.ji.ka.i.ji.ka.n.de.wa.go.za.i.ma.su.ga、

皆様(みなさま)、どうぞよろしく
mi.na.sa.ma、do.o.zo.yo.ro.shi.ku

お願(ねが)いいたします。
o.ne.ga.i.i.ta.shi.ma.su。

それでは、
so.re.de.wa、

約(やく)６０分(ぷん)のドライブコースを
ya.ku.ro.ku.ju.p.pu.n.no.do.ra.i.bu.ko.o.su.o

お楽(たの)しみください。
o.ta.no.shi.mi.ku.da.sa.i。

❼ 您可以在車內購買到
觀光巴士的週邊商品，
如果有任何需要請直接告訴我。
還沒向各位介紹，
負責今日行程的是司機阿部，
以及由我日阪美津代來為您做導覽。
在這短暫的旅途內，
還請各位乘客多多指教。
那麼，就讓我們來享受這趟
約60分鐘的行程吧。

❽ LIVE

みなさま　つかれ
皆様、お疲れさまでございました。
mi.na.sa.ma、o.tsu.ka.re.sa.ma.de.go.za.i.ma.shi.ta。

とうきょうえき　ぜんぽう　み　まい
東京駅が前方に見えて参りました。
to.o.kyo.o.e.ki.ga.ze.n.po.o.ni.mi.e.te.ma.i.ri.ma.shi.ta。

みじか　じかん
★さて短い時間ではございましたが、
sa.te.mi.ji.ka.i.ji.ka.n.de.wa.go.za.i.ma.shi.ta.ga、

やく　ぷん
約６０分のドライブコース
ya.ku.ro.ku.ju.p.pu.n.no.do.ra.i.bu.ko.o.su

たの
お楽しみいただけましたでしょうか？
o.ta.no.shi.mi.i.ta.da.ke.ma.shi.ta.de.sho.o.ka。

❽
各位乘客辛苦了。
我們已經可以看到東京車站了。
這趟約60分鐘的短暫旅程
您還滿意嗎？

❾ LIVE

ハローキティーバスとこのはとバスには
ha.ro.o.ki.ti.i.ba.su.to.ko.no.ha.to.ba.su.ni.wa

にだい　うちいちだい　いろ
二台ありまして、その内一台★ピンク色の
ni.da.i.a.ri.ma.shi.te、so.no.u.chi.i.chi.da.i.pi.n.ku.i.ro.no

かわい　じょうしゃ
可愛らしいバスにご乗車していただきました。
ka.wa.i.ra.shi.i.ba.su.ni.go.jo.o.sha.shi.te.i.ta.da.ki.ma.shi.ta。

くば
どうぞ、みなさまお配りした★クリアファイル、
do.o.zo、mi.na.sa.ma.o.ku.ba.ri.shi.ta.ku.ri.a.fa.i.ru、

きねん　も　かえ
記念としてお持ち帰りください。
ki.ne.n.to.shi.te.o.mo.chi.ka.e.ri.ku.da.sa.i。

❾
Hello Kitty巴士及本觀光巴士
總共有兩台，您所搭乘的是其中一台
粉紅色的可愛巴士。
發給各位的資料夾，
請帶回家作紀念。

LIVE

⑩ 車(くるま)この先(さき)乗(の)り場(ば)にて
ku.ru.ma.ko.no.sa.ki.no.ri.ba.ni.te
終了(しゅうりょう)となります。
shu.u.ryo.o.to.na.ri.ma.su。
お降(お)りの際(さい)はお忘(わす)れ物(もの)や
o.o.ri.no.sa.i.wa.o.wa.su.re.mo.no.ya
落(おと)し物(もの)をなさいませんように
o.to.shi.mo.no.o.na.sa.i.ma.se.n.yo.o.ni
お気(き)をつけください。
o.ki.o.tsu.ke.ku.da.sa.i。

⑩ 本趟旅程將在
車子停靠乘車處後結束。
下車時請小心
勿將您的隨身物品
遺忘在車內。

LIVE

⑪ 本日(ほんじつ)ははとバスのご乗車(じょうしゃ)、
ho.n.ji.tsu.wa.ha.to.ba.su.no.go.jo.o.sha、
誠(まこと)にありがとうございました。
ma.ko.to.ni.a.ri.ga.to.o.go.za.i.ma.shi.ta。
またぜひご乗車(じょうしゃ)をお待(ま)ちしております。
ma.ta.ze.hi.go.jo.o.sha.o.o.ma.chi.shi.te.o.ri.ma.su。
では、車(くるま)この先(さき)で停(と)まります。
de.wa、ku.ru.ma.ko.no.sa.ki.de.to.ma.ri.ma.su。
お支度(したく)をなさって、
o.shi.ta.ku.o.na.sa.t.te、
ご着席(ちゃくせき)のままお待(ま)ちください。
go.cha.ku.se.ki.no.ma.ma.o.ma.chi.ku.da.sa.i。

⑪ 非常感謝您
今日搭乘觀光巴士，
期盼您的再次搭乘。
車子即將靠站。
請各位乘客
坐在原位準備下車。

水上巴士

水上巴士

su.i.jo.o.ba.su

LIVE

❶

2階席(かいせき)のお客様(きゃくさま)、

ni.ka.i.se.ki.no.o.kya.ku.sa.ma、

船(ふね)の★構造上(こうぞうじょう)★天井(てんじょう)の方(ほう)が一部(いちぶ)★低(ひく)くなっております。

fu.ne.no.ko.o.zo.o.jo.o.te.n.jo.o.no.ho.o.ga.i.chi.bu.hi.ku.ku.na.t.te.o.ri.ma.su。

お席(せき)をお立(た)ちになる際(さい)、頭上(ずじょう)に十分(じゅうぶん)ご注意(ちゅうい)ください。

o.se.ki.o.o.ta.chi.ni.na.ru.sa.i、zu.jo.o.ni.ju.u.bu.n.go.chu.u.i.ku.da.sa.i。

❶ 2樓乘客請留意，
本船的構造上，某些區域的天花板較低，
當您離開座位時，請當心您的頭部。

❷ LIVE 本日(ほんじつ)は
ho.n.ji.tsu.wa
★水上(すいじょう)バスリバータウンに
su.i.jo.o.ba.su.ri.ba.a.ta.u.n.ni
ご乗船(じょうせん)いただきまして
go.jo.o.se.n.i.ta.da.ki.ma.shi.te
ありがとうございます。
a.ri.ga.to.o.go.za.i.ma.su。
❷
感謝您今日搭乘
水上巴士
River Town。
あづまばし

LIVE ❸
当船(とうせん)は隅田川(すみだがわ)を★下(くだ)り
to.o.se.n.wa.su.mi.da.ga.wa.o.ku.da.ri
浜離宮(はまりきゅう)庭園(ていえん)を経由(けいゆ)いたしまして
ha.ma.ri.kyu.u.te.i.e.n.o.ke.i.yu.i.ta.shi.ma.shi.te
日(ひ)の出桟橋(でさんばし)へとまいります。
hi.no.de.sa.n.ba.shi.e.to.ma.i.ri.ma.su。
どうぞごゆっくり
do.o.zo.go.yu.k.ku.ri
お楽(たの)しみください。
o.ta.no.shi.mi.ku.da.sa.i。
❸
本船將沿著隅田川
向下經由濱離宮庭園
前往日之出棧橋。
敬請好好地享受
這趟水上之旅。

LIVE

ほんじつ　すいじょう
④ 本日は水上バスリバータウンに
ho.n.ji.tsu.wa.su.i.jo.o.ba.su.ri.ba.a.ta.u.n.ni

じょうせん
ご乗船くださいまして
go.jo.o.se.n.ku.da.sa.i.ma.shi.te

まこと
誠にありがとうございます。
ma.ko.to.ni.a.ri.ga.to.o.go.za.i.ma.su。

ほんせん　すみだがわ　くだ
本船はこれより隅田川を下り
ho.n.se.n.wa.ko.re.yo.ri.su.mi.da.ga.wa.o.ku.da.ri

はまりきゅうていえん　けいゆ
浜離宮庭園を経由し
ha.ma.ri.kyu.u.te.i.e.n.o.ke.i.yu.shi

ひ　でさんばし
日の出桟橋へとまいります。
hi.no.de.sa.n.ba.shi.e.to.ma.i.ri.ma.su。

④ 感謝您今日搭乘
水上巴士RIVER TOWN。
本船即將沿著隅田川
向下經由濱離宮庭園
前往日之出棧橋。

LIVE

ほんせん　★ひじょうぐち　ふね　ぜんぽう　しょ
⑤ 本船の非常口は、船の前方2ヶ所、
ho.n.se.n.no.hi.jo.o.gu.chi.wa、fu.ne.no.ze.n.po.o.ni.ka.sho、

こうほう　しょけい　しょ
後方2ヶ所計4ヶ所でございます。
ko.o.ho.o.ni.ka.sho.ke.i.yo.n.ka.sho.de.go.za.i.ma.su。

★きゅうめいどうい　ざせき　した
また救命胴衣はお座席の下にございます。
ma.ta.kyu.u.me.i.do.o.i.wa.o.za.se.ki.no.shi.ta.ni.go.za.i.ma.su。

きんきゅう　さい　★かかり　しじ　★したが
緊急の際は係の指示に従い
ki.n.kyu.u.no.sa.i.wa.ka.ka.ri.no.shi.ji.ni.shi.ta.ga.i

★お　つ　★こうどう
落ち着いて行動してくださいますよう
o.chi.tsu.i.te.ko.o.do.o.shi.te.ku.da.sa.i.ma.su.yo.o

ねが
お願いいたします。
o.ne.ga.i.i.ta.shi.ma.su。

⑤ 本船的緊急逃生口分別位在船身前方兩處
及後方兩處，共4個地方。
此外，救生衣就在您的座位下方，
緊急情況發生時，
請配合遵照工作人員的指示，
冷靜疏散。

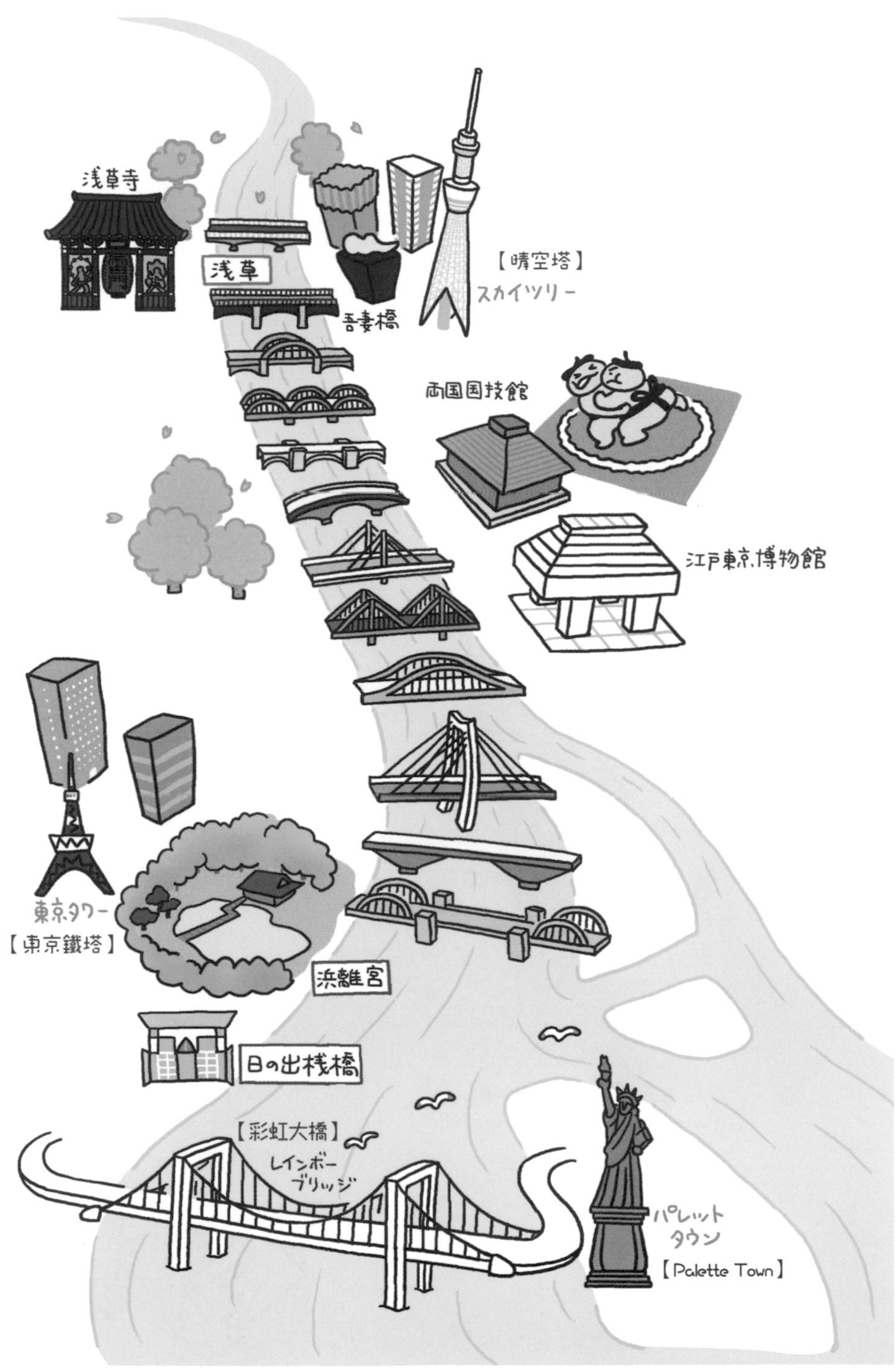
浅草寺
浅草
吾妻橋
【晴空塔】
スカイツリー
両国国技館
江戸東京博物館
東京タワー
【東京鐵塔】
浜離宮
日の出桟橋
【彩虹大橋】
レインボー
ブリッジ
パレット
タウン
【Palette Town】

LIVE
❻ それでは皆様(みなさま)ご乗船(じょうせん)★お疲(つか)れ様(さま)でございました。
so.re.de.wa.mi.na.sa.ma.go.jo.o.se.n.o.tsu.ka.re.sa.ma.de.go.za.i.ma.shi.ta。
本船(ほんせん)まもなくで浜離宮庭園(はまりきゅうていえん)に
ho.n.se.n.ma.mo.na.ku.de.ha.ma.ri.kyu.u.te.i.e.n.ni
到着(とうちゃく)となります。
to.o.cha.ku.to.na.ri.ma.su。

❻ 各位乘客，長時間的搭乘辛苦了。本船即將抵達濱離宮庭園。

LIVE
❼ 浜離宮庭園(はまりきゅうていえん)にて★下船(げせん)のお客様(きゃくさま)、
ha.ma.ri.kyu.u.te.i.e.n.ni.te.ge.se.n.no.o.kya.ku.sa.ma、
あらかじめ緑(みどり)の乗船券(じょうせんけん)と
a.ra.ka.ji.me.mi.do.ri.no.jo.o.se.n.ke.n.to
白(しろ)い★入園券(にゅうえんけん)を１枚(まい)ずつ
shi.ro.i.nyu.u.e.n.ke.n.o.i.chi.ma.i.zu.tsu
お★手元(てもと)にご用意(ようい)の上(うえ)、
o.te.mo.to.ni.go.yo.o.i.no.u.e、
下船(げせん)のお支度(したく)をお願(ねが)いいたします。
ge.se.n.no.o.shi.ta.ku.o.o.ne.ga.i.i.ta.shi.ma.su。

❼ 欲在濱離宮庭園下船的乘客，請再次確認您手邊的綠色船票與白色門票，準備下船。

8 LIVE

★降(お)り口(ぐち)は船(ふね)の後(うし)ろ、
o.ri.gu.chi.wa.fu.ne.no.u.shi.ro、
後部(こうぶ)★デッキ１ヶ所(しょ)のみとなりますが
ko.o.bu.de.k.ki.i.ka.sho.no.mi.to.na.ri.ma.su.ga
船(ふね)が★桟橋(さんばし)に着(つ)く際(さい)、
fu.ne.ga.sa.n.ba.shi.ni.tsu.ku.sa.i、
大(おお)きく揺(ゆ)れる場合(ばあい)がございますので
o.o.ki.ku.yu.re.ru.ba.a.i.ga.go.za.i.ma.su.no.de
またお掛(か)けになってお待(ま)ちください。
ma.ta.o.ka.ke.ni.na.t.te.o.ma.chi.ku.da.sa.i。

8 唯一的出口位在
船身後方的甲板，
當船抵達碼頭時
船身可能會產生劇烈搖晃，
請您先留在座位上等候。

9 LIVE

また船内(せんない)に出(で)ましたゴミなどございましたら、
ma.ta.se.n.na.i.ni.de.ma.shi.ta.go.mi.na.do.go.za.i.ma.shi.ta.ra、
お近(ちか)くの★ゴミ箱(ばこ)までお願(ねが)いします。
o.chi.ka.ku.no.go.mi.ba.ko.ma.de.o.ne.ga.i.shi.ma.su。
★ゴミ箱(ばこ)は一階席(かいせき)の前方(ぜんぽう)と後方(こうほう)、
go.mi.ba.ko.wa.i.k.ka.i.se.ki.no.ze.n.po.o.to.ko.o.ho.o、
後部(こうぶ)デッキ３ヶ所(しょ)です。
ko.o.bu.de.k.ki.sa.n.ka.sho.de.su。
ゴミの分別収集船内美化(ぶんべつしゅうしゅうせんないびか)に
go.mi.no.bu.n.be.tsu.shu.u.shu.u.se.n.na.i.bi.ka.ni
ご協力(きょうりょく)お願(ねが)いいたします。
go.kyo.o.ryo.ku.o.ne.ga.i.i.ta.shi.ma.su。

9
此外，下船時請順手將垃圾
丟進附近的垃圾筒內。
垃圾筒位於１樓座位的前面與後面
及後方甲板共3處。
敬請協助配合垃圾分類，
及船內的環境清潔。

LIVE

⑩

また船内(せんない)にお忘(わす)れ物(もの)ございませんよう
ma.ta.se.n.na.i.ni.o.wa.su.re.mo.no.go.za.i.ma.se.n.yo.o

ご注意(ちゅうい)ください。
go.chu.u.i.ku.da.sa.i。

船内(せんない)に傘(かさ)やお土産(みやげ)など
se.n.na.i.ni.ka.sa.ya.o.mi.ya.ge.na.do

お忘(わす)れ物(もの)ございませんでしょうか。
o.wa.su.re.mo.no.go.za.i.ma.se.n.de.sho.o.ka。

⑩
另外也請留意
勿將隨身物品遺忘在船上。
各位乘客是否有遺漏了
雨傘或紀念品在船上呢？

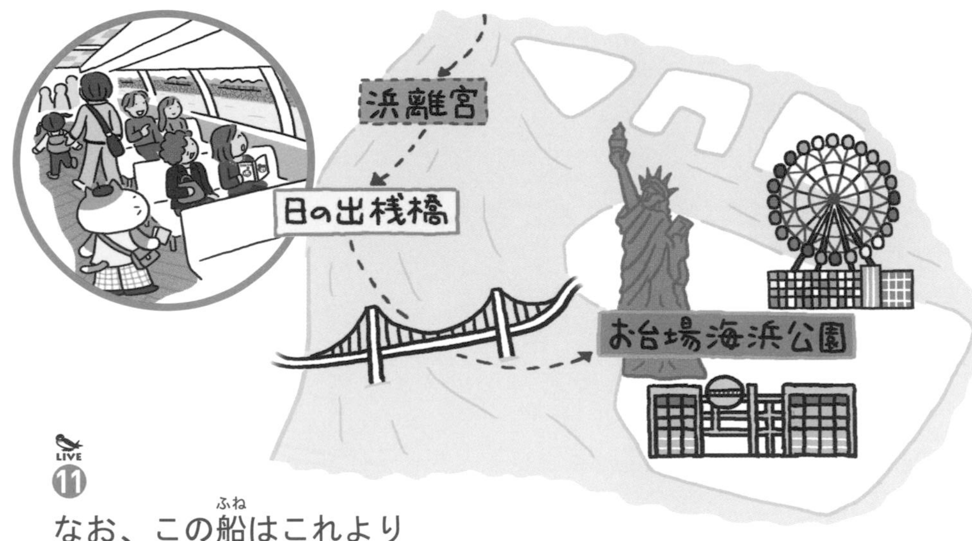

LIVE

⑪

なお、この船(ふね)はこれより
na.o、ko.no.fu.ne.wa.ko.re.yo.ri

日(ひ)の出(で)桟橋(さんばし)に参(まい)ります。
hi.no.de.sa.n.ba.shi.ni.ma.i.ri.ma.su。

日(ひ)の出(で)桟橋(さんばし)や、お台場(だいば)海浜公園(かいひんこうえん)、
hi.no.de.sa.n.ba.shi.ya、o.da.i.ba.ka.i.hi.n.ko.o.e.n、

お台場(だいば)海浜公園(かいひんこうえん)行(ゆ)きの乗船券(じょうせんけん)を
o.da.i.ba.ka.i.hi.n.ko.o.e.n.yu.ki.no.jo.o.se.n.ke.n.o

お持(も)ちのお客様(きゃくさま)は
o.mo.chi.no.o.kya.ku.sa.ma.wa

ご乗船(じょうせん)のままでお願(ねが)いいたします。
go.jo.o.se.n.no.ma.ma.de.o.ne.ga.i.i.ta.shi.ma.su。

⑪
本船接下來將開往
日之出棧橋。
持有往台場海濱公園方向船票，
欲前往日之出棧橋、
台場海濱公園的乘客，
請在船上稍作等候。

LIVE

⑫ 本船(ほんせん)はまもなくで浜離宮庭園(はまりきゅうていえん)に到着(とうちゃく)です。

ho.n.se.n.wa.ma.mo.na.ku.de.ha.ma.ri.kyu.u.te.i.e.n.ni.to.o.cha.ku.de.su。

本日(ほんじつ)は水上(すいじょう)バスリバータウンに

ho.n.ji.tsu.wa.su.i.jo.o.ba.su.ri.ba.a.ta.u.n.ni

ご乗船(じょうせん)いただき誠(まこと)にありがとうございました。

go.jo.o.se.n.i.ta.da.ki.ma.ko.to.ni.a.ri.ga.to.o.go.za.i.ma.shi.ta。

またのご乗船心(じょうせんこころ)よりお待(ま)ちしております。

ma.ta.no.go.jo.o.se.n.ko.ko.ro.yo.ri.o.ma.chi.shi.te.o.ri.m

⑫

本船即將抵達濱離宮庭園。

水上巴士RIVER TOWN

感謝您今日搭乘。

衷心期盼您的再次搭乘。

LIVE

⑬

お待たせしました。

o.ma.ta.se.shi.ma.shi.ta。

浜離宮庭園到着です。

ha.ma.ri.kyu.u.te.i.e.n.to.o.cha.ku.de.su。

降り口は船のうしろでございます。

o.ri.gu.chi.wa.fu.ne.no.u.shi.ro.de.go.za.i.ma.su。

どうぞ★降りられましたら

do.o.zo.o.ri.ra.re.ma.shi.ta.ra

船の後ろへとお進みください。

fu.ne.no.u.shi.ro.e.to.o.su.su.mi.ku.da.sa.i。

浜離宮庭園到着です。

ha.ma.ri.kyu.u.te.i.e.n.to.o.cha.ku.de.su。

緑の乗船券のみ

mi.do.ri.no.jo.o.se.n.ke.n.no.mi

この先で頂戴してます。

ko.no.sa.ki.de.cho.o.da.i.shi.te.ma.su。

⑬ 各位乘客久等了，
濱離宮庭園到了。
出口位在船身後方。
欲下船的乘客
請往船身後方移動。
濱離宮庭園到了。
下船時我們將收回
您的綠色船票。

⑭

本日は水上バスリバータウンに

ho.n.ji.tsu.wa.su.i.jo.o.ba.su.ri.ba.a.ta.u.n.ni

ご乗船いただきまして

go.jo.o.se.n.i.ta.da.ki.ma.shi.te

ありがとうございました。

a.ri.ga.to.o.go.za.i.ma.shi.ta。

⑭ 感謝您今日搭乘
水上巴士
RIVER TOWN。

♪38 巴士單字篇

P126～127

- □ 本日（ほんじつ）
  今天（文章體）
- □ リムジンバス（limousine bus）
  利木津巴士
- □ 経る（へ）
  經過
- □ ホテル（hotel）
  旅館，飯店
- □ 事情（じじょう）
  情況
- □ 多少（たしょう）
  多少，多寡
- □ 延着（えんちゃく）
  延遲
- □ 予め（あらかじめ）
  預先，先
- □ 煙草（たばこ）
  香菸

P128

- □ 迷惑（めいわく）
  打擾，困擾
- □ 身の回り品（みのまわりひん）
  隨身物品
- □ 確かめる（たし）
  確認
- □ 預かる（あず）
  代為保管，收存
- □ 受け取り（う・と）
  領取

P131

- □ 急ぎ（いそ）
  緊急
- □ 恐れ入る（おそ・い）
  不好意思，惶恐

P132

- □ バス（bus）
  公車，巴士

P134

- □ 下り坂（くだ・ざか）
  下坡

P137

- □ 住まい（す）
  居住
- □ 迎える（むか）
  迎接
- □ シルバーパス（silver pass）
  銀髮族通行證
- □ 購入する（こうにゅう）
  購買
- □ 営業所（えいぎょうしょ）
  營業據點
- □ 問い合わせる（と・あ）
  詢問

P138～139

- □ 転倒（てんとう）
  摔倒
- □ 及び（およ）
  及
- □ 違法駐車（いほうちゅうしゃ）
  違法停車
- □ 悪質商法（あくしつしょうほう）
  詐騙
- □ 高齢者（こうれいしゃ）
  老年人
- □ 急増（きゅうぞう）
  急遽增加
- □ セールス（sales）
  推銷
- □ すぐ
  立即
- □ 契約（けいやく）
  契約
- □ 最寄（もより）
  附近
- □ センター（center）
  中心
- □ 相談する（そうだん）
  討論

P140～141

- □ コース（course）
  路線；模式
- □ 整う（ととの）
  備齊，完備
- □ ドライブ（drive）
  導覽，兜風
- □ 乗り場（の・ば）
  乘車處
- □ 横（よこ）
  旁

P142～143

- □ 出発（しゅっぱつ）
  出發
- □ 改めて（あらた）
  再次

♪ 39

巴士單字篇

- ☐ プチッ
  短；小型
- ☐ 楽しみ（たの）
  期待

P144～145

- ☐ 車窓（しゃそう）
  車窗
- ☐ 景色（けしき）
  風景
- ☐ 箇所（かしょ）
  地點
- ☐ リクライニングシート（reclining seat）
  可後傾的座位
- ☐ 網ポケット（あみ pocket）
  網狀袋
- ☐ エチケット袋（etiquette ぶくろ）
  嘔吐袋
- ☐ グッズ（goods）
  商品，物品
- ☐ 案内ボード（あんない board）
  商品型錄看板
- ☐ ゴミ
  垃圾
- ☐ 捨てる（す）
  丟掉

P146～147

- ☐ 希望（きぼう）
  希望
- ☐ 担当（たんとう）
  擔任
- ☐ ガイド（guide）
  嚮導
- ☐ さて
  那麼（提起新話題時）
- ☐ ピンク（pink）
  粉紅色
- ☐ クリアファイル（clear file）
  文件夾

P148～149

- ☐ 構造（こうぞう）
  構造
- ☐ 天井（てんじょう）
  天花板
- ☐ 低い（ひく）
  低

P150～151

- ☐ 水上バス（すいじょう bus）
  水上巴士
- ☐ 下る（くだ）
  向下

P152

- ☐ 非常口（ひじょうぐち）
  緊急逃生口
- ☐ 救命胴衣（きゅうめいどうい）
  救身衣
- ☐ 係（かかり）
  工作人員
- ☐ 従う（したが）
  遵從，依照
- ☐ 落ち着く（おつ）
  冷靜
- ☐ 行動（こうどう）
  行動，行為

P154～155

- ☐ お疲れ様（つかさま）
  辛苦了
- ☐ 下船（げせん）
  下船
- ☐ 入園券（にゅうえんけん）
  門票
- ☐ 手元（てもと）
  手邊
- ☐ 降り口（おぐち）
  出口
- ☐ デッキ（deck）
  甲板
- ☐ 桟橋（さんばし）
  碼頭
- ☐ ゴミ箱（ばこ）
  垃圾桶

P158

- ☐ 降りる（お）
  （從交通工具）下來

巴士文法篇

日文	中文	解析	頁數
～により	根據～	表原因、理由	127
● 雨により昨日の運動会は延期になりました。★因為昨天下雨，所以運動會取消了。			
～のところ	正當…的時候	名詞＋のところ	131
● 今のところ大丈夫です。 ★目前沒問題。			
かしこまりました	我瞭解了	謙讓語。「畏まる」的連用形「畏まり」＋「ます」的過去式「ました」	131
● A：これをお願いします。B：かしこまりました。★A：我要這個。B：瞭解了。			
～から	～之後	---	131
● 昨日から頭が痛いです。★從昨天開始頭就很痛。			
～たり	～等等	列舉時用	133
● テレビを見たりゲームをしたりしました。★看看電視打打電動。			
～に回る	轉向～	---	135
● 右に回ってください。★請右轉。			
で	以～手段	---	139
● 箸で食べます。★用筷子吃。			
申し遅れる	說晚了	「言い遅れる」的謙讓語	146
● 申し遅れましたが、彼は今日来れません。★雖然有點遲，但他今天不能來了。			

日文	中文	解析	頁數
～上	從～來看	名詞＋上	149
● データ上これは難しい。★就資料來看，這很困難。			
～ケ	～個（單位）	---	152
● 一ヶ月日本にいます。★在日本一個月。			
～ずつ	各～個，平均分配	數量詞＋ずつ	154
● みんな三個ずつ食べました。★大家各吃了3個。			
～階	～樓	---	155
● 私の家は五階です。★我家在5樓。			
～や～など	～或～等等	作為列舉使用	156
● サッカーや野球などが好きです。★喜歡足球或是棒球。			
～でしょうか	～吧？	等同～だろうか	156
● お探しものはこちらでしょうか？★您要找的東西在這裡吧？			
～のみ	只有～（時間）	名詞＋のみ	158
● ランチタイムのみのご提供です。★只有提供午餐時間。			
頂戴	接受；要	「もらう」的謙讓語。表向對方或長輩、上級「要」東西。	158
● お土産を頂戴しました。★收下伴手禮。			

Column 3

日本公車大不同

在日本搭公車的時候要注意，雖然跟台灣一樣分成上車付以及下車付兩種，但付費方法不太一樣唷。

上車付款的公車大多是跑大都市路線的，屬於均一價，也就是不管搭幾站都是一樣的價錢。搭乘方法跟台灣公車差不多，價格都會寫在公車站牌上以及前門的投錢箱上，只要上車時投錢或是用 SUICA、PASMO 刷卡即可。

下車付款的公車比較複雜，是搭乘距離越長車資就越貴。從後門上車之後要先抽一張車門旁的整理券，接著對照公車前面的車資表顯示板，比對自己整理券上的號碼，就可以知道在這一站下車需要付多少錢。投錢的時候要記得把整理券也一起投進去，而零錢不夠的時候，投錢箱有換零錢的功能，只要把 500 元或大鈔放進去，再把找出來的小錢投進去就可以了。

雖然聽起來有點複雜，不過東京市區的公車幾乎都是上車付費的，只要用地鐵卡即可付費搭乘。公車站牌有清楚的路線圖以及時刻表，車上也都有顯示板告知站名，即使是不懂日文的遊客也能輕鬆地搭乘。

有時候搭公車轉乘到另一條地鐵線，反而會比在地鐵站繞來繞去更

輕鬆省時！或是逛街走累了想回到地鐵站，不妨考慮搭公車回去，不但可以看到不一樣的風景，還可以體驗一下日本的公車！下次去日本的時候試試看搭公車去玩吧！

購物廣播
ショッピング
START!
SALE

超級市場

スーパー

su.u.pa.a

▸▸▸ DAIEI（大型連鎖超市）

❶ 毎週木曜日（まいしゅうもくようび）★恒例（こうれい）の「木曜（もくよう）の★市（いち）」。
ma.i.shu.u.mo.ku.yo.o.bi.ko.o.re.i.no.「mo.ku.yo.o.no.i.chi」。
お★求（もと）めの野菜（やさい）やお魚（さかな）など
o.mo.to.me.no.ya.sa.i.ya.o.sa.ka.na.na.do
お★買（か）い得価格（どくかかく）で提供（ていきょう）しております。
o.ka.i.do.ku.ka.ka.ku.de.te.i.kyo.o.shi.te.o.ri.ma.su。

❶ 每週四為本店的週四特賣日。平日購買的蔬菜水果及魚類等都有提供優惠活動。

か　どくひん　たすう　ようい
❷ お買い得品を★多数ご用意して
o.ka.i.do.ku.hi.n.o.ta.su.u.go.yo.o.i.shi.te
きゃくさま　ま
お客様をお待ちしております。
o.kya.ku.sa.ma.o.o.ma.chi.shi.te.o.ri.ma.su。

❷ 許多優惠商品等您來搶購。

たいへん　かいどく　もくよう　いち
❸ 大変お買得な「木曜の市」、
ta.i.he.n.o.ka.i.do.ku.na.「mo.ku.yo.o.no.i.chi」、
ぜ ひ　りよう
★是非ご利用ください。
ze.hi.go.ri.yo.o.ku.da.sa.i。

❸ 超划算的週四特賣活動，千萬不要錯過喔！

まいしゅうもくようび
❹ 毎週木曜日は、
ma.i.shu.u.mo.ku.yo.o.bi.wa、
か　どく　もくよう　いち
お買い得な「木曜の市」を
o.ka.i.do.ku.na「mo.ku.yo.o.no.i.chi」o
かいさい
★開催しております！
ka.i.sa.i.shi.te.o.ri.ma.su！
せいせんしょくひん　いっぱんしょくひん
生鮮食品、一般食品から
se.i.se.n.sho.ku.hi.n、i.p.pa.n.sho.ku.hi.n.ka.ra
せいかつようひん　いりょうひん
生活用品、衣料品まで、
se.i.ka.tsu.yo.o.hi.n、i.ryo.o.hi.n.ma.de、
たいへん　か　どく　かかく
大変お買い得な価格にて
ta.i.he.n.o.ka.i.do.ku.na.ka.ka.ku.ni.te
ていきょう　いただ
ご提供させて頂きます！
go.te.i.kyo.o.sa.se.te.i.ta.da.ki.ma.su！
らいてん　ま
ご来店お待ちしております。
go.ra.i.te.n.o.ma.chi.shi.te.o.ri.ma.su。

❹ 每週四定時舉辦特賣活動！從生鮮食品到一般食品、生活用品、衣物等全面大特價，價格划算，歡迎各位前來搶購。

⑤

ダイエーではお★買い上げ200円ごとに1★ポイントが
da.i.e.e.de.wa.o.ka.i.a.ge.ni.hya.ku.e.n.go.to.ni.i.chi.po.i.n.to.ga

★貯まるハートポイントカードの会員を★募集中です。
ta.ma.ru.ha.t.to.po.i.n.to.ka.a.do.no.ka.i.i.n.o.bo.s.shu.u.chu.u.de.su。

⑤
Heart集點卡會員招募中，
只要在daiei消費滿200日圓
就能獲得1點。

⑥

500ポイント貯まりますと
go.hya.ku.po.i.n.to.ta.ma.ri.ma.su.to

ダイエー全店で500円分のお買い物ができる、
da.i.e.e.ze.n.te.n.de.go.hya.ku.e.n.bu.n.no.o.ka.i.mo.no.ga.de.ki.ru、

大変お得なカードです。
ta.i.he.n.o.to.ku.na.ka.a.do.de.su。

⑥
集滿500點就能在
daiei全賣場換購500日圓的商品，
是張相當划算的集點卡喔。

⑦ ハートポイントカードは
ha.a.to.po.i.n.to.ka.a.do.wa

ただいま店内のサービスカウンターで
ta.da.i.ma.te.n.na.i.no.sa.a.bi.su.ka.u.n.ta.a.de

ご入会を★承っております。
go.nyu.u.ka.i.o.u.ke.ta.ma.wa.t.te.o.ri.ma.su。

⑦
Heart集點卡
只要到本賣場的服務中心
就能立即加入會員。

⑧ 本日(ほんじつ)はご来店(らいてん)頂(いただ)きまして
ho.n.ji.tsu.wa.go.ra.i.te.n.i.ta.da.ki.ma.shi.te
誠(まこと)にありがとうございます。
ma.ko.to.ni.a.ri.ga.to.o.go.za.i.ma.su。

⑧ 感謝各位今日的光臨。

⑨ 朝(あさ)１０時(じ)から夜(よる)９時(じ)まで
a.sa.ju.u.ji.ka.ra.yo.ru.ku.ji.ma.de
営業(えいぎょう)しております。
e.i.gyo.o.shi.te.o.ri.ma.su。

⑨ （本店）營業時間為
上午10點到下午9點。

⑩ 地下(ちか)食品(しょくひん)売(う)り場(ば)と
chi.ka.sho.ku.hi.n.u.ri.ba.to
１階(かい)の生活用品売場(せいかつようひんうりば)は
i.k.ka.i.no.se.i.ka.tsu.yo.o.hi.n.u.ri.ba.wa
夜(よる)１１時(じ)まで
yo.ru.ju.u.i.chi.ji.ma.de
営業(えいぎょう)しております。
e.i.gyo.o.shi.te.o.ri.ma.su。

⑩ 地下1樓的食品區
及1樓的生活用品區
營業至晚間11點。

▶▶▶ Sunshine西友店（大型連鎖超市）

⑪

本日（ほんじつ）はサンシャイン西友店（せいゆうてん）に
ho.n.ji.tsu.wa.sa.n.sha.i.n.se.i.yu.u.te.n.ni

ご来店（らいてん）くださいまして、
go.ra.i.te.n.ku.da.sa.i.ma.shi.te、

誠（まこと）にありがとうございます。
ma.ko.to.ni.a.ri.ga.to.o.go.za.i.ma.su。

当店（とうてん）では、現在（げんざい）★地球（ちきゅう）温暖化防止（おんだんかぼうし）★推進（すいしん）の
to.o.te.n.de.wa、ge.n.za.i.chi.kyu.u.o.n.da.n.ka.bo.o.shi.su.i.shi.n.no

★取（と）り組（く）みといたしまして、
to.ri.ku.mi.to.i.ta.shi.ma.shi.te、

★マイバッグ★持参（じさん）のご協力（きょうりょく）を
ma.i.ba.g.gu.ji.sa.n.no.go.kyo.o.ryo.ku.o

いただいております。
i.ta.da.i.te.o.ri.ma.su。

⑪ 歡迎光臨Sunshine西友店。
本店為響應防止溫室效應的活動，
正大力推廣使用環保袋。
敬請各位合作。

⑫

毎月（まいつき）５日（か）と２０日（か）は
ma.i.tsu.ki.i.tsu.ka.to.ha.tsu.ka.wa

セゾンカードで
se.zo.n.ka.a.do.de

お支払（しはら）いいただくと
o.shi.ha.ra.i.i.ta.da.ku.to

売（う）り場（ば）の★ほとんどの品（しな）が
u.ri.ba.no.ho.to.n.do.no.shi.na.ga

５％★割引（わりび）きになる
go.pa.a.se.n.to.wa.ri.bi.ki.ni.na.ru

ご★優待（ゆうたい）デーを実施（じっし）しております。
go.yu.u.ta.i.de.e.o.ji.s.shi.shi.te.o.ri.ma.su。

⑫ 目前正實施每月5日及20日
來店使用SAISON卡消費，
就能享有全賣場商品95折
優惠活動。

♪41

百貨公司

デパート

de.pa.a.to

▶▶▶ 西武百貨

SEIBU

LIVE

❶ 本日（ほんじつ）はご来店（らいてん）くださいまして、

ho.n.ji.tsu.wa.go.ra.i.te.n.ku.da.sa.i.ma.shi.te、

誠（まこと）にありがとうございます。

ma.ko.to.ni.a.ri.ga.to.o.go.za.i.ma.su。

お客様（きゃくさま）にお願（ねが）い申（もう）し上（あ）げます。

o.kya.ku.sa.ma.ni.o.ne.ga.i.mo.o.shi.a.ge.ma.su。

火災（かさい）★予防（よぼう）★条例（じょうれい）により売（う）り場内（ばない）での★喫煙（きつえん）は

ka.sa.i.yo.bo.o.jo.o.re.i.ni.yo.ri.u.ri.ba.na.i.de.no.ki.tsu.e.n.wa

禁止（きんし）されておりますので、

ki.n.shi.sa.re.te.o.ri.ma.su.no.de、

お煙草（たばこ）は★必（かなら）ず喫煙所（きつえんじょ）でお願（ねが）いいたします。

o.ta.ba.ko.wa.ka.na.ra.zu.ki.tsu.e.n.jo.de.o.ne.ga.i.i.ta.shi.ma.su。

❶ 非常感謝您今日的蒞臨。
在此提醒您，
依據火災防範條例規定，
賣場內禁止吸菸
吸菸請務必前往指定場所。

▶▶▶ 搭乘電梯

　がい　　　　うえ　まい
❷ 3階です、上に参ります。
sa.n.ga.i.de.su、u.e.ni.ma.i.ri.ma.su。

❷ 3樓到了，電梯上樓。

　　かい　　　　した　まい
❸ １２階です、下に参ります。
ju.u.ni.ka.i.de.su、shi.ta.ni.ma.i.ri.ma.su。

❸ 12樓到了，電梯下樓。

　り ようかいすう　　　　　　　お
❹ ご利用階数のボタンを押してください。
go.ri.yo.o.ka.i.su.u.no.bo.ta.n.o.o.shi.te.ku.da.sa.i。

❹ 請按下欲前往的樓層。

とびら　し
❺ 扉が閉まります。
to.bi.ra.ga.shi.ma.ri.ma.su。

し　　とびら
閉まる扉に
shi.ma.ru.to.bi.ra.ni

き
お気をつけください。
o.ki.o.tsu.ke.ku.da.sa.i。

❺ 請注意，

電梯門要關了。

▶▶▶ 搭乘手扶梯

LIVE
❻

*ベビーカーをご使用のお客様や
be.bi.i.ka.a.o.go.shi.yo.o.no.o.kya.ku.sa.ma.ya

大きな荷物をお持ちのお客様は、
o.o.ki.na.ni.mo.tsu.o.o.mo.chi.no.o.kya.ku.sa.ma.wa、

危険ですので、エレベーターをご利用くださいませ。
ki.ke.n.de.su.no.de、e.re.be.e.ta.a.o.go.ri.yo.o.ku.da.sa.i.ma.se。

❻ 使用嬰兒車及
攜帶大件行李的乘客，
請改搭電梯以避免發生危險。

LIVE
❼

エスカレーターにお乗りの際は、
e.su.ka.re.e.ta.a.ni.o.no.ri.no.sa.i.wa、

お足元にご注意のうえ、
o.a.shi.mo.to.ni.go.chu.u.i.no.u.e、

*ステップの黄色い線の内側にお乗りになり、
su.te.p.pu.no.ki.i.ro.i.se.n.no.u.chi.ga.wa.ni.o.no.ri.ni.na.ri、

ベルトにおつかまりくださいませ。
be.ru.to.ni.o.tsu.ka.ma.ri.ku.da.sa.i.ma.se。

❼
搭乘手扶梯時，
請小心您的腳步，
並請手握扶手
站立於踏階上黃線內。

LIVE
❽

*お子様を連れのお客様は、手を繋いで、
o.ko.sa.ma.o.tsu.re.no.o.kya.ku.sa.ma.wa、te.o.tsu.na.i.de、

ステップの中央へお乗りになり、
su.te.p.pu.no.chu.u.o.o.e.o.no.ri.ni.na.ri、

ベルトの外側に顔や手を
be.ru.to.no.so.to.ga.wa.ni.ka.o.ya.te.o

お出しにならないように、
o.da.shi.ni.na.ra.na.i.yo.o.ni、

お願い致します。
o.ne.ga.i.i.ta.shi.ma.su。

❽ 有孩童隨行的乘客，
搭乘時請牽好您的孩童、
站立於踏階中央，
並請勿將頭手伸出扶手外。

LIVE

9 ステップやベルトに物(もの)を載(の)せたり、
su.te.p.pu.ya.be.ru.to.ni.mo.no.o.no.se.ta.ri、
ステップをお歩(ある)きになったり、
su.te.p.pu.o.o.a.ru.ki.ni.na.t.ta.ri、
降(お)りるときに立(た)ち止(ど)まると
o.ri.ru.to.ki.ni.ta.chi.do.ma.ru.to
大変(たいへん)危険(きけん)ですので、
ta.i.he.n.ki.ke.n.de.su.no.de、
おやめくださいませ。
o.ya.me.ku.da.sa.i.ma.se。

9 請勿將物品放置在踏階或扶手上、於手扶梯上行走、及在手扶梯口逗留，以避免發生危險。

LIVE

10 長(なが)い*丈(たけ)の*お召(め)し物(もの)などは
na.ga.i.ta.ke.no.o.me.shi.mo.no.na.do.wa
*挟(はさ)み込(こ)まれないように、
ha.sa.mi.ko.ma.re.na.i.yo.o.ni、
ご注意(ちゅうい)くださいませ。
go.chu.u.i.ku.da.sa.i.ma.se。
お降(お)りの際(さい)は、お足元(あしもと)に十分(じゅうぶん)
o.o.ri.no.sa.i.wa、o.a.shi.mo.to.ni.ju.u.bu.n
ご注意(ちゅうい)くださいますように
go.chu.u.i.ku.da.sa.i.ma.su.yo.o.ni
お願(ねが)い致(いた)します。
o.ne.ga.i.i.ta.shi.ma.su。

10 身著較長衣物時請小心避免夾入踏板間隙。踏出手扶梯時請小心您的腳步。

▶▶▶ 六本木HILLS CITY VIEW 電梯內

⑪ ５２階東京(かいとうきょう)シティービュー、
go.ju.u.ni.ka.i.to.o.kyo.o.shi.ti.i.byu.u、
森美術館(もりびじゅつかん)、
mo.ri.bi.ju.tsu.ka.n、
森(もり)アーツセンターギャラリー。
mo.ri.a.a.tsu.se.n.ta.a.gya.ra.ri.i。

⑪ 52樓東京CITY VIEW、
森美術館、
森ARTS CENTER GALLERY。

♪ 42

商店街

商店街

sho.o.te.n.ga.i

▸▸▸ Yodobashi Camera

（3C連鎖百貨）

❶

いらっしゃいませ。

i.ra.s.sha.i.ma.se。

いらっしゃいませ。

i.ra.s.sha.i.ma.se。

開店（かいてん）２０年（ねん）特別（とくべつ）セール実施中（じっしちゅう）の

ka.i.te.n.ni.ju.u.ne.n.to.ku.be.tsu.se.e.ru.ji.s.shi.chu.u.no

ヨドバシカメラマルチメディア上野（うえの）に

yo.do.ba.shi.ka.me.ra.ma.ru.chi.me.di.a.u.e.no.ni

ご来店（らいてん）いただきまして、

go.ra.i.te.n.i.ta.da.ki.ma.shi.te、

そして、★日頃（ひごろ）から

so.shi.te、hi.go.ro.ka.ra

ご利用（りよう）いただきまして、

go.ri.yo.o.i.ta.da.ki.ma.shi.te、

誠（まこと）にありがとうございます。

ma.ko.to.ni.a.ri.ga.to.o.go.za.i.ma.su。

❶ 歡迎光臨。歡迎光臨。
目前舉行開店20年活動的
Yodobashi Camera 上野多媒體館
在此感謝您今日的光臨
與平日的愛護。

LIVE ❷ 館内ご来店のお客様に
ka.n.na.i.go.ra.i.te.n.no.o.kya.ku.sa.ma.ni

３階★パソコン★消耗品★フロアーより
sa.n.ga.i.pa.so.ko.n.sho.o.mo.o.hi.n.fu.ro.a.a.yo.ri

お買い得商品のご案内を申し上げます。
o.ka.i.do.ku.sho.o.hi.n.no.go.a.n.na.i.o.mo.o.shi.a.ge.ma.su。

開店２０年特別セールといたしまして、
ka.i.te.n.ni.ju.u.ne.n.to.ku.be.tsu.se.e.ru.to.i.ta.shi.ma.shi.te、

本日までの大特価
ho.n.ji.tsu.ma.de.no.da.i.to.k.ka

ソニー、パナソニック製の★録画用
so.ni.i、pa.na.so.ni.k.ku.se.i.no.ro.ku.ga.yo.o

★ブルーレイディスクが
bu.ru.u.re.i.di.su.ku.ga

通常価格２６８０円が
tsu.u.jo.o.ka.ka.ku.ni.se.n.ro.p.pya.ku.ha.chi.ju.u.e.n.ga

７００円お安くなり、１９８０円で
na.na.hya.ku.e.n.o.ya.su.ku.na.ri、se.n.kyu.u.hya.ku.ha.chi.ju.u.e.n.de

お買い求めいただけます。
o.ka.i.mo.to.me.i.ta.da.ke.ma.su。

ポイント★還元率は１５％でございます。
po.i.n.to.ka.n.ge.n.ri.tsu.wa.ju.u.go.pa.a.se.n.to.de.go.za.i.ma.su。

更に２０枚入りですと１１００円引きの３８８０円。
sa.ra.ni.ni.ju.u.ma.i.i.ri.de.su.to.se.n.hya.ku.e.n.bi.ki.no.sa.n.ze.n.ha.p.pya.ku.e.n。

３８８０円。もちろん１５％ポイント還元でございます。
sa.n.ze.n.ha.p.pya.ku.e.n。mo.chi.ro.n.ju.u.go.pa.a.se.n.to.po.i.n.to.ka.n.ge.n.de.go.za.i.ma.su。

❷ 在此向前來的各位介紹
3樓電腦週邊商品區的超值商品。
開店20年紀念的特惠折扣，
到今日為止全面大特價，
Sony、Panasonic所生產的
錄影用藍光光碟，
平日售價2680日圓，
下殺700日圓後只要1980日圓，
另外，還會回饋您15%的點數喔。
購買20入的話，
直接減掉1100日圓，
只要3880日圓。3880日圓。
當然還會再回饋您15%的點數。

LIVE
3 デジタル放送（ほうそう）をそのままの画質（がしつ）で
de.ji.ta.ru.ho.o.so.o.o.so.no.ma.ma.no.ga.shi.tsu.de
残（のこ）しておきたいお客様（きゃくさま）、
no.ko.shi.te.o.ki.ta.i.o.kya.ku.sa.ma、
どうぞ本日（ほんじつ）までの特価（とっか）ですので
do.o.zo.ho.n.ji.tsu.ma.de.no.to.k.ka.de.su.no.de
3階（がい）パソコン消耗品（しょうもうひん）フロアーに
sa.n.ga.i.pa.so.ko.n.sho.o.mo.o.hi.n.fu.ro.a.a.ni
お★立（た）ち寄（よ）りくださいませ。
o.ta.chi.yo.ri.ku.da.sa.i.ma.se。
本日（ほんじつ）はお休（やす）みのなか、
ho.n.ji.tsu.wa.o.ya.su.mi.no.na.ka、
ヨドバシカメラマルチメディア上野（うえの）に
yo.do.ba.shi.ka.me.ra.ma.ru.chi.me.di.a.u.e.no.ni
ご利用（りよう）いただきまして
go.ri.yo.o.i.ta.da.ki.ma.shi.te
誠（まこと）にありがとうございます。
ma.ko.to.ni.a.ri.ga.to.o.go.za.i.ma.su。

3
想保有影片畫質的顧客，
請把握今天的特價活動。
歡迎前往
3樓電腦週邊商品區。
衷心感謝您
利用假日前來
Yodobashi Camera
上野多媒體館。

LIVE
4 3階（がい）より、本日（ほんじつ）までの特価（とっか）
sa.n.ga.i.yo.ri、ho.n.ji.tsu.ma.de.no.to.k.ka
ブルーレイディスクのご案内（あんない）でした。
bu.ru.u.re.i.di.su.ku.no.go.a.n.na.i.de.shi.ta。
★引（ひ）き続（つづ）きごゆっくりと
hi.ki.tsu.zu.ki.go.yu.k.ku.ri.to
お買（か）い物（もの）をお楽（たの）しみ下（くだ）さいませ。
o.ka.i.mo.no.o.o.ta.no.shi.mi.ku.da.sa.i.ma.se。

4
以上向您介紹的是
3樓到今日截止的
藍光光碟特價活動。
請繼續好好地參觀選購。

5

か　どくしょうひん
こちらのお買い得商品、
ko.chi.ra.no.o.ka.i.do.ku.sho.o.hi.n、
すうりょうげんてい
数量限定となっておりますので、
su.u.ryo.o.ge.n.te.i.to.na.t.te.o.ri.ma.su.no.de、
きょうみ　も　きゃくさま
ご興味をお持ちのお客様、
go.kyo.o.mi.o.o.mo.chi.no.o.kya.ku.sa.ma、
はや　ろっかい
お早めに六階★ゲームコーナーまで
o.ha.ya.me.ni.ro.k.ka.i.ge.e.mu.ko.o.na.a.ma.de
た　よ
お立ち寄りくださいませ。
o.ta.chi.yo.ri.ku.da.sa.i.ma.se。

5 超值商品數量有限，
欲購買的顧客們，
請趁早前往
六樓電動玩具賣場。

6

ほんじつ　か　どくしょうひん
本日までのお買い得商品、
ho.n.ji.tsu.ma.de.no.o.ka.i.do.ku.sho.o.hi.n、
たすう
多数ございますので、
ta.su.u.go.za.i.ma.su.no.de、
りよう
ぜひご利用くださいませ。
ze.hi.go.ri.yo.o.ku.da.sa.i.ma.se。

6 本日截止的特惠商品，
種類豐富，
請務必前來參觀選購。

7

むりょう　うけたまわ
★無料ラッピング承ります。
mu.ryo.o.ra.p.pi.n.gu.u.ke.ta.ma.wa.ri.ma.su。
りよう
どうぞ、ご利用くださいませ。
do.o.zo、go.ri.yo.o.ku.da.sa.i.ma.se。

7 免費包裝實施中。
還請多加利用。

▸▸▸ 藥妝店

8 LIVE

いらっしゃいませ、いらっしゃいませ。
i.ra.s.sha.i.ma.se、i.ra.s.sha.i.ma.se。

当店２階では、*カウンセリング化粧品が
to.o.te.n.ni.ka.i.de.wa、ka.u.n.se.ri.n.gu.ke.sho.o.hi.n.ga

毎日大特価となっております。
ma.i.ni.chi.da.i.to.k.ka.to.na.t.te.o.ri.ma.su。

資生堂、カネボウ、
shi.se.i.do.o、ka.ne.bo.o、

コーセー、ソフィーナが
ko.o.se.e、so.fi.i.na.ga

なんと*いつでも３０%オフ、
na.n.to.i.tsu.de.mo.sa.n.ju.p.pa.a.se.n.to.o.fu、

３０%オフとなっております。
sa.n.ju.p.pa.a.se.n.to.o.fu.to.na.t.te.o.ri.ma.su。

更に割り引き対象外の
sa.ra.ni.wa.ri.bi.ki.ta.i.sho.o.ga.i.no

商品もポイント倍おとし、
sho.o.hi.n.mo.po.i.n.to.ba.i.o.to.shi、

とってもお得な特典がもりだくさん。
to.t.te.mo.o.to.ku.na.to.ku.te.n.ga.mo.ri.da.ku.sa.n。

その他激安商品も多数そろえております。
so.no.ta.ge.ki.ya.su.sho.o.hi.n.mo.ta.su.u.so.ro.e.te.o.ri.ma.su

ぜひ一度２階化粧品コーナーへ
ze.hi.i.chi.do.ni.ka.i.ke.sho.o.hi.n.ko.o.na.a.e

お越しください。
o.ko.shi.ku.da.sa.i。

いらっしゃいませ、いらっしゃいませ。
i.ra.s.sha.i.ma.se、i.ra.s.sha.i.ma.se。

8

歡迎光臨、歡迎光臨。
本店2樓開架式化妝品天天大特價。
Shisedo、Kanebo、Kose、Sofina
不論何時都打7折、7折。
特價品外全商品多倍點數大回饋，
超值優惠更是多得數不完，
更多下殺商品也相當齊全。
請務必前往2樓化妝品區參觀選購。
歡迎光臨、歡迎光臨。

KOSÉ

SHISEIDO

♪43 廣告傳單宣傳用語

❶ お買い得／おトク
o.ka.i.do.ku／o.to.ku
❶ 划算

❷ 詰め放題
tsu.me.ho.o.da.i
❷ 任你裝到滿

❸ 当店指定のパックとさせていただきます
to.o.te.n.shi.te.i.no.pa.k.ku.to.sa.se.te.i.ta.da.ki.ma.su
❸ 請使用本店所指定的袋子

❹ 時間限定の*タイムバーゲン
ji.ka.n.ge.n.te.i.no.ta.i.mu.ba.a.ge.n
❹ 限時搶購

❺ 先着１００名様限り
se.n.cha.ku.hya.ku.me.i.sa.ma.ka.gi.ri
❺ 限定100位

❻ ばら売り
ba.ra.u.ri
❻ 個別賣（例如洋葱每顆～日元）

❼ 数量限定、*売り切れご免！
su.u.ryo.o.ge.n.te.i、u.ri.ki.re.go.me.n!
❼ 商品數量有限，請儘早前來搶購！

❽ お一人様１点限り
o.hi.to.ri.sa.ma.i.t.te.n.ka.gi.ri
❽ 每人限定1個

♪44 廣告傳單宣傳用語

❶

ひとりさま　かぎ
お一人様２パック限り
o.hi.to.ri.sa.ma.ni.pa.k.ku.ka.gi.ri

❶ 每人限定拿二盒以內
（常用在雞蛋的特價上）

❷

わりび　たいしょうがい
○○は割引きの対象外です
○○wa.wa.ri.bi.ki.no.ta.i.sho.o.ga.i.de.su

❷ ○○為非特價品

ぜいこ　かかく
❸ 税込み価格
ze.i.ko.mi.ka.ka.ku

❸ 含稅價格

わりかんげん
❹ ２割還元セール
ni.wa.ri.ka.n.ge.n.se.e.ru

❹ 8折回饋促銷活動

にち　にち　かいさい
❺ ○日から○日まで開催
○ni.chi.ka.ra○ni.chi.ma.de.ka.i.sa.i

❺ （特價期間為）從○號到○號

かいあ　がく
❻ お買上げ額の
o.ka.i.a.ge.ga.ku.no

かんげん
２０％ポイント還元
ni.ju.u.pa.se.n.to.po.i.n.to.ka.n.ke.n

いたします
i.ta.shi.ma.su。

❻ 所消費金額
回饋2成點數

7

「商品(しょうひん)★引換券(ひきかえけん)」は
「sho.o.hi.n.hi.ki.ka.e.ke.n」wa

お買(か)い上(あ)げ５００円単位(えんたんい)とさせて頂(いただ)きます。
o.ka.i.a.ge.go.hya.ku.e.n.ta.n.i.to.sa.se.te.i.ta.da.ki.ma.su。

５００円未満(えんみまん)は★切(き)り捨(す)てになります
go.hya.ku.e.n.mi.ma.n.wa.ki.ri.su.te.ni.na.ri.ma.su。

8

有効期間(ゆうこうきかん)は
yu.u.ko.o.ki.ka.n.wa

発行日(はっこうび)の★翌日(よくじつ)から
ha.k.ko.o.bi.no.yo.ku.ji.tsu.ka.ra

翌週(よくしゅう)の金曜日(きんようび)となりますので
yo.ku.shu.u.no.ki.n.yo.o.bi.to.na.ri.ma.su.no.de

ご了承(りょうしょう)ください。
go.ryo.o.sho.o.ku.da.sa.i。

7
商品抵換券
以500日圓為單位，
未滿500日圓的金額則捨棄。

8
使用時請注意，
商品券的使用期限為，
發行日第二天起
到隔週五為止。

9

毎週(まいしゅう)／毎月(まいつき)／毎年恒例(まいとしこうれい)
ma.i.shu.u／ma.i.tsu.ki／ma.i.to.shi.ko.o.re.i

9 每週／每月／每年固定

♪45 廣告傳單宣傳用語

❶ 〇〇カード感謝(かんしゃ)デー
〇〇ka.a.do.ka.n.sha.de.e

❶ 〇〇卡友回饋日

❷ 〇〇カードで★引(ひ)き落(お)とし時(じ)に
〇〇ka.a.do.de.hi.ki.o.to.shi.ji.ni.
お買(か)い上(あ)げ金額(きんがく)の５％を
o.ka.i.a.ge.ki.n.ga.ku.no.go.pa.a.se.n.to.o
割引(わりび)きいたします。
wa.ri.bi.ki.i.ta.shi.ma.su。

❷ 使用本店〇〇（信用）卡消費時，
在下回信用卡結帳時
會將本次消費額的５％回饋給卡友。

❸ 毎月(まいつき)１５日(にち)は恒例(こうれい)１５日特価(にちとっか)
ma.i.tsu.ki.ju.u.go.ni.chi.wa.ko.o.re.i.ju.u.go.ni.chi.to.k.ka

❸ 每個月15號為15號特價日

❹ ９８円均一(えんきんいつ)セール
kyu.u.ju.u.ha.chi.e.n.ki.n.i.tsu.se.e.ru

❹ 商品均一價98日圓

⑤ お魚(さかな)コーナー
o.sa.ka.na.ko.o.na.a

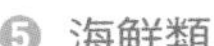

⑤ 海鮮類

⑥ 解凍(かいとう)えび
ka.i.to.o.e.bi

⑥ 解凍鮮蝦

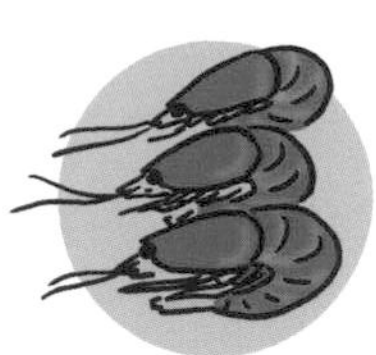

⑦ お一人様(ひとりさま)1パック（8尾入(びいり)）まで
o.hi.to.ri.sa.ma.hi.to.pa.k.ku.(ha.chi.bi.i.ri)ma.de

⑦ 限每人一盒（8隻）

⑧ 1パック8尾入(びいり)120円(えん)
hi.to.pa.k.ku.ha.chi.bi.i.ri.hya.ku.ni.ju.u.e.n

⑧ 一盒8隻120日圓

⑨ 1尾当(びあ)たり15円(えん)
i.chi.bi.a.ta.ri.ju.u.go.e.n

⑨ 平均一隻15日圓

⑩ 100P限(かぎ)り
hya.ku.pa.k.ku.ka.gi.ri

⑩ 限量100盒

⑪ キャベツ半切(はんぎ)り49円(えん)
kya.be.tsu.ha.n.gi.ri.yo.n.ju.u.kyu.u.e.n

⑪ 高麗菜半顆49日圓

⑫ 朝開店(あさかいてん)10時(じ)より正面入口(しょうめんいりぐち)にて、
a.sa.ka.i.te.n.ju.u.ji.yo.ri.sho.o.me.n.i.ri.gu.chi.ni.te、
先着(せんちゃく)100名様限(めいさまかぎ)り
se.n.cha.ku.hya.ku.me.i.sa.ma.ka.gi.ri
お一人様(ひとりさま)1コ串団子(くしだんご)をプレゼント。
o.hi.to.ri.sa.ma.i.k.ko.ku.shi.da.n.go.o.pu.re.ze.n.to。

⑫ 上午10點開店時在正面入口有發送丸子串，
限定100支，
一人一支，發完為止。

⑬

★すでに★値下(ねさ)げ済(ず)みの品(しな)も、
su.de.ni.ne.sa.ge.zu.mi.no.shi.na.mo、

さらに３０%オフ。
sa.ra.ni.sa.n.ju.p.pa.a.se.n.to.o.fu

⑬ 已打折的商品全部
再打7折。

⑭

今(いま)ついている価格(かかく)より、
i.ma.tsu.i.te.i.ru.ka.ka.ku.yo.ri、

★レジにて★さらに１５%オフ。
re.ji.ni.te.sa.ra.ni.ju.u.go.pa.a.se.n.to.o.fu

⑭ 商品上所附的標價
再打85折。

商店街購物實用單字

♪46

① 夏物(なつもの)
na.tsu.mo.no
夏服

② レディース
re.di.i.su
女裝

③ メンズ
me.n.zu
男裝

④ 子供服(こどもふく)
ko.do.mo.fu.ku
童裝

⑤ ★日替(ひが)わり厳選(げんせん)超(ちょう)特価(とっか)
hi.ga.wa.ri.ge.n.se.n.cho.o.to.k.ka
每日精選不同商品作優惠

⑥ 分割払(ぶんかつばら)い
bu.n.ka.tsu.ba.ra.i
分期付款

⑦ わけあり商品(しょうひん)
wa.ke.a.ri.sho.o.hi.n
瑕疵品

自動ATM提款機

❶ ★通帳、またはカードをお入れください。
tsu.u.cho.o、ma.ta.wa.ka.a.do.o.o.i.re.ku.da.sa.i。

❶ 請插入存摺或提款卡

❷ しばらくそのままでお待ちください。
shi.ba.ra.ku.so.no.ma.ma.de.o.ma.chi.ku.da.sa.i。

❷ 請稍候

❸ 暗証番号を★入力してください。
a.n.sho.o.ba.n.go.o.o.nyu.u.ryo.ku.shi.te.ku.da.sa.i。

❸ 請輸入密碼

❹ ご利用ボタンを押してください。
go.ri.yo.o.bo.ta.n.o.o.shi.te.ku.da.sa.i。

❹ 請選擇您所需要的服務項目

❺ 金額をお確かめください。
ki.n.ga.ku.o.o.ta.shi.ka.me.ku.da.sa.i。

❺ 請確認金額

❻ どうぞお受け取りください。
do.o.zo.o.u.ke.to.ri.ku.da.sa.i。

❻ 請取回（現金、提款卡及明細）

❼ お取り忘れにご注意ください。
o.to.ri.wa.su.re.ni.go.chu.u.i.ku.da.sa.i。

❼ 請注意不要忘記取回（現金、提款卡及明細）

♪ 48

自動販賣機

自動販売機

ji.do.o.ha.n.ba.i.ki

❶ 未成年者の飲酒および★飲酒運転は法律で禁止されています。

mi.se.i.ne.n.sha.no.i.n.shu.o.yo.bi.i.n.shu.u.n.te.n.wa ho.o.ri.tsu.de.ki.n.shi.sa.re.te.i.ma.su。

❶ 未成年者飲酒及酒後駕車是違法的行為。

❷ 午後１１時から翌日午前５時まで販売を停止しています。

go.go.ju.u.i.chi.ji.ka.ra.yo.ku.ji.tsu.go.ze.n.go.ji.ma.de ha.n.ba.i.o.te.i.shi.shi.te.i.ma.su。

❷ 下午11點到次日上午5點之間停止販售。

❸ 空き缶入れ

a.ki.ka.n.i.re

❸ 空罐回收處

せいじんしきべつ じ どうはんばい き
❹ 成人識別★自動販売機
se.i.ji.n.shi.ki.be.tsu.ji.do.o.ha.n.ba.i.ki

❹ 成人識別型香煙自動販賣機

もうしこみしょ
❺ タスポの申込書はこちら。
ta.su.po.no.mo.o.shi.ko.mi.sho.wa.ko.chi.ra。

❺ taspo的申請書於此。

よ と
❻ タスポカードを読み取ります。
ta.su.po.ka.a.do.o.yo.mi.to.ri.ma.su。

❻ 讀取taspo。

taspo 是什麼？

!?

成人識別證。

利用販賣機購買香菸時，需要這張taspo來辨識身分，主要是為了要防止未成年人在自動販賣機上購買香菸而特別設立的。

大頭貼機

プリントクラブ（プリクラ）

pu.ri.n.to.ku.ra.bu (pu.ri.ku.ra)

❶ ボタンを押(お)してください

bo.ta.n.o.o.shi.te.ku.da.sa.i

請按鍵

❷ 撮影(さつえい)コースを選(えら)んでね

sa.tsu.e.i.ko.o.su.o.e.ra.n.de.ne

請選擇拍攝模式

❸ 背景(はいけい)を選(えら)んでね

ha.i.ke.i.o.e.ra.n.de.ne

請選擇背景

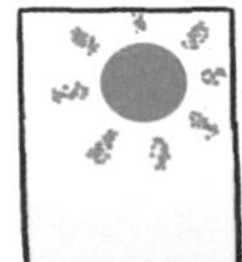
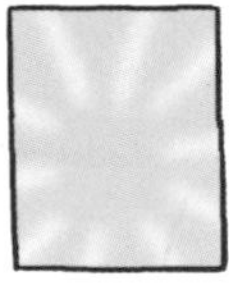

❹ カメラに向(む)かってね

ka.me.ra.ni.mu.ka.t.te.ne

看鏡頭哦！

❺ 撮影（さつえい）スタート！
sa.tsu.e.i.su.ta.a.to!

開始拍照！

❻ 三連撮（さんれんさつ）、撮（と）るよ
sa.n.re.n.sa.tsu、to.ru.yo

要拍三連拍了喔

❼ あと一枚（いちまい）
a.to.i.chi.ma.i

還剩 1 張

❽ 三（さん）、二（に）、一（いち）、決定（けってい）！
sa、ni、i.chi、ke.t.te.i!

三、二、一，決定！

9 撮影終了（さつえいしゅうりょう）
sa.tsu.e.i.shu.u.ryo.o

9 拍攝完畢

10 *カラーチェンジボタンで色（いろ）を変（か）えられるよ！
ka.ra.a.che.n.ji.bo.ta.n.de.i.ro.o.ka.e.ra.re.ru.yo!

10 使用換色按鍵就可以換成喜歡的顏色喔！

11 もう*すぐできるよ。
mo.o.su.gu.de.ki.ru.yo。
少々（しょうしょう）お待（ま）ちくださいね！
sho.o.sho.o.o.ma.chi.ku.da.sa.i.ne!

11 照片等一下就好了。
請稍等哦！

♪50

購物單字篇

P166～167

こう れい
☐ 恒例
慣例

いち
☐ 市
市街，市場

もと
☐ 求め
需求，要求

か　どく
☐ 買い得
買得便宜

た すう
☐ 多数
許多

ぜ ひ
☐ 是非
一定

かい さい
☐ 開催する
舉辦

P168

か　あ
☐ 買い上げ
購買

point
☐ ポイント
點數

た
☐ 貯まる
存

ぼ しゅう
☐ 募集
招募

うけたまわ
☐ 承る
接受（謙讓語）

P170～171

ち きゅう おん だん か
☐ 地球温暖化
溫室效應

すい しん
☐ 推進
推進，推動

と　く
☐ 取り組み
配合

my +bag
☐ マイバッグ
環保袋

じ さん
☐ 持参
持有，帶來

☐ ほとんど
幾乎全部

わり びき
☐ 割引
打折

ゆう たい　day
☐ 優待デー
優惠日

よ ぼう
☐ 予防
預防，防範

じょう れい
☐ 条例
條例

きつ えん
☐ 喫煙
吸菸

かなら
☐ 必ず
一定

P173

baby+car
☐ ベビーカー
嬰兒車

step
☐ ステップ
踏階

こ さま
☐ お子様
小孩（尊稱）

P174

たけ
☐ 丈
尺寸，長短

め　もの
☐ お召し物
衣物（尊稱）

はさ　こ
☐ 挟み込まれる
被夾入

P176～177

ひ ごろ
☐ 日頃
平日，平時

personal computer
☐ パソコン
電腦

しょう もう ひん
☐ 消耗品
消耗品

floor
☐ フロアー
樓層

ろく が
☐ 録画
錄影

Blu-Ray
☐ ブルーレイ
Disc
ディスク
藍光光碟

かん げん
☐ 還元
回饋

P178～179

た　よ
☐ 立ち寄る
走近，順道前往

ひ　つづ
☐ 引き続く
持續不斷

game　corner
☐ ゲームコーナー
遊戲區

む りょう
☐ 無料
免費

P180～181

counseling
☐ カウンセリング
け しょう ひん
化粧品
開架式化妝品

♪51 購物單字篇

- □ いつでも
  隨時
- □ タイムバーゲン（time+bargain）
  限時搶購
- □ 売り切れ（うりきれ）
  售完

P183

- □ 引換券（ひきかえけん）
  兌換券
- □ 切り捨てる（きりすてる）
  捨去

- □ 翌日（よくじつ）
  隔天

P184

- □ 引き落とす（ひきおとす）
  信用卡等扣款方式

P186～187

- □ すでに
  已經
- □ 値下げ（ねさげ）
  降價

- □ レジ
  櫃台，收銀台
- □ さらに
  更加
- □ 日替り（ひがわり）
  每日變換
- □ 通帳（つうちょう）
  存摺
- □ 入力（にゅうりょく）
  輸入

P188～189

- □ 飲酒運転（いんしゅうんてん）
  酒後駕車
- □ 自動販売機（じどうはんばいき）
  自動販賣機

P192

- □ カラーチェンジ（color+change）
  變換顏色
- □ すぐ
  馬上

購物文法篇

日文	中文	解析	頁數
～から～まで	從～到～	---	167
ごとに	每～	動詞原型／名詞＋ごとに	168

- ～から～まで：台北（たいぺい）から東京（とうきょう）まで何時間（なんじかん）かかりますか？★台北到東京要幾個小時？
- ごとに：三時間（さんじかん）ごとにこの目薬（めぐすり）をさしてください。★這個眼藥水請每3小時點一次。

日文	中文	解析	頁數
～のなか	～之中	名詞＋のなか	178
● お忙しいの中、ありがとうございます。★百忙之中謝謝你。			
～限り	只限～	名詞＋かぎり	181
● この場限りの話ですが。★這些話只有和你說			
～当たり	每～，平均～	數量詞＋当たり	185
● 新社会人の給料は一人当たりいくらですか？ ★社會新鮮人的薪水每人大概多少？			
～P	～盒(單位)	---	185
● 1Pいくらですか？★1盒是多少？			
～済み	已完成～	---	186
● 確認済み。★確認完畢。			
～に向かって	面向～	---	190
● 壁に向かってボールを投げます。★對著牆丟球。			

Column 4

新稅制開跑！知識補給站

目前日本消費稅是 10%，在標示有「JAPAN TAX-FREE SHOP」的店家購買不論是一般物品或消耗品，只要超過 5000 日圓都可以合併計算退稅喔！購買時出示護照，並跟店員說妳 TAX FREE，店家會直接以免稅的價格結帳，同時請護照持有人在「購買者誓約書」上簽名。結帳完店員會幫你把它貼在你的護照上，並用特殊的包裝袋把商品包起來，記得直到出境日本之前都不能把包裝打開！出境時海關人員會把「購買者誓約書」撕下來。

其中比較特別的一項是住宿稅。繼東京於 2002 年、大阪於 2017 年開始徵收「住宿稅」後，京都成為日本第三個開始徵收住宿稅的城市。東京、大阪的稅制有訂出徵收下限，若住宿費用未及開徵下限就可以不用繳稅，但京都則未設開徵下限，只要有住宿的旅人，不論金額多寡每晚都要付。（每晚住宿費用不滿 2 萬日幣的旅客，酌收￥200， 2 萬日幣～ 5 萬日幣酌收￥500，5 萬日幣以上則酌收￥1,000，不論是投宿於飯店、旅館還是民宿的旅客都是課稅的對象）。此外，住宿稅已開始實

施一年多的大阪，由於稅金收入不如預期，宣布將於 2019 年 10 月擴大收取住宿稅範圍，從原先門檻為一晚房價超過 1 萬日幣，需繳交每晚 ￥100 ～￥300 不等的住宿稅，調整成只要一晚房價超過 7,000 日幣以上，就必須收取住宿稅。

另外，自 2019 年 1 月 7 日起，只要由日本國內離境的旅客，無論是日本本國人還是境外旅客，只要年滿 2 歲以上（不分國籍）一律徵收 ￥1,000 的離境稅（會直接包含進機票、船票的費用內）。凡外國旅客出境，海關會設「顏認證」，利用機器辨別臉部，類似自動通關的程序，檢查旅客的臉和護照照片、入境日本時的照片是否相同，只要其中一樣符合就可以出境。

更詳細的內容請參考日本免稅店網站

https://tax-freeshop.jnto.go.jp/chc/index.php

memo

觀光廣播
觀光放送

♪52

東京鐵塔

東京タワー

to.o.kyo.o.ta.wa.a

LIVE

❶ 本日(ほんじつ)はご来塔(らいとう)くださいまして、
ho.n.ji.tsu.wa.go.ra.i.to.o.ku.da.sa.i.ma.shi.te、

誠(まこと)にありがとうございます。
ma.ko.to.ni.a.ri.ga.to.o.go.za.i.ma.su。

★これより１５０メートル大展望台(だいてんぼうだい)２階(かい)へ
ko.re.yo.ri.hya.ku.go.ju.u.me.e.to.ru.da.i.te.n.bo.o.da.i.ni.ka.i.e

ご案内致(あんないいた)します。
go.a.n.na.i.i.ta.shi.ma.su。

なお、★下(くだ)りエレベーター乗(の)り場(ば)は
na.o、ku.da.ri.e.re.be.e.ta.a.no.ri.ba.wa

大展望台(だいてんぼうだい)１階(かい)になりますので、
da.i.te.n.bo.o.da.i.i.k.ka.i.ni.na.ri.ma.su.no.de、

１階段(かいだん)おさがりくださいませ。
hi.to.ka.i.da.n.o.sa.ga.ri.ku.da.sa.i.ma.se。

❶
非常感謝您今日的蒞臨。
本電梯將帶您前往
標高150公尺的大觀景台2樓。
此外，回程電梯搭乘處位在
1樓大觀景台，
請各位遊客前往搭乘。

LIVE

❷

お待(ま)たせいたしました。
o.ma.ta.se.i.ta.shi.ma.shi.ta。

１５０メートル大展望台(だいてんぼうだい)２階(かい)でございます。
hya.ku.go.ju.u.me.e.to.ru.da.i.te.n.bo.o.da.i.ni.ka.i.de.go.za.i.ma.su。

どうぞ、ごゆっくりおすごしくださいませ。
do.o.zo.go.yu.k.ku.ri.o.su.go.shi.ku.da.sa.i.ma.se。

いらっしゃいませ。
i.ra.s.sha.i.ma.se。

❷ 讓各位久等了。
這裡是2樓150公尺大展望台。
請各位慢慢參觀。歡迎光臨。

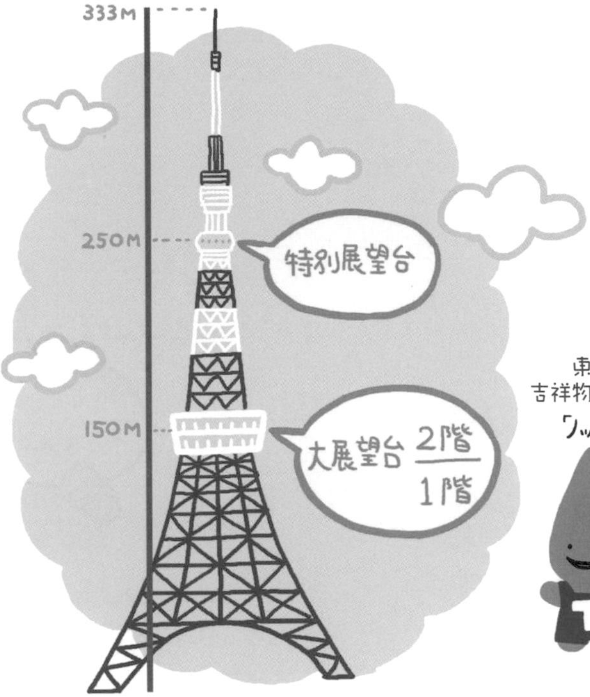

333M
250M
150M
特別展望台
大展望台 2階
1階

東京鐵塔的
吉祥物「諾朋兄弟」
「ノッポン兄弟」

看起來
好奇怪…

LIVE
❸ 本日(ほんじつ)はご来塔(らいとう)くださいまして、
ho.n.ji.tsu.wa.go.ra.i.to.o.ku.da.sa.i.ma.shi.te、
誠(まこと)にありがとうございます。
ma.ko.to.ni.a.ri.ga.to.o.go.za.i.ma.su。
皆様(みなさま)にお忘(わす)れ物(もの)のお知(し)らせを申(もう)し上(あ)げます。
mi.na.sa.ma.ni.o.wa.su.re.mo.no.no.o.shi.ra.se.o.mo.o.shi.a.ge.ma.su。
大展望台(だいてんぼうだい)1階(かい)に*カメラケースを
da.i.te.n.bo.o.da.i.i.k.ka.i.ni.ka.me.ra.ke.e.su.o
お忘(わす)れのお客様(きゃくさま)、1階案内所(かいあんないじょ)までお越(こ)しくださいませ。
o.wa.su.re.no.o.kya.ku.sa.ma、i.k.ka.i.a.n.na.i.jo.ma.de.o.ko.shi.ku.da.sa.i.ma.se。

❸ 非常感謝您今日的蒞臨。
各位遊客請注意，
大觀景台1樓處拾獲相機袋一只，
請遺失的遊客
至1樓服務台領取。

LIVE ❹ 本日(ほんじつ)はご来塔(らいとう)くださいまして、
ho.n.ji.tsu.wa.go.ra.i.to.o.ku.da.sa.i.ma.shi.te、

誠(まこと)にありがとうございます。
ma.ko.to.ni.a.ri.ga.to.o.go.za.i.ma.su。

ご来塔(らいとう)のお客様(きゃくさま)にご案内申(あんないもう)し上(あ)げます。
go.ra.i.to.o.no.o.kya.ku.sa.ma.ni.go.a.n.na.i.mo.o.shi.a.ge.ma.su。

★東京(とうきょう)タワー・フットタウン３階(がい)４階(がい)は
to.o.kyo.o.ta.wa.a・fu.t.to.ta.u.n.sa.n.ga.i.yo.n.ga.i.wa

８時(じ)３０分(っぷん)をもちまして
ha.chi.ji.sa.n.ju.p.pu.n.o.mo.chi.ma.shi.te

最終入場(さいしゅうにゅうじょう)となりますので、
sa.i.shu.u.nyu.u.jo.o.to.na.ri.ma.su.no.de、

ご案内申(あんないもう)し上(あ)げます。
go.a.n.na.i.mo.o.shi.a.ge.ma.su。

8:30

❹ 非常感謝您今日的蒞臨。
各位遊客請注意，
提醒您東京鐵塔Food Town 3樓4樓
將於晚上8點30分後
停止入館。

▸▸▸ 下樓電梯

LIVE ❺ これより東京(とうきょう)タワー・フットタウンまで降(お)りて参(まい)ります。
ko.re.yo.ri.to.o.kyo.o.ta.wa.a・fu.t.to.ta.u.n.ma.de.o.ri.te.ma.i.ri.ma.su。

東京(とうきょう)タワー・フットタウンには
to.o.kyo.o.ta.wa.a・fu.t.to.ta.u.n.ni.wa

★様々(さまざま)な施設(しせつ)や★レストランがございます。
sa.ma.za.ma.na.shi.se.tsu.ya.re.su.to.ra.n.ga.go.za.i.ma.su。

ごゆっくりお楽(たの)しみくださいませ。
go.yu.k.ku.ri.o.ta.no.shi.mi.ku.da.sa.i.ma.se。

❺
接下來本電梯將帶您下樓至東京鐵塔Food Town。
東京鐵塔Food Town內
有各式各樣的設施與餐廳，
還請多加利用。

53

摩天輪

パレットタウン大観覧車

pa.re.t.to.ta.u.n.da.i.ka.n.ra.n.sha

❶ LIVE

ほんじつ　じょうしゃ
本日はご乗車いただきまして、
ho.n.ji.tsu.wa.go.jo.o.sha.i.ta.da.ki.ma.shi.te、

ありがとうございます。
a.ri.ga.to.o.go.za.i.ma.su。

だい　かんらんしゃ　ち じょう
この大*観覧車は地上から
ko.no.da.i.ka.n.ra.n.sha.wa.chi.jo.o.ka.ra

たか
高さ115メートル。
ta.ka.sa.hya.ku.ju.u.go.me.e.to.ru。

ねん ど
1999年度の
se.n.kyu.u.hya.ku.kyu.u.ju.u.kyu.u.ne.n.do.no

*ギネスブックで
gi.ne.su.bu.k.ku.de

せ かいいち　たか
世界一の高さとして
se.ka.i.i.chi.no.ta.ka.sa.to.shi.te

とうろく
*登録されました。
to.o.ro.ku.sa.re.ma.shi.ta。

❶ 感謝您今日的搭乘。
本摩天輪
標高115公尺，
曾以世界第一高之姿，
記載在1999年度的
金氏世界紀錄裡。

LIVE ❷ 東京(とうきょう)が★一望(いちぼう)できる、
to.o.kyo.o.ga.i.chi.bo.o.de.ki.ru、
一周約16分(いっしゅうやくじゅうろっぷん)の空中散歩(くうちゅうさんぽ)を
i.s.shu.u.ya.ku.ju.u.ro.pu.n.no.ku.u.chu.u.sa.n.po.o
お楽(たの)しみください。
o.ta.no.shi.mi.ku.da.sa.i。
なお、この観覧車(かんらんしゃ)は
na.o、ko.no.ka.n.ra.n.sha.wa
お体(からだ)のご不自由(ふじゆう)なお客様(きゃくさま)にも
o.ka.ra.da.no.go.fu.ji.yu.u.na.o.kya.ku.sa.ma.ni.mo
ご利用(りよう)いただいております。
go.ri.yo.o.i.ta.da.i.te.o.ri.ma.su。
その際(さい)、乗(の)り降(お)りのために
so.no.sa.i、no.ri.o.ri.no.ta.me.ni
★回転(かいてん)を停止(ていし)する場合(ばあい)がございますが、
ka.i.te.n.o.te.i.shi.su.ru.ba.a.i.ga.go.za.i.ma.su.ga、
運転(うんてん)に★支障(ししょう)はございませんので
u.n.te.n.ni.shi.sho.o.wa.go.za.i.ma.se.n.no.de
ご安心(あんしん)ください。
go.a.n.shi.n.ku.da.sa.i。

❷
讓您在全程約16分鐘的
空中散步旅程，
飽覽東京魅力風情。
此外，如有行動不便的乘客
欲搭乘時，
摩天輪將會暫停運轉，
並非發生故障請您安心。

❸ まもなく★ゴンドラが
ma.mo.na.ku.go.n.do.ra.ga

高(たか)さ115メートルの最上部(さいじょうぶ)に★達(たっ)します。
ta.ka.sa.hya.ku.ju.u.go.me.e.to.ru.no.sa.i.jo.o.bu.ni.ta.s.shi.ma.su。

レインボーブリッジ、東京(とうきょう)タワー、
re.i.n.bo.o.bu.ri.j.ji、to.o.kyo.o.ta.wa.a、

新宿副都心(しんじゅくふくとしん)の高層(こうそう)ビル群(ぐん)、
shi.n.ju.ku.fu.ku.to.shi.n.no.ko.o.so.o.bi.ru.gu.n、

羽田空港(はねだくうこう)などが、
ha.ne.da.ku.u.ko.o.na.do.ga、

ご覧(らん)になれます。
go.ra.n.ni.na.re.ma.su。

❸ 很快地，
我們將來到115公尺的最頂端。
敬請欣賞彩虹大橋、東京鐵塔、
新宿的摩天大樓群以及
羽田機場等東京地標。

LIVE

4 大観覧車(だいかんらんしゃ)による空中散歩(くうちゅうさんぽ)は
da.i.ka.n.ra.n.sha.ni.yo.ru.ku.u.chu.u.sa.n.po.wa

★いかがでしたでしょうか。
i.ka.ga.de.shi.ta.de.sho.o.ka。

本日(ほんじつ)は大観覧車(だいかんらんしゃ)を
ho.n.ji.tsu.wa.da.i.ka.n.ra.n.sha.o

ご利用(りよう)いただきまして、
go.ri.yo.o.i.ta.da.ki.ma.shi.te、

誠(まこと)にありがとうございました。
ma.ko.to.ni.a.ri.ga.to.o.go.za.i.ma.shi.ta。

お忘(わす)れ物(もの)のございませんよう、
o.wa.su.re.mo.no.no.go.za.i.ma.se.n.yo.o、

★またお足元(あしもと)にご注意(ちゅうい)のうえお降(お)りください。
ma.ta.o.a.shi.mo.to.ni.go.chu.u.i.no.u.e.o.o.ri.ku.da.sa.i。

この後(あと)もパレットタウンを
ko.no.a.to.mo.pa.re.t.to.ta.u.n.o

ごゆっくりお楽(たの)しみください。
go.yu.k.ku.ri.o.ta.no.shi.mi.ku.da.sa.i。

4
摩天輪上的空中散步之旅
您覺得如何呢？
由衷感謝您今日的搭乘。
離開時請留意您的隨身物品
並小心您的腳步。
也歡迎您繼續遊覽
palette town的其他設施。

LIVE
5 ★段差がございますので、
da.n.sa.ga.go.za.i.ma.su.no.de、

お降りの際は★手すりをご利用ください。
o.o.ri.no.sa.i.wa.te.su.ri.o.go.ri.yo.o.ku.da.sa.i。

大変危険ですので、
ta.i.he.n.ki.ke.n.de.su.no.de、

乗り物から★離れてお進みください。
no.ri.mo.no.ka.ra.ha.na.re.te.o.su.su.mi.ku.da.sa.i。

本日はパレットタウン大観覧車を
ho.n.ji.tsu.wa.pa.re.t.to.ta.u.n.da.i.ka.n.ra.n.sha.o

ご利用いただきまして、
go.ri.yo.o.i.ta.da.ki.ma.shi.te、

ありがとうございました。
a.ri.ga.to.o.go.za.i.ma.shi.ta。

5 因高度略有不同，
離開摩天輪時請善加利用扶手。
請小心您的腳步並注意安全。
由衷感謝您今日的搭乘。

♪
54
水族館
シーパラダイス
shi.i.pa.ra.da.i.su

❶ LIVE

本日(ほんじつ)はアクアミュージアム及(およ)びドルフィンファンタジーに
ho.n.ji.tsu.wa.a.ku.a.myu.u.ji.a.mu.o.yo.bi.do.ru.fi.n.fa.n.ta.ji.i.ni

お越(こ)しいただきまして誠(まこと)にありがとうございます。
o.ko.shi.i.ta.da.ki.ma.shi.te.ma.ko.to.ni.a.ri.ga.to.o.go.za.i.ma.su。

❶ 誠心感謝您今日蒞臨

Aqua Museum及Dolphin Fantasy。

LIVE
❷

ご来館のお客様に
go.ra.i.ka.n.no.o.kya.ku.sa.ma.ni

ご案内申しあげます。
go.a.n.na.i.mo.o.shi.a.ge.ma.su。

アクアミュージアムの５階
a.ku.a.myu.u.ji.a.mu.no.go.ka.i

海の映像館アクアシアターでは
u.mi.no.e.i.zo.o.ka.n.a.ku.a.shi.a.ta.a.de.wa

*デジタルハイビジョンによる
de.ji.ta.ru.ha.i.bi.jo.n.ni.yo.ru

『ザ・*ペンギン』を上映いたしております。
『za.pe.n.gi.n』o.jo.o.e.i.i.ta.shi.te.o.ri.ma.su。

水槽では見ることができないペンギン達の魅力ある*姿を
su.i.so.o.de.wa.mi.ru.ko.to.ga.de.ki.na.i.pe.n.gi.n.ta.chi.no.mi.ryo.ku.a.ru.su.ga.ta.o

ぜひご覧くださいませ。
ze.hi.go.ra.n.ku.da.sa.i.ma.se。

❷ 各位遊客請注意。
位在Aqua Museum5樓的
海的映像館Aqua Theater
即將上演數位高畫質的『The Penguin』。
請保握機會欣賞透過水槽所無法觀看到的，
企鵝們的魅力之姿。

【橫濱八景島海島樂園】

園區分為Pleasure Land和Aqua Museum，擁有日本最大規模的水族館，還有波浪雲霄飛車、自由落體等多種遊樂設施及精彩表演是個綜合型人工島遊樂園。

The Penguin

LIVE

3

次回の上映は（じかい じょうえい）
ji.ka.i.no.jo.o.e.i.wa

1時15分からとなっております。（じ ふん）
i.chi.ji.ju.u.go.fu.n.ka.ra.to.na.t.te.o.ri.ma.su。

ご覧になりますお客様は（らん きゃくさま）
go.ra.n.ni.na.ri.ma.su.o.kya.ku.sa.ma.wa

アクアミュージアム5階へ（かい）
a.ku.a.myu.u.ji.a.mu.go.ka.i.e

お進みくださいませ。（すす）
o.su.su.mi.ku.da.sa.i.ma.se。

なお、ご入場は（にゅうじょう）
na.o、go.nyu.u.jo.o.wa

上映の10分前からとなっております。（じょうえい っぷんまえ）
jo.o.e.i.no.ju.p.pu.n.ma.e.ka.ra.to.na.t.te.o.ri.ma.su。

*チケットはアクアシアター*入り口の券売機にて（い ぐち けんばいき）
chi.ke.t.to.wa.a.ku.a.shi.a.ta.a.i.ri.gu.chi.no.ke.n.ba.i.ki.ni.te

*販売しておりますので、（はんばい）
ha.n.ba.i.shi.te.o.ri.ma.su.no.de、

どうぞお*早めにお*買い求めくださいませ。（はや か もと）
do.o.zo.o.ha.ya.me.ni.o.ka.i.mo.to.me.ku.da.sa.i.ma.se。

4 下一場的上映時間為

13:15。

有興趣觀賞的遊客

請往Aqua Museum5樓移動。

入場時間為

開演前10分鐘。

售票機位於Aqua Theater的入口旁，

敬請趁早購買。

LIVE

❹ また、水族館内(すいぞくかんない)でのご飲食(いんしょく)、お煙草(たばこ)、
ma.ta、su.i.zo.ku.ka.n.na.i.de.no.go.i.n.sho.ku、o.ta.ba.ko、

*フラッシュを持(も)ちましての写真撮影(しゃしんさつえい)は
fu.ra.s.shu.o.mo.chi.ma.shi.te.no.sha.shi.n.sa.tsu.e.i.wa

ご遠慮(えんりょ)いただきますようお願(ねが)いいたします。
go.e.n.ryo.i.ta.da.ki.ma.su.yo.o.o.ne.ga.i.i.ta.shi.ma.su。

本日(ほんじつ)はアクアミュージアム及(およ)びドルフィンファンタジーに
ho.n.ji.tsu.wa.a.ku.a.myu.u.ji.a.mu.o.yo.bi.do.ru.fi.n.fa.n.ta.ji.i.ni

お越(こ)しいただきまして誠(まこと)にありがとうございます。
o.ko.shi.i.ta.da.ki.ma.shi.te.ma.ko.to.ni.a.ri.ga.to.o.go.za.i.ma.su。

❸ 此外，館內禁止飲食、吸菸及
使用閃光燈攝影，
還請各位遊客多加配合。
再次誠心感謝您
今日蒞臨Aqua Museum及Dolphin Fantasy。

❺ 本日（ほんじつ）はアクアミュージアムにお越（こ）しいただきまして、
ho.n.ji.tsu.wa.a.ku.a.myu.u.ji.a.mu.ni.o.ko.shi.i.ta.da.ki.ma.shi.te、

誠（まこと）にありがとうございます。
ma.ko.to.ni.a.ri.ga.to.o.go.za.i.ma.su。

ご来館（らいかん）のお客様（きゃくさま）にご案内申（あんないもう）しあげます。
go.ra.i.ka.n.no.o.kya.ku.sa.ma.ni.go.a.n.na.i.mo.o.shi.a.ge.ma.su。

ただいまアクアミュージアム横（よこ）
ta.da.i.ma.a.ku.a.myu.u.ji.a.mu.yo.ko

フィーディングプールにおきまして
fi.i.di.n.gu.pu.u.ru.ni.o.ki.ma.shi.te

★オタリアの★ランチタイムを行（おこな）っております。
o.ta.ri.a.no.ra.n.chi.ta.i.mu.o.o.ko.na.t.te.o.ri.ma.su。

お客様（きゃくさま）ご自身（じしん）でオタリアに餌（えさ）があげられますので、
o.kya.ku.sa.ma.go.ji.shi.n.de.o.ta.ri.a.ni.e.sa.ga.a.ge.ra.re.ma.su.no.de、

皆様（みなさま）ぜひお越（こ）しくださいませ。
mi.na.sa.ma.ze.hi.o.ko.shi.ku.da.sa.i.ma.se。

なお、餌（えさ）の販売（はんばい）はなくなり次第（しだい）終了（しゅうりょう）となりますので
na.o、e.sa.no.ha.n.ba.i.wa.na.ku.na.ri.shi.da.i.shu.u.ryo.o.to.na.ri.ma.su.no.de

ご希望（きぼう）のお客様（きゃくさま）はお早（はや）めにお越（こ）しくださいませ。
go.ki.bo.o.no.o.kya.ku.sa.ma.wa.o.ha.ya.me.ni.o.ko.shi.ku.da.sa.i.ma.se。

❺
誠心感謝您今日蒞臨
Aqua Museum。
來館的遊客請注意。
位在Aqua Museum旁的
Feeding Pool現正舉行
海獅的午餐餵食時間。
遊客們可以體驗親自餵食海獅，請各位踴躍前往。
此外，飼料全數售完後，
活動也將隨即結束。有興趣的遊客還請趁早前往。

❻ 本日(ほんじつ)はアクアミュージアムに
ho.n.ji.tsu.wa.a.ku.a.myu.u.ji.a.mu.ni
お越(こ)しいただきまして、
o.ko.shi.i.ta.da.ki.ma.shi.te、
誠(まこと)にありがとうございます。
ma.ko.to.ni.a.ri.ga.to.o.go.za.i.ma.su。

❻ 再次誠心感謝您今日蒞臨Aqua Museum。

♪ 55

上野動物園

上野動物園

u.e.no.do.o.bu.tsu.e.n

LIVE

❶ 本日(ほんじつ)はご来園(らいえん)くださいまして、
ho.n.ji.tsu.wa.go.ra.i.e.n.ku.da.sa.i.ma.shi.te、

誠(まこと)にありがとうございます。
ma.ko.to.ni.a.ri.ga.to.o.go.za.i.ma.su。

お子様連(こさまづ)れのお客様(きゃくさま)にお願(ねが)い致(いた)します。
o.ko.sa.ma.zu.re.no.o.kya.ku.sa.ma.ni.o.ne.ga.i.i.ta.shi.ma.su。

園内(えんない)は★混雑(こんざつ)しておりますので、
e.n.na.i.wa.ko.n.za.tsu.shi.te.o.ri.ma.su.no.de、

お子様(こさま)が★迷子(まいご)にならないように、
o.ko.sa.ma.ga.ma.i.go.ni.na.ra.na.i.yo.o.ni、

お気(き)を付(つ)けください。
o.ki.o.tsu.ke.ku.da.sa.i。

❶

誠心感謝您今日的光臨。
在此特別提醒
與孩童一同前來的遊客。
園內人潮擁擠，
請留意您的孩童
以避免走失。

LIVE ❷ ご来園（らいえん）のお客様（きゃくさま）にお願（ねが）い申（もう）し上（あ）げます。
go.ra.i.e.n.no.o.kya.ku.sa.ma.ni.o.ne.ga.i.mo.o.shi.a.ge.ma.su。

本日強風（ほんじつきょうふう）のため、
ho.n.ji.tsu.kyo.o.fu.u.no.ta.me、

樹木（じゅもく）が★折（お）れやすくなっておりますので、
ju.mo.ku.ga.o.re.ya.su.ku.na.t.te.o.ri.ma.su.no.de、

お気（き）を付（つ）けてご観覧（かんらん）ください。
o.ki.o.tsu.ke.te.go.ka.n.ra.n.ku.da.sa.i。

❷ 在此特別提醒園內的遊客，
本日因風速較強，
恐會導致樹木斷裂，
遊覽時還請特別小心留意。

▸▸▸ 園區單軌電車

LIVE

③ まもなく駅(えき)に到着(とうちゃく)いたします。
ma.mo.na.ku.e.ki.ni.to.o.cha.ku.i.ta.shi.ma.su。

お忘(わす)れ物(もの)のないように、ご注意(ちゅうい)ください。
o.wa.su.re.mo.no.no.na.i.yo.o.ni、go.chu.u.i.ku.da.sa.i。

電車(でんしゃ)が停車(ていしゃ)しても、
de.n.sha.ga.te.i.sha.shi.te.mo、

扉(とびら)が開(ひら)くまでは
to.bi.ra.ga.hi.ra.ku.ma.de.wa

席(せき)をお立(た)ちにならないよう、
se.ki.o.o.ta.chi.ni.na.ra.na.i.yo.o、

お願(ねが)い致(いた)します。
o.ne.ga.i.i.ta.shi.ma.su。

③ 列車即將到站，
請記得您隨身攜帶的物品。
列車靠站時，
車門尚未開啟前
請勿離開座位。

④ お子様連れのお客様にお知らせ致します。
(こさまづ　きゃくさま　し　いた)
o.ko.sa.ma.zu.re.no.o.kya.ku.sa.ma.ni.o.shi.ra.se.i.ta.shi.ma.su。

本日は東園総合案内所の横、
(ほんじつ　ひがしえんそうごうあんないじょ　よこ)
ho.n.ji.tsu.wa.hi.ga.shi.e.n.so.o.go.o.a.n.na.i.jo.no.yo.ko、

西園★両生爬虫類館の横に
(にしえん　りょうせいはちゅうるいかん　よこ)
ni.shi.e.n.ryo.o.se.i.ha.chu.u.ru.i.ka.n.no.yo.ko.ni

★迷子相談所を設置しております。
(まいごそうだんじょ　せっち)
ma.i.go.so.o.da.n.jo.o.se.c.chi.shi.te.o.ri.ma.su。

迷子のご相談は
(まいご　そうだん)
ma.i.go.no.go.so.o.da.n.wa

迷子相談所にお★申し出ください。
(まいごそうだんじょ　もう　で)
ma.i.go.so.o.da.n.jo.ni.o.mo.o.shi.de.ku.da.sa.i。

また、ピンクの★ジャンパーを着た係員が
(き　かかりいん)
ma.ta、pi.n.ku.no.ja.n.pa.a.o.ki.ta.ka.ka.ri.i.n.ga

園内を★巡回しております。
(えんない　じゅんかい)
e.n.na.i.o.ju.n.ka.i.shi.te.o.ri.ma.su。

どうぞ、お★気軽にお★声掛けしてください。
(きがる　こえか)
do.o.zo、o.ki.ga.ru.ni.o.ko.e.ka.ke.shi.te.ku.da.sa.i。

與孩童一同前來的遊客請特別留意。
今日在東側園區遊客服務中心旁，
西側園區兩棲爬蟲館旁，
皆設有走失孩童諮詢處。
如有走失孩童的遊客，
請前往該諮詢處尋求協助。
此外，您也可以洽詢身著粉紅色工作服，
於園內巡視的工作人員們。

迪士尼樂園

ディズニーランド

di.zu.ni.i.ra.n.do

❶ 東京(とうきょう)★ディズニーランドでは
to.o.kyo.o.di.zu.ni.i.ra.n.do.de.wa
皆(みな)さまの安全(あんぜん)を第一(だいいち)に考(かんが)え、
mi.na.sa.ma.no.a.n.ze.n.o.da.i.i.chi.ni.ka.n.ga.e、
ご入園(にゅうえん)の前(まえ)にお手持(ても)ちの荷物(にもつ)を
go.nyu.u.e.n.no.ma.e.ni.o.te.mo.chi.no.ni.mo.tsu.o
確認(かくにん)させていただいております。
ka.ku.ni.n.sa.se.te.i.ta.da.i.te.o.ri.ma.su。
皆様(みなさま)のご理解(りかい)とご協力(きょうりょく)をお願(ねが)いします。
mi.na.sa.ma.no.go.ri.ka.i.to.go.kyo.o.ryo.ku.o.o.ne.ga.i.shi.ma.su。

❶ 東京迪士尼樂園
以各位遊客的安全作為第一考量，
因此我們將在您入園時
檢查您的隨身物品，
敬請見諒並請協助配合。

❷ 東京ディズニーランドからお知らせ致します。
to.o.kyo.o.di.zu.ni.i.ra.n.do.ka.ra.o.shi.ra.se.i.ta.shi.ma.su。

入園の際は、順序よくゆっくりとお進みください。
nyu.u.e.n.no.sa.i.wa、ju.n.jo.yo.ku.yu.k.ku.ri.to.o.su.su.mi.ku.da.sa.i

また、全ての皆様に楽しい一日をお過ごしいただくために
ma.ta、su.be.te.no.mi.na.sa.ma.ni.ta.no.shi.i.i.chi.ni.chi.o.o.su.go.shi.i.ta.da.ku.ta.me.ni

東京ディズニーランドでは、★分煙化を実施しております。
to.o.kyo.o.di.zu.ni.i.ra.n.do.de.wa、bu.n.e.n.ka.o.ji.s.shi.shi.te.o.ri.ma.su。

お煙草を吸われる方は★灰皿のある場所での喫煙を
o.ta.ba.ko.o.su.wa.re.ru.ka.ta.wa.ha.i.za.ra.no.a.ru.ba.sho.de.no.ki.tsu.e.n.o

お願いいたします。
o.ne.ga.i.i.ta.shi.ma.su。

安全のため歩きながらの喫煙はご遠慮ください。
a.n.ze.n.no.ta.me.a.ru.ki.na.ga.ra.no.ki.tsu.e.n.wa.go.e.n.ryo.ku.da.sa.i。

❷ 東京迪士尼樂園提醒您，
進入園區時請您依照順序前進。
此外，為了讓來園的遊客們都能夠度過
美好的一天，園區內實施分菸化。
欲吸菸者請前往設有菸灰缸的區域。
在安全考量為前提下，
也請各位遊客切勿邊走邊吸菸。

▶▶▶ 太空山

❸ LIVE

★スペース★トラベラーの皆(みな)さん★ようこそ。
su.pe.e.su.to.ra.be.ra.a.no.mi.na.sa.n.yo.o.ko.so。

スペースマウンテンは★暗闇(くらやみ)を★ハイスピードで
su.pe.e.su.ma.u.n.te.n.wa.ku.ra.ya.mi.o.ha.i.su.pi.i.do.de

急旋回(きゅうせんかい)、急上昇(きゅうじょうしょう)、急降下(きゅうこうか)、急停止(きゅうていし)する
kyu.u.se.n.ka.i、kyu.u.jo.o.sho.o、kyu.u.ko.o.ka、kyu.u.te.i.shi.su.ru

★スリリングで揺(ゆ)れの激(はげ)しい★ジェットコースター★タイプの
su.ri.ri.n.gu.de.yu.re.no.ha.ge.shi.i.je.t.to.ko.o.su.ta.a.ta.i.pu.no

★アトラクションです。
a.to.ra.ku.sho.n.de.su。

帽子(ぼうし)や★めがねなどは飛(と)ばされないよう十分(じゅうぶん)ご注意(ちゅうい)ください。
bo.o.shi.ya.me.ga.ne.na.do.wa.to.ba.sa.re.na.i.yo.o.ju.u.bu.n.go.chu.u.i.ku.da.sa.i。

★ステーション★ゲートが開(ひら)きましたら
su.te.e.sho.n.ge.e.to.ga.hi.ra.ki.ma.shi.ta.ra

降(お)りる方(かた)に続(つづ)いてご搭乗(とうじょう)願(ねが)います。
o.ri.ru.ka.ta.ni.tsu.zu.i.te.go.to.o.jo.o.o.ne.ga.i.ma.su。

★セーフティーバーを下(さ)げ、★ハンドバッグやかばんなど、
se.e.fu.ti.i.ba.a.o.sa.ge、ha.n.do.ba.g.gu.ya.ka.ba.n.na.do、

大(おお)きな荷物(にもつ)は足元(あしもと)においてください。
o.o.ki.na.ni.mo.tsu.wa.a.shi.mo.to.ni.o.i.te.ku.da.sa.i。

❸ 各位太空遊俠們歡迎光臨。
太空山是在黑暗中以高速進行
急速迴旋、急速上升、急速下降、急速停止，
令人驚心動魄，震撼又刺激的雲霄飛車型遊樂設施。
請特別小心別讓您的帽子或眼鏡等飛走了。
太空總署的大門開啟後，
請跟在下船乘客們的腳步後搭乘。
請拉下安全把手，並將手提包、包包等
大型行李放置在您的腳邊。

LIVE

❹ また、安全(あんぜん)のため*ミッション中(ちゅう)のカメラや
ma.ta、a.n.ze.n.no.ta.me.mi.s.sho.n.chu.u.no.ka.me.ra.ya

携帯電話(けいたいでんわ)のご使用(しよう)はおやめください。
ke.i.ta.i.de.n.wa.no.go.shi.yo.o.wa.o.ya.me.ku.da.sa.i。

それでは銀河系(ぎんがけい)を*めぐる、
so.re.de.wa.gi.n.ga.ke.i.o.me.gu.ru、

素晴(すば)らしい宇宙(うちゅう)の旅(たび)をお楽(たの)しみください。
su.ba.ra.shi.i.u.chu.u.no.ta.bi.o.o.ta.no.shi.mi.ku.da.sa.i。

❹ 此外，為了您的安全，任務執行中
請勿使用相機及手機。
接下來就請您好好地享受這趟
暢遊銀河系，最酷的宇宙之旅。

♪ 57

▶▶▶ 加勒比海盜

❶

安全（あんぜん）のため、立（た）ち上（あ）がらないよう

a.n.ze.n.no.ta.me、ta.chi.a.ga.ra.na.i.yo.o

お願（ねが）いいたします。

o.ne.ga.i.i.ta.shi.ma.su。

また、フラッシュ撮影（さつえい）は

ma.ta.、fu.ra.s.shu.sa.tsu.e.i.wa

ご遠慮（えんりょ）ください。

go.e.n.ryo.ku.da.sa.i。

❶

為了您的安全，

行進間請勿站立。

並請勿使用閃光燈拍照。

LIVE

❷

安全(あんぜん)のため、
a.n.ze.n.no.ta.me、
航海中(こうかいちゅう)は立(た)ち上(あ)がったり、
ko.o.ka.i.chu.u.wa.ta.chi.a.ga.t.ta.ri、
ボートから手(て)を出(だ)さないよう
bo.o.to.ka.ra.te.o.da.sa.na.i.yo.o
お願(ねが)いいたします。
o.ne.ga.i.i.ta.shi.ma.su。
また、喫煙及(きつえんおよ)びフラッシュを
ma.ta、ki.tsu.e.n.o.yo.bi.fu.ra.s.shu.o
使(つか)っての写真撮影(しゃしんさつえい)はご遠慮(えんりょ)ください。
tsu.ka.t.te.no.sha.shi.n.sa.tsu.e.i.wa.go.e.n.ryo.ku.da.sa.i。

❷
為了您的安全起見，
航行中請勿隨意站立
或將手伸出船外。
也請您勿在船上吸菸或
使用閃光燈拍照。

LIVE

❸

*ボートが完全(かんぜん)に止(と)まり、
bo.o.to.ga.ka.n.za.n.ni.to.ma.ri、
こちらからご案内(あんない)いたしますまで
ko.chi.ra.ka.ra.go.a.n.na.i.i.ta.shi.ma.su.ma.de
お座(すわ)りになったままお待(ま)ちください。
o.su.wa.ri.ni.na.t.ta.ma.ma.o.ma.chi.ku.da.sa.i。

❸
請坐在船內
等到船完全停妥後，
工作人員將會指引您下船。

❹ ★ファストパスを★回収(かいしゅう)いたします。
fa.su.to.pa.su.o.ka.i.shu.u.i.ta.shi.ma.su。

❹ 請讓我們收回您的fastpass。

❺ 皆様(みなさま)★まっすぐに
mi.na.sa.ma.ma.s.su.gu.ni
こちらへお進(すす)みください。
ko.chi.ra.e.o.su.su.mi.ku.da.sa.i。

❺ 請各位朝正前方前進到這裡來。

❻ どうぞ、★奥(おく)までお進(すす)みください。
do.o.zo、o.ku.ma.de.o.su.su.mi.ku.da.sa.i。

❻ 請往最裡面前進。

❼ どうぞ、皆様(みなさま)が入(はい)れますよう、
do.o.zo、mi.na.sa.ma.ga.ha.i.re.ma.su.yo.o、
もう一歩(いっぽ)ずつお部屋(へや)の中程(なかほど)まで
mo.o.i.p.po.zu.tsu.o.he.ya.no.na.ka.ho.do.ma.de
お進(すす)みください。
o.su.su.mi.ku.da.sa.i。

❼ 為了讓大家都能進到房間，
請各位再各往前一步到房間的中央。

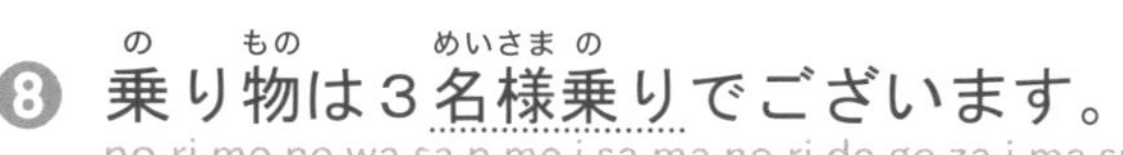

❽ 乗(の)り物(もの)は3名様乗(めいさまの)りでございます。
no.ri.mo.no.wa.sa.n.me.i.sa.ma.no.ri.de.go.za.i.ma.su。

❽ 本設施限3人搭乘。

❾ 何名様(なんめいさま)ですか？

na.n.me.i.sa.ma.de.su.ka。

❾ 請問幾位呢？

❿ 飛行中(ひこうちゅう)のカメラ、ビデオカメラ、

hi.ko.o.chu.u.no.ka.me.ra、bi.de.o.ka.me.ra、

携帯電話(けいたいでんわ)のご利用(りよう)は

ke.i.ta.i.de.n.wa.no.go.ri.yo.o.wa

★落下(らっか)の恐(おそ)れがありますので、

ra.k.ka.no.o.so.re.ga.a.ri.ma.su.no.de、

ご遠慮(えんりょ)ください。

go.e.n.ryo.ku.da.sa.i。

❿ 請勿於飛行中使用相機、攝影機

及手機。

以避免東西掉落的意外發生。

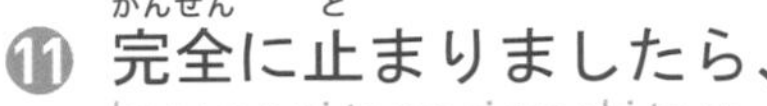

⓫ 完全(かんぜん)に止(と)まりましたら、

ka.n.ze.n.ni.to.ma.ri.ma.shi.ta.ra、

足元(あしもと)に気(き)を付(つ)けてお降(お)りください。

a.shi.mo.to.ni.ki.o.tsu.ke.te.o.o.ri.ku.da.sa.i。

⓫ 請等候機器完全停止運轉。

起身時請留意您的腳步。

⓬ 手(て)や顔(かお)を外(そと)に出(だ)さないように

te.ya.ka.o.o.so.to.ni.da.sa.na.i.yo.o.ni

お願(ねが)いします。

o.ne.ga.i.shi.ma.su。

⓬ 請配合勿將頭手伸出遊樂設施外。

⑬

皆様(みなさま)、東京(とうきょう)ディズニーランドは
mi.na.sa.ma、to.o.kyo.o.di.zu.ni.i.ra.n.do.wa
★閉園時間(へいえんじかん)となりました。
he.i.e.n.ji.ka.n.to.na.ri.ma.shi.ta。
楽(たの)しい一日(いちにち)を
ta.no.shi.i.i.chi.ni.chi.o
お過(す)ごしいただけましたでしょうか。
o.su.go.shi.i.ta.da.ke.ma.shi.ta.de.sho.o.ka。
またお越(こ)しいただけるよう、
ma.ta.o.ko.shi.i.ta.da.ke.ru.yo.o、
★心(こころ)よりお待(ま)ちしております。
ko.ko.ro.yo.ri.o.ma.chi.shi.te.o.ri.ma.su。
本日(ほんじつ)はご来園(らいえん)
ho.n.ji.tsu.wa.go.ra.i.e.n
ありがとうございました。
a.ri.ga.to.o.go.za.i.ma.shi.ta。

⑬
各位遊客，東京迪士尼樂園的
閉園時間已經到了。
您是否度過了愉快的一天呢？
我們衷心期盼
您的再次造訪。
感謝您今日的光臨。

迪士尼人氣遊樂設施

❶ クリッターカントリー
ku.ri.t.ta.a.ka.n.to.ri.i
動物天地

❺ ファンタジーランド
fa.n.ta.ji.i.ra.n.do
夢幻樂園

❷ ウエスタンランド
u.e.su.ta.n.ra.n.do
西部樂園

❻ トゥーンタウン
to.o.n.ta.u.n
卡通城

❸ アドベンチャーランド
a.do.be.n.cha.a.ra.n.do
探險樂園

❼ トゥモローランド
tu.mo.ro.o.ra.n.do
明日樂園

❹ ワールドバザール
wa.a.ru.do.ba.za.a.ru
世界市集

人氣遊樂設施排行榜 TOP 3

男性編

❶ ビッグサンダー・マウンテン (Big Thunder Mountain)
(bi.g.gu.sa.n.da.a・ma.u.n.te.n , 巨雷山)

❷ スペース・マウンテン (Space Mountain)
(su.pe.e.su・ma.u.n.te.n , 太空山)

❸ カリブの海賊（かいぞく） (Caribbean)
(ka.ri.bu.no.ka.i.zo.ku , 加勒比海盜)

女性編

❹ ビッグサンダー・マウンテン (Big Thunder Mountain)
(bi.g.gu.sa.n.da.a・ma.u.n.te.n , 巨雷山)

❺ スペース・マウンテン (Space Mountain)
(su.pe.e.su・ma.u.n.te.n , 太空山)

❻ プーさんのハニーハント (Pooh Hunny hunt)
(pu.u.sa.n.no.ha.ni.i.ha.n.to , 小熊維尼獵蜜記)

鐵道博物館

鉄道博物館

te.tsu.do.o.ha.ku.bu.tsu.ka.n

LIVE

ほんじつ　へいかん じ こく　じ
1 本日の閉館時刻は６時でございます。
ho.n.ji.tsu.no.he.i.ka.n.ji.ko.ku.wa.ro.ku.ji.de.go.za.i.ma.su。

ひ　つづ
引き続きどうぞごゆっくり
hi.ki.tsu.zu.ki.do.o.zo.go.yu.k.ku.ri

たの
お楽しみください。
o.ta.no.shi.mi.ku.da.sa.i。

く　かえ　きゃくさま
★繰り返し、お客様に
ku.ri.ka.e.shi、o.kya.ku.sa.ma.ni

あんないもう　あ
ご案内申し上げます。
go.a.n.na.i.mo.o.shi.a.ge.ma.su。

ほんじつ　へいかん じ こく
本日の閉館時刻は
ho.n.ji.tsu.no.he.i.ka.n.ji.ko.ku.wa

じ
６時でございます。
ro.ku.ji.de.go.za.i.ma.su。

ひ　つづ
引き続きどうぞ
hi.ki.tsu.zu.ki.do.o.zo

ごゆっくり
go.yu.k.ku.ri

たの
お楽しみください。
o.ta.no.shi.mi.ku.da.sa.i。

1 今日營業時間至6點。
敬請繼續參觀欣賞。
再一次提醒您，
今日營業時間至6點。
敬請繼續參觀欣賞。

❷ LIVE

本日(ほんじつ)は鉄道博物館(てつどうはくぶつかん)に
ho.n.ji.tsu.wa.te.tsu.do.o.ha.ku.bu.tsu.ka.n.ni

ご来館(らいかん)いただきまして、
go.ra.i.ka.n.i.ta.da.ki.ma.shi.te、

誠(まこと)にありがとうございます。
ma.ko.to.ni.a.ri.ga.to.o.go.za.i.ma.su。

お客様(きゃくさま)にご案内申(あんないもう)し上(あ)げます。
o.kya.ku.sa.ma.ni.go.a.n.na.i.mo.o.shi.a.ge.ma.su。

ただ今閉館(いまへいかん)１５分前(ふんまえ)でございます。
ta.da.i.ma.he.i.ka.n.ju.u.go.fu.n.ma.e.de.go.za.i.ma.su。

どなた様(さま)もお忘(わす)れ物(もの)のございませんよう、
do.na.ta.sa.ma.mo.o.wa.su.re.mo.no.no.go.za.i.ma.se.n.yo.o、

お気(き)を付(つ)けてお帰(かえ)りください。
o.ki.o.tsu.ke.te.o.ka.e.ri.ku.da.sa.i。

またのご来館(らいかん)を心(こころ)より
ma.ta.no.go.ra.i.ka.n.o.ko.ko.ro.yo.ri

お待(ま)ち申(もう)し上(あ)げております。
o.ma.chi.mo.o.shi.a.ge.te.o.ri.ma.su。

❷
非常感謝您今日的參觀。
在此提醒您，
目前距離閉館時間還有15分鐘。
離開時敬請留意您的隨身物品。
衷心期盼您再次光臨。

61

祭典

イベント

i.be.n.to

▶▶▶ 太鼓祭

❶

お客様へお願い申し上げます。
o.kya.ku.sa.ma.e.o.ne.ga.i.mo.o.shi.a.ge.ma.su。

館内は禁煙となっております。
ka.n.na.i.wa.ki.n.e.n.to.na.t.te.o.ri.ma.su。

*所定の場所での喫煙に
sho.te.i.no.ba.sho.de.no.ki.tsu.e.n.ni

ご協力ください。
go.kyo.o.ryo.ku.ku.da.sa.i。

客席での飲食は
kya.ku.se.ki.de.no.i.n.sho.ku.wa

禁止とさせていただいております。
ki.n.shi.to.sa.se.te.i.ta.da.i.te.o.ri.ma.su。

また携帯電話は
ma.ta.ke.i.ta.i.de.n.wa.wa

マナーモードにして頂くか、
ma.na.a.mo.o.do.ni.shi.te.i.ta.da.ku.ka、

電源をお切りくださいますよう
de.n.ge.n.o.o.ki.ri.ku.da.sa.i.ma.su.yo.o

お願いします。
o.ne.ga.i.shi.ma.su。

❶ 各位來賓請注意，
本館內全面禁煙。
欲吸煙的來賓
請到指定的場所吸煙。
同時請勿在您的座位上飲食。
另外請將您的手機電源
設定為靜音，
或是關機。
謝謝您的合作。

❷

一般(いっぱん)のお客様(きゃくさま)による、
i.p.pa.n.no.o.kya.ku.sa.ma.ni.yo.ru、
写真撮影及び(しゃしんさつえいおよ)ビデオ撮影(さつえい)、
sha.shi.n.sa.tsu.e.i.o.yo.bi.bi.de.o.sa.tsu.e.i、
★並(なら)びにカメラ付(つ)き携帯電話(けいたいでんわ)での撮影(さつえい)は、
na.ra.bi.ni.ka.me.ra.tsu.ki.ke.i.ta.i.de.n.wa.de.no.sa.tsu.e.i.wa、
★固(かた)くお★断(ことわ)りさせて頂(いただ)きます。
ka.ta.ku.o.ko.to.wa.ri.sa.se.te.i.ta.da.ki.ma.su。
皆様(みなさま)のご協力(きょうりょく)をお願(ねが)い申(もう)し上(あ)げます。
mi.na.sa.ma.no.go.kyo.o.ryo.ku.o.o.ne.ga.i.mo.o.shi.a.ge.ma.su。

❷
表演中未經過允許，
一般來賓請勿私自使用
相機、攝影機
或是手機相機拍攝。
謝謝您的合作。

❸ 本日最初(ほんじつさいしょ)の★ステージでは、
ho.n.ji.tsu.sa.i.sho.no.su.te.e.ji.de.wa、
2曲(きょく)を演奏(えんそう)して頂(いただ)きます。
ni.kyo.ku.o.e.n.so.o.shi.te.i.ta.da.ki.ma.su。

❸ 接下來敬請欣賞今天第一組團體，
將為各位帶來2首曲目。

❹ 皆様(みなさま)、どうぞ最後(さいご)まで
mi.na.sa.ma、do.o.zo.sa.i.go.ma.de
お楽(たの)しみください。
o.ta.no.shi.mi.ku.da.sa.i。

❹ 祝各位度過一個愉快的時光。

▶▶▶ 祭典

5 会場内(かいじょうない)は大変混雑(たいへんこんざつ)しております。
ka.i.jo.o.na.i.wa.ta.i.he.n.ko.n.za.tsu.shi.te.o.ri.ma.su。
立(た)ち止(ど)まらず、前(まえ)の方(かた)に続(つづ)いてゆっくりと
ta.chi.do.ma.ra.zu、ma.e.no.ka.ta.ni.tsu.zu.i.te.yu.k.ku.ri.to
お進(すす)みください。
o.su.su.mi.ku.da.sa.i。
小(ちい)さなお子様(こさま)をお連(つ)れの方(かた)は
chi.i.sa.na.o.ko.sa.ma.o.o.tsu.re.no.ka.ta.wa
お子様(こさま)の手(て)を
o.ko.sa.ma.no.te.o
離(はな)さないようにお願(ねが)いします。
ha.na.sa.na.i.yo.o.ni.o.ne.ga.i.shi.ma.su。

5
由於會場內相當擁擠，
請各位跟著前方的人
循序前進。
同時有帶小朋友的遊客
請牽好您的孩子。

▶▶▶ 朝霞煙火大會站前廣播

❻

朝霞警察署(あさかけいさつしょ)からのお願(ねが)いです。
a.sa.ka.ke.i.sa.tsu.sho.ka.ra.no.o.ne.ga.i.de.su。

只今(ただいま)、駅前(えきまえ)★ロータリーが
ta.da.i.ma、e.ki.ma.e.ro.o.ta.ri.i.ga

大変混雑(たいへんこんざつ)しておりますので、
ta.i.he.n.ko.n.za.tsu.shi.te.o.ri.ma.su.no.de、

立(た)ち止(ど)まらず
ta.chi.do.ma.ra.zu

前(まえ)にお進(すす)みください。
ma.e.ni.o.su.su.mi.ku.da.sa.i。

❻ 朝霞警察署提醒您，
目前車站前的圓環非常擁擠，
請跟著前方的人循序漸進，
請勿於原地逗留。

▶▶▶ 走失兒童廣播

❼ 青い★ワンピースに赤い★サンダルを履いた、
a.o.i.wa.n.pi.i.su.ni.a.ka.i.sa.n.da.ru.o.ha.i.ta、
優香ちゃんとおっしゃるお子様を、
yu.u.ka.cha.n.to.o.s.sha.ru.o.ko.sa.ma.o、
お母様がお探しになっています。
o.ka.a.sa.ma.ga.o.sa.ga.shi.ni.na.t.te.i.ma.su。
お気付きの方は、
o.ki.zu.ki.no.ka.ta.wa、
一階職員サービスカウンターまで
i.k.ka.sho.ku.i.n.sa.a.bi.su.ka.u.n.ta.a.ma.de
お越しくださいませ。
o.ko.shi.ku.da.sa.i.ma.se。
繰り返しお知らせ致します…
ku.ri.ka.e.shi.o.shi.ra.se.i.ta.shi.ma.su…

❼
各位來賓請注意，
現在有一位穿著藍色洋裝、紅色涼鞋，
名叫優香的小女孩迷路了，
她的媽媽正在找她，
請有注意到的來賓
至一樓服務台告知。
重複一次…

らいかんちゅう　　きゃくさま
8 ご来館中のお客様に
go.ra.i.ka.n.chu.u.no.o.kya.ku.sa.ma.ni

し　　いた
お知らせ致します。
o.shi.ra.se.i.ta.shi.ma.su。

もどり
緑の★Tシャツに
mi.do.ri.no.ti.i.sha.tsu.ni

あお　いろ　　　　　　　は　　おとこ　　こ
青い色の★パンツを履いた男のお子さんを、
a.o.i.i.ro.no.pa.n.tsu.o.ha.i.ta.o.to.ko.no.o.ko.sa.n.o、

ただいま　あず
只今お預かりしております。
ta.da.i.ma.o.a.zu.ka.ri.shi.te.o.ri.ma.su。

つ　　　きゃくさま
お連れのお客様は、
o.tsu.re.no.o.kya.ku.sa.ma.wa、

いっかいうけつけ
一階受付まで
i.k.ka.i.u.ke.tsu.ke.ma.de

こ
お越しくださいませ。
o.ko.shi.ku.da.sa.i.ma.se。

く　かえ　　し　　いた
繰り返しお知らせ致します…
ku.ri.ka.e.shi.o.shi.ra.se.i.ta.shi.ma.su…

8 各位來賓請注意，
現在有一位身穿綠色上衣
藍色褲子的男孩迷路了，
麻煩他的家人
至一樓櫃台。
重複一次…

祭典抽獎用語

❶ イベント情報（じょうほう）
i.be.n.to.jo.o.ho.o

❷ 出店市（でみせいち）
de.mi.se.i.chi

❸ 当日限り有効（とうじつかぎりゆうこう）
to.o.ji.tsu.ka.gi.ri.yu.u.ko.o

❶ 活動資訊

❷ 攤位

❸ 當日限定

❹ 景品がなくなり次第終了（けいひんがなくなりしだいしゅうりょう）
ke.i.hi.n.ga.na.ku.na.ri.shi.da.i.shu.u.ryo.o

❹ 獎品數量有限，抽完為止

❺ 富くじ大会（とみくじたいかい）
to.mi.ku.ji.ta.i.ka.i

❺ 抽獎活動

❻ 豪華商品★が当たる（ごうかしょうひんがあたる）
go.o.ka.sho.o.hi.n.ga.a.ta.ru

❻ 有機會抽到大獎喔

♪ 63 觀光單字篇

P200~201

□ これより
接下來

くだ
□ 下り
下，降

camera+case
□ カメラケース
相機袋

P202~203

とうきょう tower
□ 東京タワー
東京鐵塔

さまざま
□ 様々
各式各樣

restaurant
□ レストラン
餐廳

かんらんしゃ
□ 観覧車
摩天輪

Guinness book
□ ギネスブック
金氏世界紀錄

とうろく
□ 登録
登記

P204~205

いちぼう
□ 一望
一望無際

かいてん
□ 回転
迴轉

ししょう
□ 支障
故障

gondola
□ ゴンドラ
吊艙

たっ
□ 達す
到達

P206~207

□ いかが
如何（禮貌用法）

□ また
另外，還有

だんさ
□ 段差
高度差

て
□ 手すり
扶手

はな
□ 離れる
離開

P209

digital
□ デジタル
hi-vision
ハイビジョン
數位高畫質

penguin
□ ペンギン
企鵝

すがた
□ 姿
身影，姿態

P210~211

ticket
□ チケット
票

い ぐち
□ 入り口
入口

はんばい
□ 販売する
販售

はや
□ 早めに
趁早

か もと
□ 買い求める
購買

flash
□ フラッシュ
閃光燈

P212

otaria
□ オタリア
海獅

lunch time
□ ランチタイム
午餐時間

P214~215

こんざつ
□ 混雑
混亂

まいご
□ 迷子
走失兒童

お
□ 折る
折斷

P217

りょうせいはちゅうるい
□ 両生爬虫類
兩棲爬蟲類

まいごそうだんじょ
□ 迷子相談所
走失兒童諮詢處

もう で
□ 申し出る
通知

jumper
□ ジャンパー
工作服

じゅんかい
□ 巡回
巡視

きがる
□ 気軽
輕鬆愉快

こえか
□ 声掛ける
出聲叫（人）

P218~219

Disney land
□ ディズニー
ランド
迪士尼樂園

♪64 觀光單字篇

☐ 分煙化（ぶんえんか）
日本措施。將餐廳等公眾場所分成吸煙區與禁菸區。

☐ 灰皿（はいざら）
菸灰缸

P220～221

☐ スペース（space）
太空

☐ トラベラー（traveler）
旅行者

☐ ようこそ
歡迎

☐ 暗闇（くらやみ）
黑暗

☐ ハイスピード（high speed）
高速

☐ スリリング（thrilling）
戰慄

☐ ジェットコースター（jet coaster）
雲霄飛車

☐ タイプ（type）
類型

☐ アトラクション（attraction）
遊樂設施

☐ めがね
眼鏡

☐ ステーション（station）
（各種機構的）所、局、站

☐ ゲート（gate）
大門

☐ セーフティーバー（safety+bar）
安全把手

☐ ハンドバッグ（handbag）
手提包

☐ ミッション（mission）
任務

☐ めぐる
巡遊

P223

☐ ボート（boat）
船

P224～225

☐ ファストパス（fastpass）
（迪士尼）快速通行證

☐ 回収（かいしゅう）
收回

☐ まっすぐ
正前方

☐ 奥（おく）
裡面

☐ 落下（らっか）
掉落

P226

☐ 閉園（へいえん）
閉館

☐ 心より（こころ）
由衷

P228

☐ 繰り返す（く、かえ）
重複

P230～231

☐ 所定（しょてい）
規定

☐ 並びに（なら）
和

☐ 固い（かた）
堅決

☐ 断る（ことわ）
拒絕

☐ ステージ（stage）
表演

P233

☐ ロータリー（rotary）
圓環道

P234～235

☐ ワンピース（one piece）
洋裝

☐ サンダル（sandal）
涼鞋

☐ Tシャツ（T-shirt）
T-shirt

☐ パンツ（pants）
褲子

P236

☐ ～が当たる（あ）
中了～獎

觀光文法篇

日文	中文	解析	頁數
～をもちまして	以此～	告知時間或狀況。用法較正式	202
● 一月をもちましてこの契約は無効となります。★1月起這個契約失效。			
～による	經由～	前接出發點、時間	206
● スーパーによって帰ります。★從超市回來。			
～におきまして/～において	在～地點	名詞＋におきまして／～において	212
● 株式総会は東京において行う。★股東大會在東京舉行。			
～次第	一旦～立即	動詞連用形＋次第	212
● 夜が明け次第すぐ出発しよう。★天一亮就出發。			
～に考え	考量～	---	218
● 真剣に考えてこの結果がでました。★這是做過考量後的結論。			
～名様乗り	～人搭乘	---	224
● このアトラクションは四名様乗りです。這個遊樂設施限載4名。			
～付き	附～	---	231
● ランチはサラダ、ライス、スープ付きです。★午餐附沙拉、白飯、湯。			
～とおっしゃる	說～，叫～	「言う」的尊敬語	234
● すみません、なんとおっしゃいましたか？★不好意思，你說什麼？			

日本賞櫻去！

提到日本大家都會想到櫻花吧！能去日本看美麗的櫻花一直是每個人的夢想。但要怎麼樣安排行程才能順利遇到櫻花開的正美的時期呢？由於日本橫跨的緯度很大，所以各地櫻花的賞花季也都不一樣，如果是特地要去日本賞櫻，那事前的功課可是很重要的喔！

日本每年都會預測各地的開花時間（櫻前線），基本上都非常的精準，因為賞櫻可是日本人一年一度的盛事，要是算錯時間讓大家撲空，可是會被大眾撻伐的！網頁上可以查看各個著名賞櫻景點的即時開花狀況，七分到滿開這段期間是最美的，在滿開之後會開始長綠葉出來，所以建議大家在開到七分的時候就可以去看囉！

東京市區也有很多賞櫻的景點，包括新宿御苑、六本木、中目黑、上野公園、井之頭公園等等，只要搭電車再徒步一小段時間就可以到達。雖然都是櫻花，但每個景點所呈現出來的風貌都是不一樣的喔！有的是在道路兩側、有的是垂在河岸兩邊、有的是在湖畔，在東京就可以欣賞到各種不同的櫻花景色，有機會一定要去一次，體驗一下日本人的風雅喔！

櫻花開花前線

（預測日期）

http://sakura.weathermap.jp/

全國賞櫻名所開花情報

（介紹全國知名賞花景點、交通方法和開花情報）

http://hanami.walkerplus.com/

memo

服務用語
サービス用語
出發！

♪65

服務人員常用敬語

接客サービス用語

se.k.kya.ku.sa.a.bi.su.yo.o.go

◎ 以下敬語由恭敬程度弱→強排序。

❶ ありがとうございます。
a.ri.ga.to.o.go.za.i.ma.su

❶ 非常感謝。

❷ ありがとうございました。
a.ri.ga.to.o.go.za.i.ma.shi.ta

❷ 非常感謝（過去式）。

❸ *どうもありがとうございます。
do.o.mo.a.ri.ga.to.o.go.za.i.ma.su。

❹ 誠(まこと)にありがとうございます。
ma.ko.to.ni.a.ri.ga.to.o.go.za.i.ma.su。

❸ ❹ 誠摯感謝。

❺ 失礼(しつれい)しました。
shi.tsu.re.i.shi.ma.shi.ta。

❻ どうもすみません。
do.o.mo.su.mi.ma.se.n。

❼ 大変失礼(たいへんしつれい)いたしました。
ta.i.he.n.shi.tsu.re.i.i.ta.shi.ma.shi.ta。

❽ どうもすみませんでした。
do.o.mo.su.mi.ma.se.n.de.shi.ta。

❾ 申(もう)し訳(わけ)ございません。
mo.o.shi.wa.ke.go.za.i.ma.se.n。

❺ ❻ ❼ ❽ ❾ 非常抱歉。

❿ これは～
ko.re.wa～

⓫ こちらは～
ko.chi.ra.wa～

❿ ⓫ 這是…

⓬ あります。
a.ri.ma.su。

⓭ ございます。
go.za.i.ma.su。

⓬ ⓭ 有。

♪ 66

❶ いらっしゃい。
i.ra.s.sha.i。

❷ いらっしゃいませ。
i.ra.s.sha.i.ma.se。

❶ ❷ 歡迎。

❸ お待(ま)たせしました。
o.ma.ta.se.shi.ma.shi.ta。

❹ 大変(たいへん)お待(ま)たせしました。
ta.i.he.n.o.ma.ta.se.shi.ma.shi.ta。

❸ ❹ 很抱歉，讓您久等了。

❺ すみません。
su.mi.ma.se.n。

❻ 恐(おそ)れ入(い)ります。
o.so.re.i.ri.ma.su。

❺ ❻
不好意思／很抱歉。
（需要麻煩到顧客時）

❼ すみません。
su.mi.ma.se.n。

❽ 失礼致(しつれいいた)します。
shi.tsu.re.i.i.ta.shi.ma.su。

❼ ❽
不好意思。
（點菜或是其他要服務顧客時，
或是請客人注意時。）

❾ いいですか？
i.i.de.su.ka？

❿ よろしいでしょうか？
yo.ro.shi.i.de.sho.o.ka?

❾ ❿ 可以嗎？

⓫ わかりました。
wa.ka.ri.ma.shi.ta。

⓬ かしこまりました。
ka.shi.ko.ma.ri.ma.shi.ta。

⓫ ⓬ 知道了。

67

商店

商店

sho.o.te.n

◎ 以下敬語由恭敬程度**弱**→**強**排序。

❶ お買い得です。
o.ka.i.do.ku.de.su。

❷ お買い得となります。
o.ka.i.do.ku.to.na.ri.ma.su。

❸ 大変お買い得です。
ta.i.he.n.o.ka.i.do.ku.de.su。

❶ ❷ ❸ 非常划算。

❹ ここです。
ko.ko.de.su。

❺ こちらです。
ko.chi.ra.de.su。

❻ こちらになります。
ko.chi.ra.ni.na.ri.ma.su。

❹ ❺ ❻ 在這裡。

❼ こちらに★サインをお願いいたします。
ko.chi.ra.ni.sa.i.n.o.o.ne.ga.i.i.ta.shi.ma.su。

❽ こちらにサインをいただけますか？
ko.chi.ra.ni.sa.i.n.o.i.ta.da.ke.ma.su.ka?

❼ 請在這裡簽名。

❽ 可以幫我在這裡簽名嗎？

❾ ここにお名前を頂戴できますか？
ko.ko.ni.o.na.ma.e.o.cho.o.da.i.de.ki.ma.su.ka?

❿ こちらにお名前のご★記入をお願いいたします
ko.chi.ra.ni.o.na.ma.e.no.go.ki.nyu.u.o.o.ne.ga.i.i.ta.shi.ma.su。

❾ 可以在這裡寫下您的大名嗎？ ❿ 請在這裡寫下您的大名。

餐廳

レストラン

re.su.to.ra.n

◎ 以下敬語由恭敬程度**弱**→**強**排序。

❶ 少々お待ちください。
sho.o.sho.o.o.ma.chi.ku.da.sa.i。

❷ 少々お待ちいただいても★よろしいでしょうか？
sho.o.sho.o.o.ma.chi.i.ta.da.i.te.mo.yo.ro.shi.i.de.sho.o.ka?

❶ ❷ 請稍候。

❸ お名前を教えていただけますか？
o.na.ma.e.o.o.shi.e.te.i.ta.da.ke.ma.su.ka?

❹ お名前を頂いてもよろしいですか？
o.na.ma.e.o.i.ta.da.i.te.mo.yo.ro.shi.i.de.su.ka?

❸ ❹ 請問貴姓？

❺ お席にご案内いたします。
o.se.ki.ni.go.a.n.na.i.i.ta.shi.ma.su。

❻ お席のほうにご案内します。
o.se.ki.no.ho.o.ni.go.a.n.na.i.shi.ma.su。

❺ ❻ 現在為您帶位。

❼ 禁煙席です。
ki.n.e.n.se.ki.de.su。

❽ 禁煙席になります。
ki.n.e.n.se.ki.ni.na.ri.ma.su。

❼ ❽ （這裡是）禁煙席。

❾ ★メニューです。
me.nyu.u.de.su。

❿ メニューになります。
me.nyu.u.ni.na.ri.ma.su。

❾ ❿ 這是（您的）菜單。

⓫ お呼びでしょうか？
o.yo.bi.de.sho.o.ka?

⓬ なにか御用でしょうか？
na.ni.ka.go.yo.o.de.sho.o.ka?

⓫ ⓬ 請問有需要幫忙嗎？

♪ 69

❶ ★ガムシロップをお付(つ)けしますか？
ga.mu.shi.ro.p.pu.o.o.tsu.ke.shi.ma.su.ka?

❷ ガムシロップはお使(つか)いになりますか？
ga.mu.shi.ro.p.pu.wa.o.tsu.ka.i.ni.na.ri.ma.su.ka?

❸ ガムシロップはいかがなさいますか？
ga.mu.shi.ro.p.pu.wa.i.ka.ga.na.sa.i.ma.su.ka?

❶❷❸ 請問需要加糖嗎？

❹ ★グラスは★いくつお持(も)ちしますか？
gu.ra.su.wa.i.ku.tsu.o.mo.chi.shi.ma.su.ka?

❺ グラスはいくつお持(も)ちしましょうか？
gu.ra.su.wa.i.ku.tsu.o.mo.chi.shi.ma.sho.o.ka?

❹❺ 請問需要幾個杯子？

❻ お★箸(はし)は1★膳(ぜん)でよろしいですか？
o.ha.shi.wa.i.chi.ze.n.de.yo.ro.shi.i.de.su.ka?

❼ お箸(はし)は1膳(ぜん)でよろしかったでしょうか？
o.ha.shi.wa.i.chi.ze.n.de.yo.ro.shi.ka.t.ta.de.sho.o.ka?

❻❼ 請問筷子是需要1副嗎？

❽ お待(ま)たせしました。豚(とん)カツです。
o.ma.ta.se.shi.ma.shi.ta。to.n.ka.tsu.de.su。

❾ お待(ま)たせしました。豚(とん)カツになります。
o.ma.ta.se.shi.ma.shi.ta 。to.n.ka.tsu.ni.na.ri.ma.su。

❽❾ 讓您久等了，這是您的炸豬排。

❿ ★デザートはいかがですか？
de.za.a.to.wa.i.ka.ga.de.su.ka?

⓫ デザートはよろしかったでしょうか。
de.za.a.to.wa.yo.ro.shi.ka.t.ta.de.sho.o.ka。

❿⓫ （飯後）需要來份甜點嗎？

♪ 70

❶ いまから約(やく)３０分(っぷん)ほどお待(ま)ちください。
i.ma.ka.ra.ya.ku.sa.n.ju.p.pu.n.ho.do.o.ma.chi.ku.da.sa.i。

❷ ただ今(いま)ですと３０分(っぷん)ほど
ta.da.i.ma.de.su.to.sa.n.ju.p.pu.n.ho.do

お待(ま)ちいただきますが、
o.ma.chi.i.ta.da.ki.ma.su.ga、

よろしいでしょうか？
yo.ro.shi.i.de.sho.o.ka?

❶ ❷
現在起約需等候
30分鐘左右。

❸ 次(つぎ)のお客様(きゃくさま)、こちらのレジへどうぞ。
tsu.gi.no.o.kya.ku.sa.ma、ko.chi.ra.no.re.ji.e.do.o.zo。

❹ 次(つぎ)のお客様(きゃくさま)は、こちらのレジへお進(すす)みください。
tsu.gi.no.o.kya.ku.sa.ma.wa、ko.chi.ra.no.re.ji.e.o.su.su.mi.ku.da.sa.i。

❸ ❹ 下一位客人請到這裡的櫃台。

❺ ご注文(ちゅうもん)は以上(いじょう)ですか？
go.chu.u.mo.n.wa.i.jo.o.de.su.ka?

❻ ほかにご注文(ちゅうもん)は
ho.ka.ni.go.chu.u.mo.n.wa

よろしかったでしょうか？
yo.ro.shi.ka.t.ta.de.sho.o.ka?

❺ ❻ 請問所點的菜除了這些以外，還需要些什麼嗎？

71

結帳

会計／勘定

ka.i.ke.i／ka.n.jo.o

◎ 以下敬語由恭敬程度**弱→強**排序。

❶ １万円(まんえん)からお預(あず)かりします。
i.chi.ma.n.e.n.ka.ra.o.a.zu.ka.ri.shi.ma.su。

❷ １万円(まんえん)をお預(あず)かりいたします。
i.chi.ma.n.e.n.o.o.a.zu.ka.ri.i.ta.shi.ma.su。

❶ ❷ 收您一萬日圓整。

---

❸ １万円(まんえん)でよろしいですか？
i.chi.ma.n.e.n.de.yo.ro.shi.i.de.su.ka?

❹ １万円(まんえん)からでよろしいですか？
i.chi.ma.n.e.n.ka.ra.de.yo.ro.shi.i.de.su.ka?

❺ １万円(まんえん)からでよろしかったでしょうか。
i.chi.ma.n.e.n.ka.ra.de.yo.ro.shi.ka.t.ta.de.sho.o.ka。

❸ ❹ ❺
是一萬日圓整嗎？

---

❻ ５００円(えん)ちょうどからお預(あず)かりします。
go.hya.ku.e.n.cho.o.do.ka.ra.o.a.zu.ka.ri.shi.ma.su。

❼ ５００円(えん)ちょうどお預(あず)かりいたします。
go.hya.ku.e.n.cho.o.do.o.a.zu.ka.ri.i.ta.shi.ma.su。

❻ ❼
收您500日圓整。

---

❽ ５０円(えん)をお返(かえ)しします。
go.ju.u.e.n.o.o.ka.e.shi.shi.ma.su。

❾ ５０円(えん)のお返(かえ)しになります。
go.ju.u.e.n.no.o.ka.e.shi.ni.na.ri.ma.su。

❽ ❾ 找您50元。

⑩ こちらが領収書(りょうしゅうしょ)になります。
ko.chi.ra.ga.ryo.o.shu.u.sho.ni.na.ri.ma.su。

⑪ こちらが領収書(りょうしゅうしょ)でございます。
ko.chi.ra.ga.ryo.o.shu.u.sho.de.go.za.i.ma.su。

⑩ ⑪ 這是您的收據。

---

⑫ こちらが★レシートです。
ko.chi.ra.ga.re.shi.i.to.de.su。

⑬ こちらがレシートでございます。
ko.chi.ra.ga.re.shi.i.to.de.go.za.i.ma.su。

⑫ ⑬ 這是您的發票。

♪ 72

速食店

ファーストフード

fa.a.su.to.fu.u.do

◎ 以下敬語由恭敬程度弱→強排序。

❶ 店内(てんない)をご利用(りよう)ですか？
te.n.na.i.o.go.ri.yo.o.de.su.ka?

❷ 店内(てんない)でお★召(め)し上(あ)がりですか？
te.n.na.i.de.o.me.shi.a.ga.ri.de.su.ka?

❶ ❷ 請問是內用嗎？

---

❸ お★持(も)ち帰(かえ)りですか？
o.mo.chi.ka.e.ri.de.su.ka?

❹ お持(も)ち帰(かえ)りになられますか？
o.mo.chi.ka.e.ri.ni.na.ra.re.ma.su.ka?

❸ ❹ 請問是外帶嗎？

銀行

銀行(ぎんこう)

gi.n.ko.o

◎ 以下敬語由恭敬程度弱→強排序。

❶ ★番号札(ばんごうふだ)をお取(と)りになって、お待(ま)ちください。
ba.n.go.o.fu.da.o.o.to.ri.ni.na.t.te、o.ma.chi.ku.da.sa.i。

❷ 番号札(ばんごうふだ)をお持(も)ちになって、お待(ま)ちいただきます。
ba.n.go.o.fu.da.o.o.mo.chi.ni.na.t.te、o.ma.chi.i.ta.da.ki.ma.su。

❶ ❷
請抽取號碼牌稍候。

電話

電話

de.n.wa

▶▶▶ 117報時台

❶ 午前9時23分1秒をお知らせします。

go.ze.n.ku.ji.ni.ju.u.sa.n.pu.n.i.chi.byo.o.o o.shi.ra.se.shi.ma.su。

❶ 現在是上午09:23:01。

▶▶▶ 177天氣預報

❷ 気象庁予報部発表の5月11日午後1時8分現在の気象情報をお知らせします。

ki.sho.o.cho.o.yo.ho.o.bu.ha.p.pyo.no go.ga.tsu.ju.u.i.chi.ni.chi go.go.i.chi.ji.ha.p.pu.n ge.n.za.i.no.ki.sho.o.jo.o.ho.o.o.o.shi.ra.se.shi.ma.su。

❷ 氣象廳預報部所發布的5月11日下午1:08的氣象概況。

LIVE
3

げんざい　とうきょう　ちほう
現在、東京★地方に
ge.n.za.i、to.o.kyo.o.chi.ho.o.ni

きしょう　かん　ちゅういほう　けいほう
気象に関する注意報、警報は
ki.sho.o.ni.ka.n.su.ru.chu.u.i.ho.o、ke.i.ho.o.wa

で
出ていません。
de.te.i.ma.se.n。

ごご　じはっぴょう　よほう
午後１時発表の予報です。
go.go.i.chi.ji.ha.p.pyo.o.no.yo.ho.o.de.su。

とうきょう　ちほう　きょう　なんとう　かぜ
東京地方の今日は南東の風
to.o.kyo.o.chi.ho.o.no.kyo.o.wa.na.n.to.o.no.ka.ze

ほくとう　かぜ　あめ
★のち北東の風、雨、
no.chi.ho.ku.to.o.no.ka.ze、a.me、

ゆうがた　くも
★夕方から★曇りでしょう。
yu.u.ga.ta.ka.ra.ku.mo.ri.de.sho.o。

えんがん　かいいき　なみ　たか
沿岸の海域の★波の高さは
e.n.ga.n.no.ka.i.i.ki.no.na.mi.no.ta.ka.sa.wa

５０センチでしょう。
go.ju.s.se.n.chi.de.sho.o。

あす　きた　かぜ
明日は、北の風。
a.su.wa、ki.ta.no.ka.ze。

くせいぶ
２３区西部では、
ni.ju.u.sa.n.ku.se.i.bu.de.wa、

きた　かぜ　つよ　は
のち北の風が★やや強く、晴れ。
no.chi.ki.ta.no.ka.ze.ga.ya.ya.tsu.yo.ku、ha.re。

ときどき
時々くもりでしょう。
to.ki.do.ki.ku.mo.ri.de.sho.o。

3
目前，沒有發出針對東京地區
氣象相關的特報及警報。
以下是下午1點的預報。
東京地區今天吹東南風後轉至
東北風、有雨，
傍晚後轉為多雲。
沿岸海域浪高50公分。
明日吹北風，
東京23區西部風勢較強。
晴時多雲。

LIVE ❹ 波(なみ)の高(たか)さは５０センチのち１メートルでしょう。
na.mi.no.ta.ka.sa.wa.go.ju.s.se.n.chi.no.chi.i.chi.me.e.to.ru.de.sho.o

明後日(あさって)は、北(きた)の風(かぜ)。晴(は)れ時々(ときどき)くもりでしょう。
a.sa.t.te.wa、ki.ta.no.ka.ze。ha.re.to.ki.do.ki.ku.mo.ri.de.sho.o。

波(なみ)の高(たか)さは、５０センチでしょう。
na.mi.no.ta.ka.sa.wa、go.ju.s.se.n.chi.de.sho.o。

東京地方(とうきょうちほう)の、１ミリ以上(いじょう)の雨(あめ)の降(ふ)る★確率(かくりつ)は、
to.o.kyo.o.chi.ho.o.no、i.chi.mi.ri.i.jo.o.no.a.me.no.fu.ru.ka.ku.ri.tsu.wa、

今日(きょう)★正午(しょうご)から
kyo.o.sho.o.go.ka.ra

午後(ごご)６時(じ)までは７０％、
go.go.ro.ku.ji.ma.de.wa.na.na.ju.p.pa.a.se.n.to、

以後(いご)６時間(じかん)ごとに
i.go.ro.ku.ji.ka.n.go.to.ni

明日(あす)午前(ごぜん)０時(じ)までは４０％、
a.su.go.ze.n.re.i.ji.ma.de.wa.yo.n.ju.p.pa.a.se.n.to、

午前(ごぜん)６時(じ)までは４０％、
go.ze.n.ro.ku.ji.ma.de.wa.yo.n.ju.p.pa.a.se.n.to、

正午(しょうご)までは２０％です。
sho.o.go.ma.de.wa.ni.ju.u.pa.a.se.n.to.de.su。

❹
浪高50公分至1公尺。
後天吹北風，晴時多雲，
浪高50公分。
東京區域會有1毫米以上的降雨機率，
今日中午到下午6點為70%，
其後6小時
至明日凌晨12點為止40%，
早上6點為止40%，
中午為止20%。

5 LIVE

東京(とうきょう)の今日(きょう)★日中(にっちゅう)の最高気温(さいこうきおん)は18度(ど)、
to.o.kyo.o.no.kyo.o.ni.c.chu.u.no.sa.i.ko.o.ki.o.n.wa.ju.u.ha.chi.do、

明日(あす)、朝(あさ)の最低気温(さいていきおん)は14度(ど)、
a.su、a.sa.no.sa.i.te.i.ki.o.n.wa.ju.u.yo.n.do、

日中(にっちゅう)の最高気温(さいこうきおん)は24度(ど)の★見込(みこ)みです。
ni.c.chu.u.no.sa.i.ko.o.ki.o.n.wa.ni.ju.u.yo.n.do.no.mi.ko.mi.de.su。

6 LIVE

次(つぎ)のお知(し)らせは、
tsu.gi.no.o.shi.ra.se.wa、

午後(ごご)3時(じ)30分(ぷん)ごろの予定(よてい)です。
go.go.sa.n.ji.sa.n.ju.p.pu.n.go.ro.no.yo.te.i.de.su。

なお、むこう一週間(いっしゅうかん)の天気予報(てんきよほう)については、
na.o、mu.ko.o.i.s.shu.u.ka.n.no.te.n.ki.yo.ho.o.ni.tsu.i.te.wa、

東京(とうきょう)03、3540−3700番(ばん)、
to.o.kyo.o.re.i.sa.n、sa.n.go.yo.n.re.i.no.sa.n.na.na.re.i.re.i.ba.n、

03、3540−3700番(ばん)でお知(し)らせしております。
re.i.sa.n、sa.n.go.yo.n.re.i.no.sa.n.na.na.re.i.re.i.ba.n.de.o.shi.ra.se.shi.te.o.ri.ma.su。

おかけ間違(まちが)いのないよう、
o.ka.ke.ma.chi.ga.i.no.na.i.yo.o、

どうぞご利用(りよう)ください。
do.o.zo.go.ri.yo.o.ku.da.sa.i。

5 預估東京今天白天最高氣溫18度，
明天早上最低14度，
白天最高氣溫24度。

6 下一次更新時間為下午3:30。
另外，未來一週天氣預報資訊，
請撥打東京 033540-3700、
033540-3700。
請留意是否撥打正確，
並請多加利用。

♪75 服務單字篇

P244

□ どうも
實在，太

P246~247

□ サイン（sign）
簽名

□ 記入（きにゅう）
寫上

□ よろしい
好，妥當

□ メニュー（menu）
菜單

P248

□ ガムシロップ（gum syrup）
糖漿

□ グラス（glass）
玻璃杯

□ いくつ
幾個，多少

□ 箸（はし）
筷子

□ 膳（ぜん）
雙；份（單位）

□ デザート（dessert）
甜點

P251

□ レシート（receipt）
收據

□ 召し上がる（めしあがる）
吃（食べる），喝（飲む）的尊敬語說法。

□ 持ち帰る（もちかえる）
外帶

P252

□ 番号札（ばんごうふだ）
號碼牌

P254~255

□ 地方（ちほう）
地區

□ のち
之後

□ 夕方（ゆうがた）
傍晚

□ 曇り（くもり）
陰天

□ 波（なみ）
海浪

□ やや
稍微

□ 確率（かくりつ）
機率

□ 正午（しょうご）
正午

P256

□ 日中（にっちゅう）
白天

□ 見込み（みこみ）
估計

服務文法篇

日文	中文	解析	頁數
～のほうに	往～	---	247

● あちらの方（ほう）に行（い）けば見（み）えますよ。★往那邊走就會看到了。

日文	中文	解析	頁數
～に関（かん）する	與～相關	---	254

● 地震（じしん）に関（かん）するニュースをお伝（つた）え致（いた）します。★傳達有關地震的消息。

Column 6

日本購物禮數！

日本是一個非常重視服務的國家，可說是「服務至上」。去便利商店或是在百貨公司逛街都能感受到店員們的貼心以及細心。通常在百貨公司決定好要買哪件衣服的時候，店員會拿新品給你，給你一點時間讓你檢查商品沒有瑕疵之後，再細心的用紙包好，裝到袋子裡並把封口貼住（下雨天還會幫你在提袋外面多套一個透明塑膠袋），然後從收銀台旁邊走出來、親自把商品交到你手上並附上 45 度的鞠躬，完成整個購買程序，讓你感受到他們滿滿的誠意！

不過除了上面敘述的這種基本的包裝，有些店家會提供免費的禮品包裝服務，結帳的時候店員會問你是要送人的嗎？如果是，店家會細心的幫你把價錢撕下來，然後做簡單的禮品包裝。但有些店家的禮品包裝是要另外加價的，在結帳之前先詢問一下會比較好喔！

由於日本是個非常重視禮儀的國家，所以對於包裝可是一點都不馬虎。常常可以看到各種精美的包裝紙，有現代感簡潔設計的，也有和式風味的，讓很多外國人愛不釋手！

雖然日本人的細心與謹慎很值得學習，不過他們過度的重視包裝也常常被說是浪費地球資源。所以如果是自己馬上要用的東西，或是本身不是這麼在意包裝的人，不妨跟店員說不用袋子，或是貼上店家標籤就好，一起節省紙資源唷！

回程廣播
帰り放送
またね～
バイバーイ！

♪ 76

京成Skyliner

京成スカイライナー

ke.i.se.i.su.ka.i.ra.i.na.a

▶▶▶ 站內

LIVE

❶ この電車(でんしゃ)は到着後(とうちゃくご)、
ko.no.de.n.sha.wa.to.o.cha.ku.go、
車内清掃(しゃないせいそう)を行(おこな)います。
sha.na.i.se.i.so.o.o.o.ko.na.i.ma.su。
清掃終了(せいそうしゅうりょう)までご乗車(じょうしゃ)は
se.i.so.o.shu.u.ryo.o.ma.de.go.jo.o.sha.wa、
しばらくお待(ま)ちください。
shi.ba.ra.ku.o.ma.chi.ku.da.sa.i。

スカイライナーは
su.ka.i.ra.i.na.a.wa
乗車券(じょうしゃけん)の他(ほか)に全席指定(ぜんせきしてい)の
jo.o.sha.ke.n.no.ho.ka.ni.ze.n.se.ki.shi.te.i.no
スカイライナー券(けん)が必要(ひつよう)です
su.ka.i.ra.i.na.a.ke.n.ga.hi.tsu.yo.o.de.su。

❶
列車到站後
將進行車內清掃。
在清掃完畢前，
請欲搭乘的乘客稍作等候。
搭乘Skyliner
除一般車票外，
還需有指定座位的Skyliner車票。

LIVE

❷

▸▸▸ 上車

じ　ふんはつ
１７時４５分発、
ju.u.shi.chi.ji.yo.n.ju.u.go.fu.n.ha.tsu、

ごうなり た くうこう ゆ
スカイライナー５１号成田空港行きです。
su.ka.i.ra.i.na.a.go.ju.u.i.chi.go.o.na.ri.ta.ku.u.ko.o.yu.ki.de.su。

と ちゅうていしゃえき　にっ ぽ り　くうこうだい
途中停車駅は日暮里、空港第２ビルです。
to.chu.u.te.i.sha.e.ki.wa.ni.p.po.ri、ku.u.ko.o.da.i.ni.bi.ru.de.su、

くうこうだい　じ　ぷん　とうちゃく
空港第２ビルには１８時３０分の到着です。
ku.u.ko.o.da.i.ni.bi.ru.ni.wa.ju.u.ha.chi.ji.sa.n.ju.p.pu.n.no.to.o.cha.ku.de.su。

くうこうだい　じ　ぷん
空港第２ビルは６時３０分です。
ku.u.ko.o.da.i.ni.bi.ru.ni.wa.ro.ku.ji.sa.n.ju.p.pu.n.de.su。

しゅうてんなり た くうこう　じ　ぷん　とうちゃく
終点成田空港１８時３３分の到着です。
shu.u.te.n.na.ri.ta.ku.u.ko.o.ju.u.ha.chi.ji.sa.n.ju.sa.pu.n.no.to.o.cha.ku.de.su。

しゅうてんなり た くうこうだい　りょかく
終点成田空港第１旅客ターミナル
shu.u.te.n.na.ri.ta.ku.u.ko.o.da.i.i.chi.ryo.ka.ku.ta.a.mi.na.ru

じ　ぷん　とうちゃく
６時３３分の到着です。
ro.ku.ji.sa.n.ju.u.sa.n.pu.n.no.to.o.cha.ku.de.su。

ぜんせき ざ せき し てい
全席座席指定です。
za.se.ki.shi.te.i.de.su。

じょうしゃばんごう　ざ せきばんごう
乗車番号、座席番号を
jo.o.sha.ba.n.go.o、za.se.ki.ba.n.go.o.o

ま ちが　すわ
お間違えのないようお座りください。
o.ma.chi.ga.e.no.na.i.yo.o.o.su.wa.ri.ku.da.sa.i。

ぜんせき　ふく
全席デッキを含めまして
ze.n.se.ki.de.k.ki.o.fu.ku.me.ma.shi.te

きんえん
禁煙となっております。
ki.n.e.n.to.na.t.te.o.ri.ma.su。

ぜんしゃりょうきんえん
全車両禁煙です。
ze.n.sha.ryo.o.ki.n.e.n.de.su。

はっしゃ　ふんほど　ま
発車まで５分程お待ちください。
ha.s.sha.ma.de.go.fu.n.ho.do.o.ma.chi.ku.da.sa.i。

❷

本車為17:45分，
開往成田機場的Skyliner51號列車。
途中將停靠日暮里及機場第2大樓。
抵達機場第2大樓的時間為18:30。
機場第2大樓是6:30，
18:33將抵達終點站成田機場，
6:33抵達終點站成田機場第1旅客航廈。

全座位皆屬對號座位。
請依照正確的車廂號碼、
座位號碼搭乘。
全座位包含車廂間通道區全面禁菸。
距離發車時間還有5分鐘，請稍候。

▶▶▶ 乘車

LIVE ❸ お待(ま)たせしています。
o.ma.ta.se.shi.te.i.ma.su。

この電車(でんしゃ)は成田(なりた)スカイアクセス線経由(せんけいゆ)、
ko.no.de.n.sha.wa.na.ri.ta.su.ka.i.a.ku.se.su.se.n.ke.i.yu、

スカイライナー成田空港行(なりたくうこうゆ)きです。
su.ka.i.ra.i.na.a.na.ri.ta.ku.u.ko.o.yu.ki.de.su。

停車駅(ていしゃえき)は日暮里(にっぽり)、
te.i.sha.e.ki.wa.ni.p.po.ri、

空港第(くうこうだい)2ビル第(だい)2旅客(りょかく)ターミナル、
ku.u.ko.o.da.i.ni.bi.ru.da.i.ni.ryo.ka.ku.ta.a.mi.na.ru、

終点成田空港第(しゅうてんなりたくうこうだい)1旅客(りょかく)ターミナルです。
shu.u.te.n.na.ri.ta.ku.u.ko.o.da.i.i.chi.ryo.ka.ku.ta.a.mi.na.ru.de.su。

この電車(でんしゃ)は全(すべ)て指定席(していせき)です。
ko.no.de.n.sha.wa.su.be.te.shi.te.i.se.ki.de.su。

お手持(ても)ちの特急券(とっきゅうけん)に
o.te.mo.chi.no.to.k.kyu.u.ke.n.ni

★記載(きさい)されておりますお席(せき)にお掛(か)けください。
ki.sa.i.sa.re.te.o.ri.ma.su.o.se.ki.ni.o.ka.ke.ku.da.sa.i。

LIVE

❹ またデッキ、
ma.ta.de.k.ki、

サービスコーナーを含(ふく)めて、
sa.a.bi.su.ko.o.na.a.o.fu.ku.me.te、

全車両禁煙(ぜんしゃりょうきんえん)です。
ze.n.sha.ryo.o.ki.n.e.n.de.su。

お手洗(てあら)いは５号車(ごうしゃ)、
o.te.a.ra.i.wa.go.go.o.sha、

ジュース類販売機(るいはんばいき)、サービスコーナーは
ju.u.su.ru.i.ha.n.ba.i.ki、sa.a.bi.su.ko.o.na.a.wa

４号車(ごうしゃ)にございます。
yo.n.go.o.sha.ni.go.za.i.ma.su。

この先(さき)、揺(ゆ)れますので、ご注意(ちゅうい)ください。
ko.no.sa.ki、yu.re.ma.su.no.de、go.chu.u.i.ku.da.sa.i。

❸ 各位乘客請稍候。
本列車為經由成田Sky Access線，
開往成田機場的Skyliner。
停靠車站分別為日暮里、
機場第2大樓第2旅客航廈、
終點站成田機場第1旅客航廈。
本列車全屬對號座位。
請依照您的特急車票上所指示的座位搭乘。

❹ 此外，包含車廂間通道、服務區區域，
本車全面禁煙。
洗手間位於第5節車廂，
果汁販賣機、服務區位於第4節車廂。
前方路段顛簸，請小心。

LIVE

⑤ １７時(じ)４５分発(ふんはつ)、
ju.u.shi.chi.ji.yo.n.ju.u.go.fu.n.ha.tsu、
成田(なりた)スカイアクセス線経由(せんけいゆ)、
na.ri.ta.su.ka.i.a.ku.se.su.se.n.ke.i.yu、
スカイライナー５１号成田空港行(ごうなりたくうこうゆ)きです。
su.ka.i.ra.i.na.a.go.ju.u.i.chi.go.o.na.ri.ta.ku.u.ko.o.yu.ki.de.su。
途中停車駅(とちゅうていしゃえき)は日暮里(にっぽり)、
to.chu.u.te.i.sha.e.ki.wa.ni.p.po.ri、
空港第(くうこうだい)２ビルです。
ku.u.ko.o.da.i.ni.bi.ru.de.su。
まもなく発車(はっしゃ)です。
ma.mo.na.ku.ha.s.sha.de.su。
車内(しゃない)にてお待(ま)ちください。
sha.na.i.ni.te.o.ma.chi.ku.da.sa.i。

⑤
本車為17:45發車，
經由成田Sky Access線
開往成田機場的Skyliner51號列車。
途中將停靠日暮里、
機場第2大樓。
請在車內稍候片刻，
本車即將發車。

6 LIVE

お待(ま)たせしました。
o.ma.ta.se.shi.ma.shi.ta。

この電車(でんしゃ)は成田(なりた)スカイアクセス線経由(せんけいゆ)、
ko.no.de.n.sha.wa.na.ri.ta.su.ka.i.a.ku.se.su.se.n.ke.i.yu、

スカイライナー成田空港行(なりたくうこうゆ)きです。
su.ka.i.ra.i.na.a.na.ri.ta.ku.u.ko.o.yu.ki.de.su。

停車駅(ていしゃえき)は日暮里(にっぽり)、
te.i.sha.e.ki.wa.ni.p.po.ri、

空港第(くうこうだい)2ビル第(だい)2旅客(りょかく)ターミナル、
ku.u.ko.o.da.i.ni.bi.ru.da.i.ni.ryo.ka.ku.ta.a.mi.na.ru、

終点成田空港第(しゅうてんなりたくうこうだい)1旅客(りょかく)ターミナルです。
shu.u.te.n.na.ri.ta.ku.u.ko.o.da.i.i.chi.ryo.ka.ku.ta.a.mi.na.ru.de.su。

この電車(でんしゃ)は全(すべ)て指定席(していせき)です。
ko.no.de.n.sha.wa.su.be.te.shi.te.i.se.ki.de.su。

またデッキ、サービスコーナーを含(ふく)めて、
ma.ta.de.k.ki、sa.a.bi.su.ko.o.na.a.o.fu.ku.me.te、

全車両禁煙(ぜんしゃりょうきんえん)です。
ze.n.sha.ryo.o.ki.n.e.n.de.su。

次(つぎ)は日暮里(にっぽり)、日暮里(にっぽり)に停車(ていしゃ)します。
tsu.gi.wa.ni.p.po,ri、ni.p.po.ri.ni.te.i.sha.shi.ma.su。

6 各位乘客久等了。
本列車為經由成田Sky Access線，
開往成田機場的Skyliner。
停靠車站分別為日暮里、
機場第2大樓第2旅客航廈、
終點站成田機場第1旅客航廈。
本列車全屬對號座位。
此外，包含車廂間通道、服務區區域，
本車全面禁煙。
下一站日暮里，列車即將停靠日暮里。

▶▶▶ 下車

❼

くうこうだい
空港第２ビル、
ku.u.ko.o.da.i.ni.bi.ru、

だい　りょかく
第２旅客ターミナルです。
da.i.ni.ryo.ka.ku.ta.a.mi.na.ru.de.su。

お　きゃくさま
お降りのお客様は
o.o.ri.no.o.kya.ku.sa.ma.wa

わす　もの
お忘れ物をなさいませんよう
o.wa.su.re.mo.no.o.na.sa.i.ma.se.n.yo.o

したく
お支度ください。
o.shi.ta.ku.ku.da.sa.i。

きゃくさま　し
お客様にお知らせします
o.kya.ku.sa.ma.ni.o.shi.ra.se.shi.ma.su

なりたくうこう
成田空港では
na.ri.ta.ku.u.ko.o.de.wa

りよう
ご利用になるホームによって、
go.ri.yo.o.ni.na.ru.ho.o.mu.ni.yo.t.te、

こうしゃ　えき　こと
降車する駅が異なります。
ko.o.sha.su.ru.e.ki.ga.ko.to.na.ri.ma.su。

だい　りょかく
第２旅客ターミナルは
da.i.ni.ryo.ka.ku.ta.a.mi.na.ru.wa

くうこうだい　えき
空港第２ビル駅で、
ku.u.ko.o.da.i.ni.bi.ru.e.ki.de、

だい　りょかく
第１旅客ターミナルは
da.i.i.chi.ryo.ka.ku.ta.a.mi.na.ru.wa

しゅうてんなりたくうこうえき
終点成田空港駅で
shu.u.te.n.na.ri.ta.ku.u.ko.o.e.ki.de

お
お降りください。
o.o.ri.ku.da.sa.i。

❼
機場第2大樓、
第2旅客航廈到了。
欲下車的旅客
請別忘了您的隨身物品，
準備下車。

成田機場內
依照旅客所前往航廈的不同，
下車車站也有所不同。
欲前往第2航廈的旅客，
請在機場第2大樓站，
欲前往第1航廈的旅客，
請在終點站成田機場站下車。

LIVE

8

まもなく空港第２ビル(くうこうだい)、
ma.mo.na.ku.ku.u.ko.o.da.i.ni.bi.ru、

第(だい)２旅客(りょかく)ターミナルです。
da.i.ni.ryo.ka.ku.ta.a.mi.na.ru.de.su。

出口(でぐち)は右側(みぎがわ)です。
de.gu.chi.wa.mi.gi.ga.wa.de.su。

お降(お)りのお客様(きゃくさま)は
o.o.ri.no.o.kya.ku.sa.ma.wa

お忘(わす)れ物(もの)をなさいませんよう
o.wa.su.re.mo.no.o.na.sa.i.ma.se.n.yo.o

お支度(したく)ください。
o.shi.ta.ku.ku.da.sa.i。

本日(ほんじつ)も京成(けいせい)スカイライナーを
ho.n.ji.tsu.mo.ke.i.se.i.su.ka.i.ra.i.na.a.o

ご利用(りよう)いただきまして、
go.ri.yo.o.i.ta.da.ki.ma.shi.te、

ありがとうございました。
a.ri.ga.to.o.go.za.i.ma.shi.ta。

第(だい)１旅客(りょかく)ターミナルで
da.i.i.chi.ryo.ka.ku.ta.a.mi.na.ru.de

お降(お)りのお客様(きゃくさま)は
o.o.ri.no.o.kya.ku.sa.ma.wa

そのままご乗車(じょうしゃ)ください。
so.no.ma.ma.go.jo.o.sha.ku.da.sa.i。

8

本車即將抵達機場第2大樓、
第2旅客航廈。
出口在右側。
欲下車的旅客請別忘了
您的隨身物品，
準備下車。

感謝您今日搭乘京成Skyliner。
欲前往第1航廈的旅客，
請在車內稍候片刻。

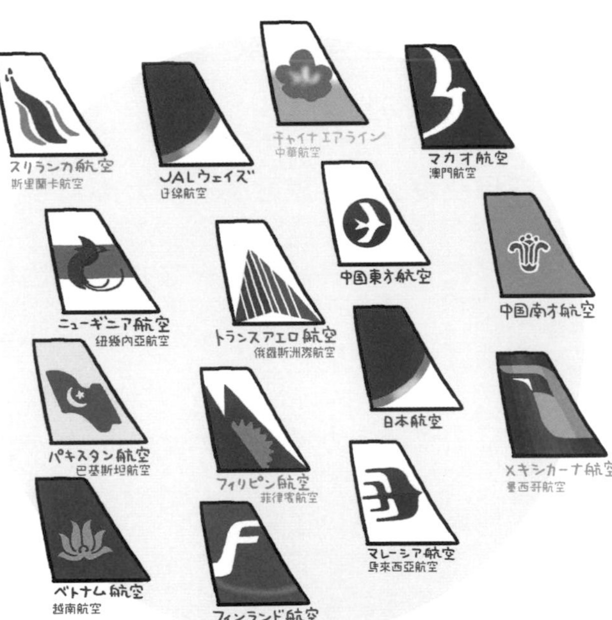

LIVE
9 京成(けいせい)スカイライナーを
ke.i.se.i.su.ka.i.ra.i.na.a.o
ご利用(りよう)いただき、
go.ri.yo.o.i.ta.da.ki、
ありがとうございました。
a.ri.ga.to.o.go.za.i.ma.shi.ta。
空港第(くうこうだい)2ビルでございます。
ku.u.ko.o.da.i.ni.bi.ru.de.go.za.i.ma.su。
右側(みぎがわ)の扉(とびら)が★開(ひら)きます。
mi.gi.ga.wa.no.to.bi.ra.ga.hi.ra.ki.ma.su。
お忘(わす)れ物(もの)をなさいませんよう
o.wa.su.re.mo.no.o.na.sa.i.ma.se.n.yo.o
ご注意(ちゅうい)ください。
go.chu.u.i.ku.da.sa.i。

9 感謝您搭乘京成Skyliner。
機場第2大樓站到了。
右側車門將開啟。
請留意別忘了您的隨身物品。

LIVE
10 まもなく終点成田空港(しゅうてんなりたくうこう)、
ma.mo.na.ku.shu.u.te.n.na.ri.ta.ku.u.ko.o、
第(だい)1旅客(りょかく)ターミナル、
da.i.i.chi.ryo.ka.ku.ta.a.mi.na.ru、
成田空港(なりたくうこう)、第(だい)1旅客(りょかく)ターミナルです。
na.ri.ta.ku.u.ko.o、da.i.i.chi.ryo.ka.ku.ta.a.mi.na.ru.de.su。
どなたさまもお忘(わす)れ物(もの)をなさいませんよう、
do.na.ta.sa.ma.mo.o.wa.su.re.mo.no.o.na.sa.i.ma.se.n.yo.o、
お支度(したく)ください。
o.shi.ta.ku.ku.da.sa.i。
本日(ほんじつ)も京成(けいせい)スカイライナーを
ho.n.ji.tsu.mo.ke.i.se.i.su.ka.i.ra.i.na.a.o
ご利用(りよう)くださいまして、
go.ri.yo.o.ku.da.sa.i.ma.shi.te、
ありがとうございました。
a.ri.ga.to.o.go.za.i.ma.shi.ta。

10 本車即將抵達終點站成田機場、
第1旅客航廈站。
成田機場、第1旅客航廈站。
各位乘客請別忘了您的隨身物品，
準備下車。
感謝您今日搭乘京成Skyliner。

LIVE

⑪ 京成(けいせい)スカイライナーをご利用(りよう)いただき、
ke.i.se.i.su.ka.i.ra.i.na.a.o.go.ri.yo.o.i.ta.da.ki、

ありがとうございました。
a.ri.ga.to.o.go.za.i.ma.shi.ta、

成田空港終点(なりたくうこうしゅうてん)です。
na.ri.ta.ku.u.ko.o.shu.u.te.n.de.su。

左側(ひだりがわ)の扉(とびら)が開(ひら)きます。
hi.da.ri.ga.wa.no.to.bi.ra.ga.hi.ra.ki.ma.su。

お忘(わす)れ物(もの)をなさいませんよう、
o.wa.su.re.mo.no.o.na.sa.i.ma.se.n.yo.o、

ご注意(ちゅうい)ください。
go.chu.u.i.ku.da.sa.i。

⑪ 感謝您搭乘京成Skyliner。
本站為終點站成田機場。
左側車門將開啟。
請留意勿遺忘您的隨身物品。

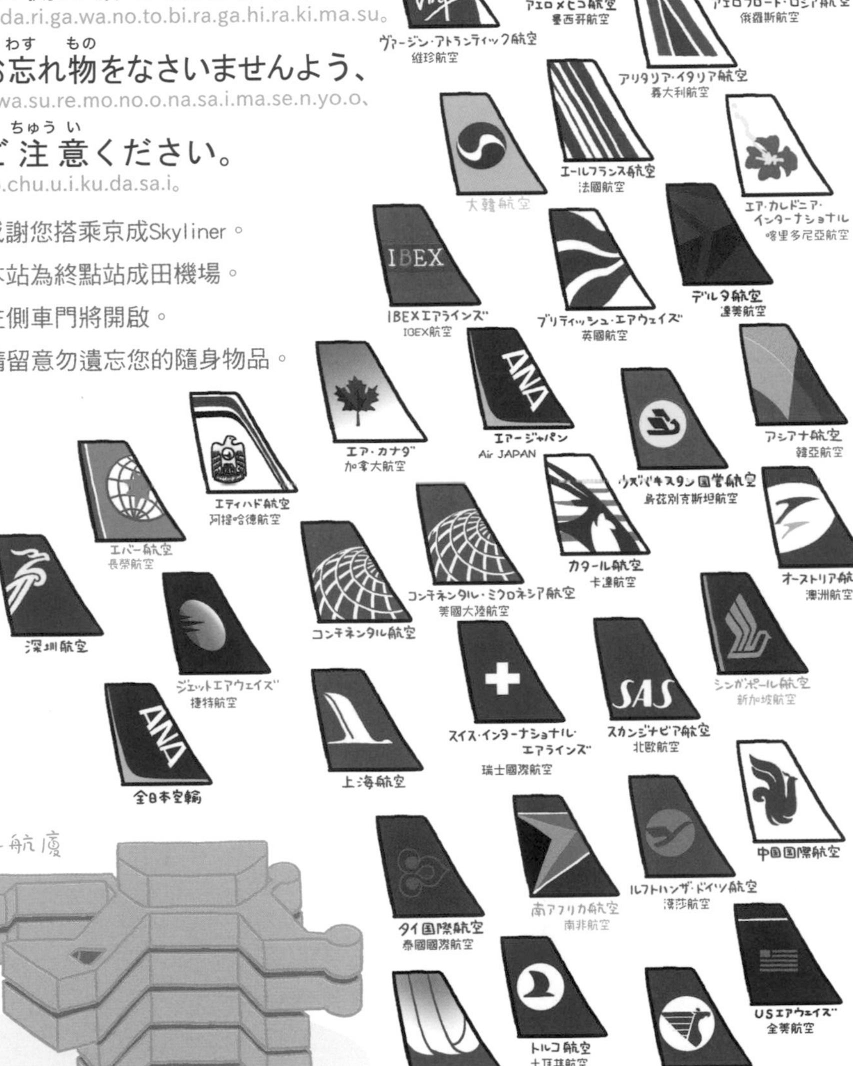

77

東京單軌電車

東京モノレール

to.o.kyo.o.mo.no.re.e.ru

▶▶▶ 站内

❶

羽田空港(はねだくうこう)へお急(いそ)ぎのお客様(きゃくさま)は
ha.ne.da.ku.u.ko.o.e.o.i.so.gi.no.o.kya.ku.sa.ma.wa

★後続(こうぞく)の空港快速(くうこうかいそく)を
ko.o.zo.ku.no.ku.u.ko.o.ka.i.so.ku.o

ご利用(りよう)ください。
go.ri.yo.o.ku.da.sa.i。

急於前往羽田機場的旅客
請搭乘下一班發車的
機場快速列車。

❷ モノレールをご利用(りよう)のお客様(きゃくさま)は
mo.no.re.e.ru.o.go.ri.yo.o.no.o.kya.ku.sa.ma.wa

乗車位置(じょうしゃいち)、白(しろ)い線(せん)の★枠(わく)の中(なか)に
jo.o.sha.i.chi、shi.ro.i.se.n.no.wa.ku.no.na.ka.ni

２列(れつ)に並(なら)んでお待(ま)ちください。
ni.re.tsu.ni.na.ra.n.de.o.ma.chi.ku.da.sa.i。

駅(えき)★構内(こうない)は終日禁煙(しゅうじつきんえん)です。
e.ki.ko.o.na.i.wa.shu.u.ji.tsu.ki.n.e.n.de.su。

❷ 欲搭乘單軌電車的乘客，
請於乘車處的白色框線內
排成兩列等候。
車站內全日禁菸。

③

まもなく空港快速

ma.mo.na.ku.ku.u.ko.o.ka.i.so.ku

羽田空港第２ビル行きが参ります。

ha.ne.da.ku.u.ko.o.da.i.ni.bi.ru.yu.ki.ga.ma.i.ri.ma.su。

★危ないですから、

a.bu.na.i.de.su.ka.ra、

★柵の前には手や顔を出さないよう、

sa.ku.no.ma.e.ni.wa.te.ya.ka.o.o.da.sa.na.i.yo.o、

下がってお待ちください。

sa.ga.t.te.o.ma.chi.ku.da.sa.i。

この電車は途中羽田空港国際線ビル、

ko.no.de.n.sha.wa.to.chu.u.ha.ne.da.ku.u.ko.o.ko.ku.sa.i.se.n.bi.ru、

羽田空港第１ビル、

ha.ne.da.ku.u.ko.o.da.i.i.chi.bi.ru、

終点羽田空港第２ビルに停まります。

shu.u.te.n.ha.ne.da.ku.u.ko.o.da.i.ni.bi.ru.ni.to.ma.ri.ma.su。

③

往羽田機場第2大樓的

機場快速列車即將進站。

為避免發生危險，

請向後退等候，

並請勿將頭手伸出柵門外。

本列車將停靠羽田機場國際線大樓、

羽田機場第1大樓及

終點站羽田機場第2大樓。

羽田国際線ビル
羽田空港
第1ビル
羽田空港
第2ビル

▶▶▶ 上車

❹

この電車(でんしゃ)は★折(お)り返(かえ)し空港快速羽田空港第(くうこうかいそくはねだくうこうだい)２ビル行(ゆ)きです。
ko.no.de.n.sha.wa.o.ri.ka.e.shi.ku.u.ko.o.ka.i.so.ku.ha.ne.da.ku.u.ko.o.da.i.ni.bi.ru.yu.ki.de.su。

次(つぎ)は羽田空港国際線(はねだくうこうこくさいせん)ビルに停(と)まります。
tsu.gi.wa.ha.ne.da.ku.u.ko.o.ko.ku.sa.i.se.n.bi.ru.ni.to.ma.ri.ma.su。

ご乗車(じょうしゃ)の際(さい)は足元(あしもと)にご注意(ちゅうい)のうえ、
go.jo.o.sha.no.sa.i.wa.a.shi.mo.to.ni.go.chu.u.i.no.u.e、

順序(じゅんじょ)よくお乗(の)りください。
ju.n.jo.yo.ku.o.no.ri.ku.da.sa.i。

❹ 往羽田機場第2大樓的機場快速折返列車
下一站將停靠羽田機場國際線大樓。
上車時請留意您的腳步，
依序搭乘。

❺

羽田空港第(はねだくうこうだい)２ビル行(ゆ)きが発車(はっしゃ)いたします。
ha.ne.da.ku.u.ko.o.da.i.ni.bi.ru.yu.ki.ga.ha.s.sha.i.ta.shi.ma.su。

ドアが閉(し)まります、ご注意(ちゅうい)ください。
do.a.ga.shi.ma.ri.ma.su、go.chu.u.i.ku.da.sa.i。

★駆(か)け込(こ)み乗車(じょうしゃ)はおやめください。
ka.ke.ko.mi.jo.o.sha.wa.o.ya.me.ku.da.sa.i。

❺ 往羽田機場第2大樓的列車發車。
車門即將關閉請小心。
請勿強行上車。

❻

ご乗車(じょうしゃ)のモノレールは
go.jo.o.sha.no.mo.no.re.e.ru.wa
空港快速羽田空港第２ビル行(くうこうかいそくはねだくうこうだい ゆ)きです。
ku.u.ko.o.ka.i.so.ku.ha.ne.da.ku.u.ko.o.da.i.ni.bi.ru.yu.ki.de.su。
途中(とちゅう)、羽田空港国際線(はねだくうこうこくさいせん)ビル、
to.chu.u、ha.ne.da.ku.u.ko.o.ko.ku.sa.i.se.n.bi.ru、
羽田空港第(はねだくうこうだい)１ビル、
ha.ne.da.ku.u.ko.o.da.i.i.chi.bi.ru、
終点羽田空港第(しゅうてんはねだくうこうだい)２ビルに停車(ていしゃ)いたします。
shu.u.te.n.ha.ne.da.ku.u.ko.o.da.i.ni.bi.ru.ni.te.i.sha.i.ta.shi.ma.su。

❻
您所搭乘的單軌電車，
是開往羽田機場第2大樓的機場快速列車。
中途將停靠羽田機場國際線、
羽田機場第1大樓，
及終點站羽田機場第2大樓。

❼

羽田空港国際線(はねだくうこうこくさいせん)ビル、
ha.ne.da.ku.u.ko.o.ko.ku.sa.i.se.n.bi.ru、
羽田空港第(はねだくうこうだい)１ビル、
ha.ne.da.ku.u.ko.o.da.i.i.chi.bi.ru、
羽田空港第(はねだくうこうだい)２ビル以外(いがい)の駅(えき)には
ha.ne.da.ku.u.ko.o.da.i.ni.bi.ru.i.ga.i.no.e.ki.ni.wa
停(と)まりませんのでご注意(ちゅうい)ください。
to.ma.ri.ma.se.n.no.de.go.chu.u.i.ku.da.sa.i。

このモノレールは
ko.no.mo.no.re.e.ru.wa
ワンマン運転(うんてん)を行(おこな)っております。
wa.n.ma.n.u.n.te.n.o.o.ko.na.t.te.o.ri.ma.su。

❼
羽田機場國際線、
羽田機場第1大樓、
第2大樓以外的車站將不停靠，
還請特別留意。
本單軌電車
由單人司機駕駛。

❽ 東京(とうきょう)モノレールをご利用(りよう)いただきまして、
to.o.kyo.o.mo.no.re.e.ru.o.go.ri.yo.o.i.ta.da.ki.ma.shi.te、

ありがとうございます。
a.ri.ga.to.o.go.za.i.ma.su。

あみ棚(だな)にお載(の)せになりましたお荷物(にもつ)は
a.mi.da.na.ni.o.no.se.ni.na.ri.ma.shi.ta.o.ni.mo.tsu.wa

走行中(そうこうちゅう)落(お)ちることがないようにご注意(ちゅうい)ください。
so.o.ko.o.chu.u.o.chi.ru.ko.to.ga.na.i.yo.o.ni.go.chu.u.i.ku.da.sa.i。

また、危険防止(きけんぼうし)のため、急(きゅう)ブレーキをかけることが
ma.ta、ki.ke.n.bo.o.shi.no.ta.me、kyu.u.bu.re.e.ki.o.ka.ke.ru.ko.to.ga

ございますので、お立(た)ちのお客様(きゃくさま)は
go.za.i.ma.su.no.de、o.ta.chi.no.o.kya.ku.sa.ma.wa

お近(ちか)くのつり革(かわ)または手(て)すりにおつかまり下(くだ)さい。
o.chi.ka.ku.no.tsu.ri.ka.wa.ma.ta.wa.te.su.ri.ni.o.tsu.ka.ma.ri.ku.da.sa.i。

❽ 感謝您搭乘東京單軌電車。
請多加留意，避免您放置在網架上的行李
於行駛間掉落。
為避免發生危險，恐有緊急煞車的情況發生，
站著的乘客請緊握您身旁的吊環或欄杆。

9

このモノレールには優先席(ゆうせんせき)がございます。
ko.no.mo.no.re.e.ru.ni.wa.yu.u.se.n.se.ki.ga.go.za.i.ma.su。

お年寄(としよ)りやお体(からだ)の不自由(ふじゆう)な方(かた)、
o.to.shi.yo.ri.ya.o.ka.ra.da.no.fu.ji.yu.u.na.ka.ta、

妊娠中(にんしんちゅう)や乳幼児(にゅうようじ)をお連(つ)れの方(かた)が
ni.n.shi.n.chu.u.ya.nyu.u.yo.o.ji.o.o.tsu.re.no.ka.ta.ga

いらっしゃいましたら、席(せき)をお譲(ゆず)りください。
i.ra.s.sha.i.ma.shi.ta.ra、se.ki.o.o.yu.zu.ri.ku.da.sa.i。

9

本列車設有博愛座，
敬請讓座給老弱婦孺。

10

次(つぎ)の停車駅(ていしゃえき)は、羽田空港国際線(はねだくうこうこくさいせん)ビル、
tsu.gi.no.te.i.sha.e.ki.wa、ha.ne.da.ku.u.ko.o.ko.ku.sa.i.se.n.bi.ru、

羽田空港国際線(はねだくうこうこくさいせん)ビルです。
ha.ne.da.ku.u.ko.o.ko.ku.sa.i.se.n.bi.ru.de.su。

東京(とうきょう)モノレールをご利用(りよう)いただきまして、
to.o.kyo.o.mo.no.re.e.ru.o.go.ri.yo.o.i.ta.da.ki.ma.shi.te、

ありがとうございます。
a.ri.ga.to.o.go.za.i.ma.su。

お客様(きゃくさま)にお知(し)らせいたします。
o.kya.ku.sa.ma.ni.o.shi.ra.se.i.ta.shi.ma.su。

ただ今節電(いませつでん)のため、
ta.da.i.ma.se.tsu.de.n.no.ta.me、

車内(しゃない)の照明(しょうめい)を切(き)らせて頂(いただ)きました。
sha.na.i.no.sho.o.me.i.o.ki.ra.se.te.i.ta.da.ki.ma.shi.ta。

ご不便(ふべん)をおかけいたしますが、
go.fu.be.n.o.o.ka.ke.i.ta.shi.ma.su.ga、

ご理解(りかい)、ご協力(きょうりょく)をお願(ねが)いします。
go.ri.ka.i、go.kyo.o.ryo.ku.o.o.ne.ga.i.shi.ma.su。

10

下一站停靠站為羽田機場國際線大樓、
羽田機場國際線大樓。
感謝您搭乘東京單軌列車。
在此提醒您，
目前為節電期間，關閉車內照明設備。
如造成您的不便敬請見諒。

⑪ 航空機をご利用のお客様に★降車駅をご案内いたします。
ko.o.ku.u.ki.o.go.ri.yo.o.no.o.kya.ku.sa.ma.ni.ko.o.sha.e.ki.o.go.a.n.na.i.i.ta.shi.ma.su。

国際線をご利用のお客様は
ko.ku.sa.i.se.n.o.go.ri.yo.o.no.o.kya.ku.sa.ma.wa

羽田空港国際線ビルでお降りください。
ha.ne.da.ku.u.ko.o.ko.ku.sa.i.se.n.bi.ru.de.o.o.ri.ku.da.sa.i。

ＪＡＬ日本航空国内線、日本トランスオーシャン航空、
ja.ru.ni.ho.n.ko.o.ku.u.ko.ku.na.i.se.n、ni.ho.n.to.ra.n.su.o.o.sha.n.ko.o.ku.u、

スカイマーク、スターフライヤー北九州空港行き、
su.ka.i.ma.a.ku、su.ta.a.fu.ra.i.ya.a.ki.ta.kyu.u.shu.u.ku.u.ko.o.yu.ki、

及び福岡空港行き、ＡＮＡ全日空北九州空港行きを
o.yo.bi.fu.ku.o.ka.ku.u.ko.o.yu.ki、e.e.e.nu.e.e.ze.n.ni.k.ku.u.ki.ta.kyu.u.shu.u.yu.ki.o

ご利用のお客様は羽田空港第１ビルでお降りください。
go.ri.yo.o.no.o.kya.ku.sa.ma.wa.ha.ne.da.ku.u.ko.o.da.i.i.chi.bi.ru.de.o.o.ri.ku.da.sa.i。

⑫ ＡＮＡ全日空国内線、エア・ドゥ、ソラシドエアー、
e.e.e.nu.e.e.ze.n.ni.k.ku.u.ko.ku.na.i.se.n.、e.a・du、so.ra.shi.do.e.a.a、

スターフライヤー関西空港行きをご利用のお客様は、
su.ta.a.fu.ra.i.ya.a.ka.n.sa.i.ku.u.ko.o.yu.ki.o.go.ri.yo.o.no.o.kya.ku.sa.ma.wa、

終点羽田空港第２ビルまでご乗車ください。
shu.u.te.n.ha.ne.da.ku.u.ko.o.da.i.ni.bi.ru.ma.de.go.jo.o.sha.ku.da.sa.i。

⑪

在此向欲搭乘飛機的旅客說明。

前往國際線的旅客，

請在羽田機場國際線大樓下車。

搭乘JAL國內線、日本越洋航空、

天馬航空、星悅航空

往北九州機場的旅客，以及往福岡機場、

搭乘ANA全日空往北九州機場的旅客

請在羽田機場第1大樓下車。

⑫

搭乘ANA國內線、北海道國際航

空、亞洲天網航空、星悅航空

往關西機場的旅客，

請在終點站羽田機場第2大樓下車。

⑬ ＪＡＬ日本航空国内線を
ja.ru.ni.ho.n.ko.o.ku.u.ko.ku.na.i.se.n.o
ご利用のお客様にご案内いたします。
go.ri.yo.o.no.o.kya.ku.sa.ma.ni.go.a.n.na.i.i.ta.shi.ma.su。
羽田空港第１ビルでお降りの際は
ha.ne.da.ku.u.ko.o.da.i.i.chi.bi.ru.de.o.o.ri.no.sa.i.wa
北海道、東北、北陸、近畿方面へ
ho.k.ka.i.do.o、to.o.ho.ku、ho.ku.ri.ku、ki.n.ki.ho.o.me.n.e
ご出発のお客様は
go.shu.p.pa.tsu.no.o.kya.ku.sa.ma.wa
進行方向前寄りの階段をご利用ください。
shi.n.ko.o.ho.o.ko.o.ma.e.yo.ri.no.ka.i.da.n.o.go.ri.yo.o.ku.da.sa.i。

⑬ 在此向欲搭乘JAL國內線的旅客說明，
於羽田機場第1大樓下車時，
往北海道、東北、北陸、近畿方向的旅客，
請使用前方階梯。

⑭

とうきょう　　　　　　　　　　　りよう
東京モノレールをご利用いただきまして
to.o.kyo.o.mo.no.re.e.ru.o.go.ri.yo.o.i.ta.da.ki.ma.shi.te

ありがとうございました。
a.ri.ga.to.o.go.za.i.ma.shi.ta。

　　　　はねだくうこうこくさいせん
まもなく羽田空港国際線ビル
ma.mo.na.ku.ha.ne.da.ku.u.ko.o.ko.ku.sa.i.se.n.bi.ru

はねだくうこうこくさいせん
羽田空港国際線ビルです。
ha.ne.da.ku.u.ko.o.ko.ku.sa.i.se.n.bi.ru.de.su。

でぐち　ひだりがわ
お出口は左側です。
o.de.gu.chi.wa.hi.da.ri.ga.wa.de.su。

こくさいせん　　りよう　かた
国際線をご利用の方は
ko.ku.sa.i.se.n.o.go.ri.yo.o.no.ka.ta.wa

　　　　お
こちらでお降りください。
ko.chi.ra.de.o.o.ri.ku.da.sa.i。

⑭

感謝您今日使用東京單軌列車。

即將抵達羽田機場國際線大樓、

羽田機場國際線大樓。

出口在左側。

往國際線的旅客請在本站下車。

羽田機場第1大樓
羽田空港第1ビル
HANEDA AIRPORT TERMINAL 1

スカイマーク
天馬航空

JAL日本航空 国内線

日本トランスオーシャン航空
日本越洋航空

スターフライヤー・北九州空港行き
星悅航空・往九州機場

⑮

はねだくうこうこくさいせん
羽田空港国際線ビルを
ha.ne.da.ku.u.ko.o.ko.ku.sa.i.se.n.bi.ru.o

はっしゃ
発車します。
ha.s.sha.shi.ma.su。

はねだくうこうだい　　　　　と
羽田空港第1ビルまで止まりません。
ha.ne.da.ku.u.ko.o.da.i.i.chi.bi.ru.ma.de.to.ma.ri.ma.se.n。

　ちゅうい
ご注意ください。
go.chu.u.i.ku.da.sa.i。

⑮

從羽田機場國際線發車後，

將直達羽田機場第1大樓，

還請多加留意。

▸▸▸ 下車

⑯ 羽田空港国際線ビル停車いたします。(はねだくうこうこくさいせん／ていしゃ)
ha.ne.da.ku.u.ko.o.ko.ku.sa.i.se.n.bi.ru.te.i.sha.i.ta.shi.ma.su。

羽田空港第１ビルまで停まりません。(はねだくうこうだい／と)
ha.ne.da.ku.u.ko.o.da.i.i.chi.bi.ru.ma.de.to.ma.ri.ma.se.n。

ご注意ください。(ちゅうい)
go.chu.u.i.ku.da.sa.i。

⑯ 本站為羽田機場國際線。下一站停靠的是羽田機場第1大樓。

♪ 78

京濱急行

京浜急行

ke.i.hi.n.kyu.u.ko.o

▶▶▶ 站內

❶ 今度(こんど)の発車(はっしゃ)は８両(りょう)★編成(へんせい)
ko.n.do.no.ha.s.sha.wa.ha.chi.ryo.o.he.n.se.i
エアポート快特羽田空港行(かいとくはねだくうこうゆ)きです。
e.a.po.o.to.ka.i.to.ku.ha.ne.da.ku.u.ko.o.yu.ki.de.su。

❶ 下一班車為開往羽田機場的8節車廂
Airport特快列車。

❷ 次(つぎ)の１番線(ばんせん)の電車(でんしゃ)は
tu.gi.no.i.chi.ba.n.se.n.no.de.n.sha.wa
１６分発(ぷんはつ)エアポート快特羽田空港行(かいとくはねだくうこうゆ)きです。
ju.u.ro.p.pu.n.ha.tsu.e.a.po.o.to.ka.i.to.ku.ha.ne.da.ku.u.ko.o.yu.ki.de.su。
品川(しながわ)を出(で)ますと次(つぎ)は終点(しゅうてん)の羽田空港(はねだくうこう)に停(と)まります。
shi.na.ga.wa.o.de.ma.su.to.tsu.gi.wa.shu.u.te.n.no.ha.ne.da.ku.u.ko.o.ni.to.ma.ri.ma.su。
途中駅(とちゅうえき)は通過(つうか)いたしますのでご注意(ちゅうい)ください。
to.chu.u.e.ki.wa.tsu.u.ka.i.ta.shi.ma.su.no.de.go.chu.u.i.ku.da.sa.i。

❷ 下一班抵達1號月台的電車為
16分發車開往羽田機場的Airport特快列車。
出品川站後下一站將停靠終點站羽田機場。
途中各站皆不停靠，還請多加留意。

KEIKYU 2100型
折りたたみ傘
【折傘】

❸ 1番線ご注意ください。
i.chi.ba.n.se.n.go.chu.u.i.ku.da.sa.i。

エアポート快特羽田空港行き到着です。
e.a.po.o.to.ka.i.to.ku.ha.ne.da.ku.u.ko.o.yu.ki.to.o.cha.ku.de.su。

❸ 請注意1號月台。

開往羽田機場的Airport特快列車即將進站。

▸▸▸ 上車

❹ ご乗車ありがとうございました
go.jo.o.sha.a.ri.ga.to.o.go.za.i.ma.shi.ta。

この電車はエアポート快特
ko.no.de.n.sha.wa.e.a.po.o.to.ka.i.to.ku

羽田空港行きです。
ha.ne.da.ku.u.ko.o.yu.ki.de.su。

次は終点の羽田空港に
tsu.gi.wa.shu.u.te.n.no.ha.ne.da.ku.u.ko.o.ni

停車いたします。
te.i.sha.i.ta.shi.ma.su。

RODY×KEIKYU
ストラップ
【吊飾】

❹ 感謝您的搭乘。本列車為開往

羽田機場Airport特快列車。

下一站為終點站羽田機場。

▸▸▸ 乘車

LIVE ❺ 次は終点羽田空港です。
tsu.gi.wa.shu.u.te.n.ha.ne.da.ku.u.ko.o.de.su。

❺ 下一站為終點站羽田機場。

▸▸▸ 下車

❻ 羽田空港、終点、羽田空港です。
ha.ne.da.ku.u.ko.o、shu.u.te.n、ha.ne.da.ku.u.ko.o.de.su。

ご乗車ありがとうございました。
go.jo.o.sha.a.ri.ga.to.o.go.za.i.ma.shi.ta。

お忘れ物のないようご注意ください。
o.wa.su.re.mo.no.no.na.i.yo.o.go.chu.u.i.ku.da.sa.i。

❻ 終點站羽田機場、羽田機場。

感謝您的搭乘。

請留意您的隨身物品。

利木津巴士

リムジンバス

ri.mu.ji.n.ba.su

▶▶▶ 乘車

❶

ほんじつ　りよう
本日はリムジンバスをご利用くださいまして、
ho.n.ji.tsu.wa.ri.mu.ji.n.ba.su.o.go.ri.yo.o.ku.da.sa.i.ma.shi.te、

まこと
誠にありがとうございます。
ma.ko.to.ni.a.ri.ga.to.o.go.za.i.ma.su。

こうそくどうろ　へ　なりたくうこう　まい
これより高速道路を経て成田空港まで参ります。
ko.re.yo.ri.ko.o.so.ku.do.o.ro.o.he.te.na.ri.ta.ku.u.ko.o.ma.de.ma.i.ri.ma.su。

とちゅうどうろじじょう
途中道路事情により、
to.chu.u.do.o.ro.ji.jo.o.ni.yo.ri、

たしょう　えんちゃく
多少の延着がございますので、
ta.sho.o.no.e.n.cha.ku.ga.go.za.i.ma.su.no.de、

りょうしょう
あらかじめご了承ください。
a.ra.ka.ji.me.go.ryo.o.sho.o.ku.da.sa.i。

❶

感謝您今日搭乘本利木津巴士。
接下來我們將經由高速公路前往成田機場。
沿途恐因路況影響，
而導致抵達時間有所延遲，
還請見諒。

2

*安全運転(あんぜんうんてん)には十分(じゅうぶん)注意(ちゅうい)いたしておりますが
a.n.ze.n.u.n.te.n.ni.wa.ju.u.bu.n.chu.u.i.i.ta.shi.te.o.ri.ma.su.ga

走行中(そうこうちゅう)やむを得(え)ず急(きゅう)ブレーキを
so.o.ko.o.chu.u.ya.mu.o.e.zu.kyu.u.bu.re.e.ki.o

かけることがございますので、
ka.ke.ru.ko.to.ga.go.za.i.ma.su.no.de、

シートベルト着用(ちゃくよう)の上(うえ)、
shi.i.to.be.ru.to.cha.ku.yo.o.no.u.e、

お座席(ざせき)よりお立(た)ちになりませんよう
o.za.se.ki.yo.ri.o.ta.chi.ni.na.ri.ma.se.n.yo.o

お願(ねが)い申(もう)し上(あ)げます。
o.ne.ga.i.mo.o.shi.a.ge.ma.su。

なお、車内禁煙(しゃないきんえん)でございますので
na.o、sha.na.i.ki.n.e.n.de.go.za.i.ma.su.no.de

お煙草(たばこ)はご遠慮(えんりょ)くださいますよう
o.ta.ba.ko.wa.go.e.n.ryo.ku.da.sa.i.ma.su.yo.o

ご協力(きょうりょく)をお願(ねが)いいたします。
go.kyo.o.ryo.ku.o.o.ne.ga.i.i.ta.shi.ma.su。

在乘持安全駕駛的同時，
行進間仍恐有緊急煞車
的情況發生，
請繫緊安全帶
並不任意離開座位。
此外，本車全面禁菸，
請各位乘客配合
勿在車上吸菸。

3

お客様(きゃくさま)にお願(ねが)い申(もう)し上(あ)げます。
o.kya.ku.sa.ma.ni.o.ne.ga.i.mo.o.shi.a.ge.ma.su。

携帯電話(けいたいでんわ)のご使用(しよう)は他(ほか)のお客様(きゃくさま)のご迷惑(めいわく)となりますので
ke.i.ta.i.de.n.wa.no.go.shi.yo.o.wa.ho.ka.no.o.kya.ku.sa.ma.no.go.me.i.wa.ku.to.na.ri.ma.su.no.de

ご遠慮(えんりょ)くださいますようお願(ねが)い申(もう)し上(あ)げます。
go.e.n.ryo.ku.da.sa.i.ma.su.yo.o.o.ne.ga.i.mo.o.shi.a.ge.ma.su。

❸ 各位乘客請注意。
請勿於車內使用手機
以避免影響到其他乘客，
謝謝您的合作。

LIVE

❹ お客様(きゃくさま)にご案内申(あんないもう)し上(あ)げます。
o.kya.ku.sa.ma.ni.go.a.n.na.i.mo.o.shi.a.ge.ma.su。

成田空港(なりたくうこう)ではご搭乗(とうじょう)される航空会社(こうくうがいしゃ)により
na.ri.ta.ku.u.ko.o.de.wa.go.to.o.jo.o.sa.re.ru.ko.o.ku.u.o.ga.i.sha.ni.yo.ri

ターミナルが異(こと)なります。
ta.a.mi.na.ru.ga.ko.to.na.ri.ma.su。

当(とう)バスは最初(さいしょ)第(だい)2旅客(りょかく)ターミナルを経(へ)て、
to.o.ba.su.wa.sa.i.sho.da.i.ni.ryo.ka.ku.ta.a.mi.na.ru.o.he.te、

第(だい)1旅客(りょかく)ターミナル南(みなみ)★ウイング、
da.i.i.chi.ryo.ka.ku.ta.a.mi.na.ru.mi.na.mi.u.i.n.gu、

第(だい)1旅客(りょかく)ターミナル北(きた)ウイングの順(じゅん)に
da.i.i.chi.ryo.ka.ku.ta.a.mi.na.ru.ki.ta.u.i.n.gu.no.ju.n.ni

停車(ていしゃ)いたしますので
te.i.sha.i.ta.shi.ma.su.no.de

お降(お)りの際(さい)お間違(まちが)えのないようご注意(ちゅうい)ください。
o.o.ri.no.sa.i.o.ma.chi.ga.e.no.na.i.yo.o.go.chu.u.i.ku.da.sa.i。

第1旅客ターミナル北ウィング ❸
Terminal 1 North Wing

第1旅客ターミナル南ウィング ❷
Terminal 1 South Wing

第2旅客ターミナル ❶
Terminal 2

❹ 各位乘客在此提醒您，
成田機場內依據您所搭乘航空公司的不同
航廈也有所不同。
本車停車順序依序為第2航廈、
第1航廈南翼、第1航廈北翼，
請您下車時多加留意以避免下錯站。

LIVE

❺ お知らせいたします。

o.shi.ra.se.i.ta.shi.ma.su。

この先★検問所にてパスポート

ko.no.sa.ki.ke.n.mo.n.jo.ni.te.pa.su.po.o.to

及び手荷物の検査がございますので

o.yo.bi.te.ni.mo.tsu.no.ke.n.sa.ga.go.za.i.ma.su.no.de

ご協力お願い申し上げます。

go.kyo.o.ryo.ku.o.ne.ga.i.mo.o.shi.a.ge.ma.su。

❺ 各位乘客請注意。
前方設有檢查哨，
請配合拿出您的護照與隨身行李
以供查驗。

❻ まもなく第２旅客ターミナルに到着いたします。

ma.mo.na.ku.da.i.ni.ryo.ka.ku.ta.a.mi.na.ru.ni.to.o.cha.ku.i.ta.shi.ma.su。

第１旅客ターミナルまで行かれるお客様は

da.i.i.chi.ryo.ka.ku.ta.a.mi.na.ru.ma.de.i.ka.re.ru.o.kya.ku.sa.ma.wa

そのままお席でお待ちください。

so.no.ma.ma.o.se.ki.de.o.ma.chi.ku.da.sa.i。

❻ 即將抵達第2航廈。
欲前往第1航廈的乘客，
請在座位上稍候。

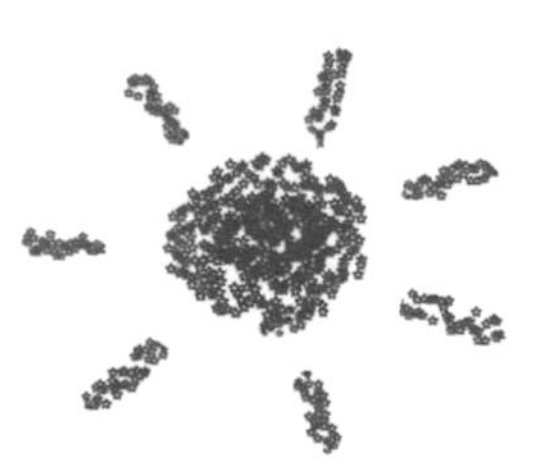

LIVE

❼ ありがとうございました。

a.ri.ga.to.o.go.za.i.ma.shi.ta。

またのご利用(りよう)をお待(ま)ちしております。

ma.ta.no.go.ri.yo.o.o.o.ma.chi.shi.te.o.ri.ma.su。

❼ 感謝您的搭乘，

期待您的再次光臨。

LIVE

❽ 第(だい)1旅客(りょかく)ターミナル南(みなみ)ウイングでございます。

da.i.i.chi.ryo.ka.ku.ta.a.mi.na.ru.mi.na.mi.u.i.n.gu.de.go.za.i.ma.su。

ありがとうございました。

a.ri.ga.to.o.go.za.i.ma.shi.ta。

またのご利用(りよう)をお待(ま)ちしております。

ma.ta.no.go.ri.yo.o.o.o.ma.chi.shi.te.o.ri.ma.su。

❽ 第1航廈南翼到了。

感謝您的搭乘，

期待您的再次光臨。

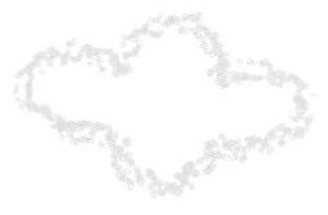

旅
グルメ
ラーメン
マンガ
日本の花
千両
桜
サブレ
まんじゅう
TOKYO
RASK
DVD
ソフト
GAME
またね〜
バイバーイ!!
bye

♪ 80

回程單字篇

P262

- □ 記載（きさい）する
  記載，寫上

P268

- □ 開（ひら）く
  打開

P270～271

- □ 後続（こうぞく）
  隨後接著
- □ 枠（わく）
  框，界限
- □ 構内（こうない）
  境內
- □ 危（あぶ）ない
  危險
- □ 柵（さく）
  柵欄

P272

- □ 折（お）り返（かえ）す
  往返
- □ 駆（か）け込（こ）み
  跑進去

P276

- □ 降車駅（こうしゃえき）
  下車車站

P280

- □ 編成（へんせい）
  組成

P283

- □ 安全運転（あんぜんうんてん）
  安全駕駛

P284～285

- □ ウイング（wing）
  翼；側廳
- □ 検問所（けんもんじょ）
  檢查站

回程文法篇

日文	中文	解析	頁數
～の他（ほか）に	除了～之外	---	260

● 彼（かれ）の他（ほか）に適任者（てきにんしゃ）はいない。★沒有誰比他還適任。

日文	中文	解析	頁數
～を経（へ）て	經過～	---	282

● 失敗（しっぱい）を経（へ）て彼（かれ）は成長（せいちょう）した。★經過失敗後的他成長了。

日文	中文	解析	頁數
～の順（じゅん）に	按照～的順序	---	284

● 案内（あんない）の順（じゅん）にお進（すす）みください。★請依照指示前進。

Column 7

以前的飛機可以吸菸？

在這個時代可能很難想像，但是在過去（25 年前）幾乎所有航空公司在機上都設有吸菸座「喫煙席（スモーキングシート）」。也就是說當時是可以在飛機上抽菸的時代。

吸菸座雖然都會設在每一個艙等的最後方，但是卻沒有和禁菸座位作出明顯的區隔，因此在飛機上充斥著討人厭的煙味。可說是非吸菸者的權益最不受到重視的時代。

在當時，買機票時雖然可以選擇吸菸座、非吸菸座。但是，不管哪種座位，數量都很有限，所以在這當中也有人無法選擇到自己想要的位置。因此對於飛機上的座位，難免讓人抱怨連連。

有想抽菸卻選不到吸菸座的人，也有即使坐在非吸菸座，但還是聞到從後方飄來的菸味而感到困擾的人，甚至還有選不到吸菸座而在非吸菸座上抽菸的人。

當時還有飛行 12 小時的「全區吸菸座」班機，光是回想起來就令人頭昏腦脹。在飛機上吸菸的時代，至今仍令人難以置信。也就是說「無論是誰都能把打火機帶到飛機上，自由地點火」，真的是相當地危險。

前航空公司空服人員　Yasmine

memo

memo

敬語 五大表現

尊敬語

常用於應對長輩、上司。對對方的動作、狀態表達敬意，將對方提為上位的用語表現。

基本形 お、ご+～れる、～られる	點～料理	注文(ちゅうもん)する→ご注文(ちゅうもん)なさる。
	說	話(はな)す→お聞(き)きになる
轉換形	吃	食(た)べる→召(め)し上(あ)がる
	聽、問	聞(き)く→聞(き)かれる

謙讓語 I

自謙性的敬語。透過貶低自己的動作、狀況，對接受行為的人表示敬意。

基本形 お、ご+～する、～いたす	叫	呼(よ)ぶ→お呼(よ)びする
	引導	案内(あんない)する→ご案内(あんない)いたします
轉換形	拜訪	訪問(ほうもん)する→伺(うかが)う

謙讓語 II

描述話題中的動作或自己行為時，以謙遜的語氣表達對聽者的敬意。

基本形 ～させていただく	擔任	務(つと)める→務(つと)めさせていただく
轉換形	去	行(い)く→参(まい)る

丁寧語

描述事物的禮貌說法，表示對聽者的誠意。

基本形 句尾加上 ～です、～ます、 ～ございます	**知道**	知(し)っている→知(し)っています
	這裡	こちらだ→こちらでございます
	空著	空(あ)いている→空(あ)いています

美化語

以慎重優雅的說法描述事物的表現。

基本形 在名詞前加上 「お、ご」	**酒**	酒(さけ)→お酒(さけ)
	料理	料理(りょうり)→お料理(りょうり)
	心情	機嫌(きげん)→お機嫌(きげん)
	打招呼	挨拶(あいさつ)→ご挨拶(あいさつ)
	結婚	結婚(けっこん)→ご結婚(けっこん)
轉換形	**飯**	めし→ごはん
	水	水(みず)→おひや
	好吃	うまい→おいしい
	洗手間	便所(べんじょ)→お手洗(てあら)い

※ 根據日本文化審議會２００７年提出的「敬語の指針」，將敬語細分為「尊敬語」、「謙讓語Ⅰ」、「謙讓語Ⅱ」、「丁寧語」和「美化語」。

企劃總監
鍾東明

總編輯
洪季楨

著者
DT企劃

編輯
羅巧儀

插畫
山本峰規子

編輯
徐一巧

編輯
葉雯婷

封面設計
內頁設計
徐一巧

編輯
陳亭安

封面設計
內頁設計
王舒玗

日本錄音取材
林育萱

編輯協力
尾身佳永

編輯協力
立石悠佳

編輯協力
立石清和

走到哪聽到哪：
在日本聽廣播學日語（附QR Code線上音檔）
七大場合實境廣播、臨場感日語聽力練習
2024年7月29日 四版第1刷
定價 380 元

やったー
着陸～!!
うーん

國家圖書館出版品預行編目(CIP)資料

走到哪聽到哪!在日本聽廣播學日語：七大場合實境廣播、臨場感日語聽力練習 / DT企劃著. -- 四版. -- 臺北市：笛藤出版, 2024.07
面； 公分
ISBN 978-957-710-926-2(平裝)
1.CST: 日語 2.CST: 讀本
803.18 113009320

編輯企畫 笛藤出版
發行人 林建仲
發行所 八方出版股份有限公司
地址 台北市中山區長安東路二段171號3樓3室
電話 (02)2777-3682
傳眞 (02)2777-3672
總經銷 聯合發行股份有限公司
地址 新北市新店區寶橋路235巷6弄6號2樓
電話 (02)2917-8022 · (02)2917-8042
製版廠 造極彩色印刷製版股份有限公司
地址 新北市中和區中山路二段380巷7號1樓
電話 (02)2240-0333 · (02)2248-3904
印刷廠 皇甫彩藝印刷股份有限公司
地址 新北市中和區中正路988巷10號
電話 (02) 3234-5871
郵撥帳戶 八方出版股份有限公司
郵撥帳號 19809050